AGATHA CHRISTIE COMPLETE COLLECTION
THEY DO IT WITH MIRRORS

AGATHA CHRISTIE COMPLETE COLLECTION

THEY DO IT WITH MIRRORS

마술 살인 애거서 크리스티 장편 소설 | 김윤정 옮김

THEY DO IT WITH MIRRORS

Copyright © 1952 Agatha Christie Limited.
All rights reserved.

AGATHA CHRISTIE, MARPLE and the Agatha Christie Signature
are registered trademarks of
Agatha Christie Limited in the UK and elsewhere.
All rights reserved.
www.agathachristie.com

Korean Translation Copyright © Minumin 2002, 2013, 2024

Korean translation edition is published by arrangement with
Agatha Christie Limited through Shinwon Agency.

이 책의 한국어판 저작권은 신원 에이전시를 통해
Agatha Christie Limited와 독점 계약한 ㈜민음인에 있습니다.

저작권법에 의해 한국 내에서 보호를 받는 저작물이므로
무단 전재와 무단 복제를 금합니다.

정식 한국어 판 출간에 부쳐

　나는 한국에서 우리 할머니의 작품을 정식으로 출간한다는 소식을 듣고 무척 기뻤다. 할머니가 1920년부터 1970년 무렵까지 오랜 세월에 걸쳐 집필한 작품들은 21세기인 지금 읽어도 신선하고 재미있다. 등장 인물들이 워낙 자연스러워서 요즘 사람들과 다를 바 없고 이들이 등장하는 상황과 장소가 전 세계 사람들의 애정과 향수를 자극하기 때문이다. 한국 독자들은 이번에 새로 나온 정식 한국어 판을 통해 그동안 접하지 못했던 애거서 크리스티의 일부 작품들을 읽을 수 있을 것이다. 덕분에 한국에 새로운 세대의 애거서 크리스티 팬들이 탄생할지도 모르겠다는 생각을 하면 가슴이 벅차다.
　애거서 크리스티는 대표적인 두 명의 주인공으로 기억되는 작가이다. 14권의 작품에 등장하는 마플 양은 영국의 작은 시골 마을에서 평온한 나날을 보내며 뜨개질과 수다로 소일하는 미혼의 할머니이지만, 놀라운 기억력과 날카로운 두뇌 회전으로 주변에서 벌어진 살인 사건을 해결한다.

그리고 마플 양과 상반되는 성격을 지닌 에르퀼 푸아로는 자신만만하고 콧수염을 포함한 자신의 외모와 벨기에라는 국적에 대한 자부심이 상당하다. 그는 이집트와 이라크를 비롯한 세계 각지에서 수수께끼를 해결하며 『오리엔트 특급 살인 Murder On The Orient Express』, 『나일 강의 죽음 Death On The Nile』, 『애크로이드 살인 사건 The Murder Of Roger Ackroyd』 등 애거서 크리스티의 여러 대표작에 모습을 드러낸다.

황금가지의 대담하고 참신한 표지와 전반적인 디자인 덕분에 작품의 성격이 잘 살아난 것 같아 기쁘다. 또한 한국 독자들이 할머니의 원작이 지닌 참된 묘미를 느낄 수 있도록 충실한 번역을 위해 애써 준 점도 높이 사고 싶다.

할머니의 작품이 20세기의 그 어떤 작가들보다 많이 팔리고 있는 이유는 나이와 국적에 상관없이 읽을 수 있는 재미와 감동을 갖추었기 때문이다. 모쪼록 한국 독자들도 황금가지에서 선보이는 애거서 크리스티 작품들을 즐겁게 감상하기를 바란다.

매튜 프리처드
애거서 크리스티의 손자
ACL 이사장

차례

정식 한국어 판 출간에 부쳐 —— 5

1장 —— 11
2장 —— 27
3장 —— 33
4장 —— 50
5장 —— 62
6장 —— 84
7장 —— 96
8장 —— 114
9장 —— 122
10장 —— 137
11장 —— 151
12장 —— 166
13장 —— 183
14장 —— 201
15장 —— 221
16장 —— 237
17장 —— 254
18장 —— 262
19장 —— 270
20장 —— 274
21장 —— 278
22장 —— 282
23장 —— 285

에필로그 —— 294

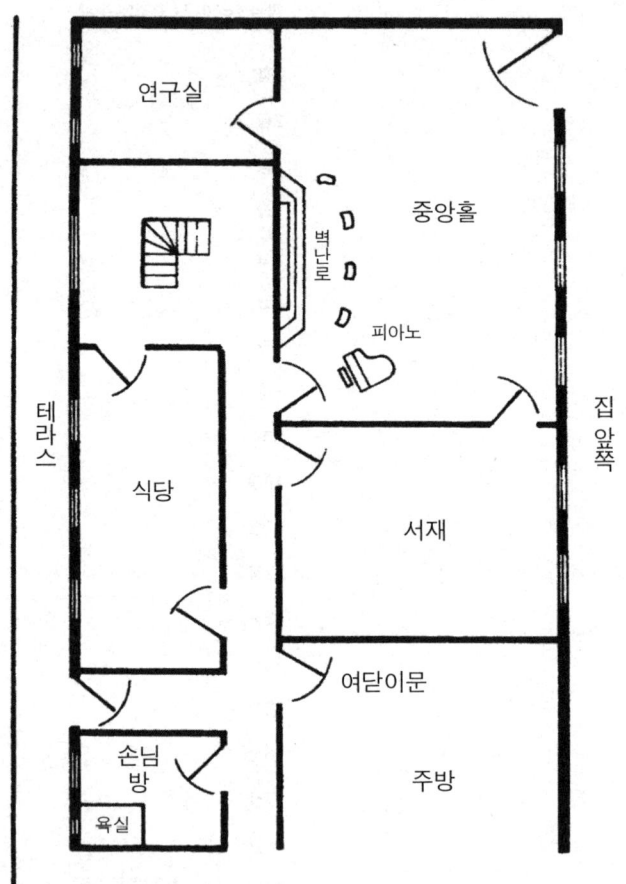

스토니게이츠 저택 평면도

매튜 프리처드에게

1장

 반 라이독 부인은 거울에서 살짝 뒤로 물러나 한숨을 쉬었다. 그녀가 중얼거렸다.
 "음, 이러면 됐어. 괜찮은 것 같아, 제인?"
 마플 양은 친구의 란바넬리 디자이너 옷을 감탄하듯 바라보았다.
 "정말 멋진 가운인걸."
 "가운은 아무래도 좋아."
 반 라이독 부인은 이렇게 말하더니 한숨을 내쉬었다.
 "스테파니, 벗겨 줘."
 회색 머리카락에 약간 비뚤어진 입술을 가진 나이 먹은 하녀가 팔을 들어올린 반 라이독 부인에게서 조심조심 가운을 벗겨 냈다. 반 라이독 부인은 복숭아색 새틴 슬립만 입은 채 거울 앞에 서 있었다. 코르셋을 빈틈없이 입은 그녀는 여전히 보기 좋은 다리에 멋진 나일론 스타킹을 신고 있었다. 마사지로 꾸준히 관리하는 데다 솜씨 좋게 화장한 덕분에 그녀의 얼굴은 좀 먼 거리에서 보면 거의 젊은 아가씨처럼 보일 정도였다. 머리카락은 회색이라기보다는 수국의 파란색에 가까웠고 완벽하게 손질이 되어 있었다. 반 라이독 부인을 보고서 그녀의 맨얼굴 그대로를 상상하는 건 거의 불가능에 가까우리라. 돈으로 할 수 있는 일이라면 그녀는 뭐든 시도했다. 다이어트, 마사지, 끊임없는 운동까지.

이제 루스 반 라이독은 친구를 익살스러운 눈길로 바라보았다.

"제인, 사람들이 과연 너와 내가 동년배라는 걸 상상이나 할까?"

"절대 못 하겠지. 확실해."

마플 양은 친구를 안심시키려는 듯한 말투로 성실하게 대답했다.

"알잖아, 난 내가 언제나 딱 내 나이만큼으로 보이는 게 유감이었어."

마플 양은 흰 머리색에 부드럽게 주름진 분홍빛 얼굴, 그리고 도자기처럼 파랗고 천진난만한 눈동자를 하고 있었다.

"당신은 정말 그래."

반 라이독 부인은 이윽고 갑자기 씩 웃었다.

"나 역시 그렇고 말이야. 당신하고 같은 방식은 아니지만. 사람들은 날 두고 이렇게 말하곤 해. '저 할멈은 어떻게 저 외모를 유지하는 거지?' 그러나 그 말도 내가 할멈이라는 사실은 확실히 알고 있다는 뜻 아니겠어? 게다가 오 하느님, 나조차 이젠 스스로 할멈이라고 느끼고 있다고!"

그녀는 말을 마치고 새틴으로 누빈 의자에 털썩 주저앉았다.

"이젠 됐어, 스테파니. 이만 가 봐."

스테파니가 옷을 챙겨들고 방을 나가자 루스 반 라이독 부인은 말을 이었다.

"스테파니는 참 성실하기도 하지. 30년도 넘게 우리집에 있었지. 내 진짜 모습을 아는 유일한 여자야! 그런데 제인, 당신에게 할 말이 있어."

마플 양은 몸을 조금 앞으로 내밀었다. 어떤 말이든 들어 주겠다는 묘한 표정이었다. 사실 마플 양은 이런 고급 호텔 스위트룸에는 좀 어울리지 않는 존재였다. 초라한 검은 옷을 입은 데다가 커다란 쇼핑백을 들고 있는 그녀의 모습은 어떻게 보아도 매우 평범했다.

"제인, 난 두려워. 캐리 루이즈 때문이야."

"캐리 루이즈?"

마플 양은 생각에 잠겨 그 이름을 되뇌어 보았다. 그 이름을 들으니 먼 옛날의 추억이 되살아났다.

플로렌스의 기숙 학교……. 마플 양은 당시 대성당이 있는 마을에 살며 하얀 얼굴에 분홍빛 홍조를 띤 영국 소녀였다. 이 두 미국인 자매는 특이한 말투와 꾸밈없는 성격, 활달함으로 인해 영국 여자애 마플 양에게 퍽 흥미로운 존재로 다가왔다. 그중 루스는 키가 크고 열정적이며 콧대가 셌고, 캐리 루이즈는 작고 섬세하며 내성적인 소녀였다.

"제인, 네가 그 애를 마지막으로 언제 봤더라?"

"오! 아주, 아주 오래전인걸. 최소한 25년은 될 거야. 물론 크리스마스 때면 아직도 서로 카드를 주고받긴 하지만"

우정이란 실로 묘한 것이다! 젊은 시절의 제인 마플 양과 그 두 미국인 소녀들도 마찬가지였다. 이들은 거의 동시에 서로 다른 길을 택해 갈라져 나갔지만, 옛 우정의 느낌은 여전했다. 때때로 편지를 보내고, 크리스마스 때는 카드를 보내는 일이 계속되었다. 이상한 일이지만 마플 양은 집(실은 '집들'이라고 해야겠지만)이 미국에 있는 루스 쪽을 캐리 루이즈보다 더 자주 만났다. 하긴 그건 그리 이상한 일이 아닐지도 모른다. 그녀와 같은 계층에 속한 미국인들이 대개 그렇듯 루스 역시 세계를 자기 집처럼 드나드는 코스모폴리탄이었기 때문이다. 그녀는 매년, 혹은 한 해 걸러 한 해씩은 유럽으로 건너와 런던에서 파리로, 다음번엔 리비에라로, 거기서 다시 미국으로 가는 식으로 세상을 누볐다. 그리고 그녀는 세계 어느 곳에서든 짬짬이 옛 친구들을 만나는 일에 열심이었다. 지금과 같은 만남도 벌써 여러 번째였다. 클라리지스, 사보이, 혹은 버클리나 도체스터 같은 고급 호텔에서의 만남……. 거기엔 호화로운 식사, 정감 넘치는 추억담, 아쉽지만 애정 넘치는 작별이 이어지기 마련이었다. 루스에겐 사실 세인트 메리 미드 같은 외진 마을에 올 시간이 전혀 없었고, 마플 양 역시 그런 건 기대하지도 않았다. 사람의 인생에는 제각기 '템포'라는 것이 있게 마련이니까. 루스의 템포는 프레스토(빠르게)였던 반면, 마플 양은 자신의 템포가 아다지오(느리게)인 것에 만족했다.

그런 식으로 마플 양은 미국인인 루스와는 여러 번 만났지만 영국에 살고 있는 캐리 루이즈와는 20년이 넘도록 만나지 못한 셈이었다. 이상하지만 한편으로는 자연스러운 일이다. 같은 나라에 살고 있으면 굳이 옛 친구를 만나려고 계획할 필요가 없기 때문이다. 그건 곧 언젠가 어렵지 않게 만날 수 있으리라 믿기 때문이기도 했다. 같은 별에 살고 있는 이상 꼭 볼 수 있을 것이라고 말이다. 하지만 제인 마플과 캐리 루이즈의 인생 항로는 좀체 만나는 법이 없었다. 둘이 오래도록 만나지 못한 데는 그런 단순한 이유가 존재했다.

"루스, 캐리 루이즈가 왜 걱정되는데?"

"그게 또 제일 걱정되는 부분이라니까! 왜인지를 모르겠어."

"아프진 않고?"

"걔가 아주 섬세하긴 하지. 늘 그랬으니까. 하지만 평소보다 나빠진 건 아닐걸. 우리 둘만큼이나 꿋꿋이 장수하고 있는 걸 보면 말이야."

"불행하대?"

"오, 아니야."

'그럼, 불행하진 않을 거야.'

마플 양은 생각했다. 사실 캐리 루이즈가 불행하리라고 상상하는 건 어려운 일이었다. 물론 캐리의 인생에서도 불행한 시기는 있었겠지. 다만 그녀의 불행한 모습을 연상하기가 쉽지 않다는 말이었다. 당황하는 것? 가능하지. 미심쩍어하는 것? 가능해. 하지만 격렬한 비탄에 젖어 있는 모습만큼은 아니었다.

반 라이독 부인의 말이 곧장 다시 들려왔다.

"캐리 루이즈는 언제나 이 세상에서 멀리 떨어져 살고 있었지. 세상이 어떤 건지 전혀 몰라. 내가 두려운 건 그 때문인지도 모르겠어."
"주변 환경 탓일까."
마플 양은 이렇게 말을 받았지만 곧 고개를 흔들고는 덧붙였다.
"아니, 그게 아니겠구나."
"그래. 그 애 자신 때문이야. 캐리 루이즈는 우리완 달리 항상 이상에 젖어 있었어. 물론 우리 젊은 시절엔 다들 이상을 쫓는 게 유행이었지만 말이야. 모든 여자들이 다 그랬지. 특히 젊은 여자들은 더욱더. 제인 너는 나병 환자들을 돌보고 싶어 했고, 나는 수녀가 되고 싶어 했더랬지. 하지만 그 시기가 지나고 나면 누구나 그런 어이없는 생각은 관둬 버리는 거야. 누군가는 결혼이 그런 변화의 계기라고 했지. 하긴 나 역시 결혼으로 피해 본 것은 없었어."
마플 양은 루스가 돌려 말하고 있다고 느꼈다. 루스는 총 3번 결혼했다. 언제나 상대는 큰 부자였는데, 그 덕분에 그녀는 이혼할 때마다 크게 아쉬워할 일 없이 은행 계좌를 착실히 불려 나갈 수 있었다.
반 라이독 부인이 말을 계속했다.
"물론, 난 좀 굳센 편이었으니까. 어떤 일에도 상심하지 않지. 애초부터 인생에 환상을 품질 않았거든. 당연히 남자에게도 마찬가지야…… 덕분에 별로 얼굴 붉힐 일도 없이 썩 잘 헤쳐 나왔고. 토미와 나는 여전히 아주 가까운 친구야. 줄리우스는 지금까지 시장 상황에 대해 내게 자문을 구하기까지 해."
갑자기 그녀의 얼굴빛이 어두워졌다.

"캐리 루이즈가 걱정스러운 건 바로 그게 이유인 것 같아. 그 애는…… 너도 알다시피 항상 괴짜들하고 결혼하는 버릇이 있잖아."

"괴짜라고?"

"이상주의자들 말이지. 캐리 루이즈야 원래 '이상(理想)'이라면 사족을 못 쓰는 애 아니니. 옛날 그 애 모습 기억나? 17살밖에 안 되었으면서도 그 걸브랜드슨이란 늙은이가 인류를 위한 계획이 어쩌니 하며 큰소리치는 모습을 눈을 휘둥그레 뜬 채 보고 있었잖아. 결국 50살도 넘은 데다 다 큰 자식이 딸린 그 홀아비하고 결혼했더랬지. 다 그 영감의 박애주의 때문이었어. 남편 옆에 붙어 앉아 꼭 마법에 홀린 것처럼 얘길 듣던 그 모습을 보면 데스데모나와 오셀로가 따로 없었다니까. 그나마 다행인 것은 두 사람 사이를 망쳐 놓는 악당 이아고가 없었다는 정도? 그나마 걸브랜드슨이 유색인종이 아니었으니 다행이지. 아마 스웨덴이나 노르웨이쪽 혈통일 거야."

마플 양은 생각에 잠겨 고개를 끄덕였다. 걸브랜드슨이란 이름은 세계적으로 유명했다. 그는 발군의 사업가적 재능과 함께 초인적인 근면함을 갖추고 있어 막대한 부를 쌓아 올린 것으로 알려져 있었다. 재산이 워낙 많아 자선 사업이라도 하지 않으면 도저히 쓸 도리가 없을 정도라고도 했다. 걸브랜드슨 신용 기금, 걸브랜드슨 연구소, 걸브랜드슨 빈민 구제회, 그리고 노동 계급 자녀들을 위한 여러 교육 학교 등에서 걸브랜드슨의 이름은 여전히 대단한 위세를 뽐내고 있다.

루스는 말을 계속했다.

"너도 알겠지만, 그래도 걘 그 영감의 돈 때문에 결혼한 것은 아니야. 내가 그 사람과 결혼했다면야 물론 돈 때문이었겠지. 하지만 캐리 루이즈는 달라. 그 영감이 캐리가 32살이던 해 죽지 않았다면 어떻게 되었을까? 32살이라는 나이는 미망인으로선 최적의 나이지. 경험도 쌓였는 데다 인생을 다시 시작할 가능성도 충분한 시기이거든."

독신인 마플 양은 루스의 말을 들으면서 가만히 고개를 끄덕였다. 그러나 마음속에서는 그녀가 세인트 메리 미드에서 알고 지내는 미망인들의 모습이 떠오르고 있었다.

"캐리 루이즈가 조니 레스태릭과 결혼했을 때 난 진심으로 기뻤어. 하긴 그 남자는 캐리의 돈을 보고 결혼한 게 맞지. 음, 꼭 그런 게 아니라고 해도 그 애가 가난했다면 그 남잔 캐리를 거들떠 보지도 않았을 거야. 조니는 쾌락만을 추구하는 게으르고 이기적인 건달이었어. 그래도 괴짜보다야 그 편이 훨씬 안전하지. 조니가 바라는 건 오직 인생을 편하게 사는 것뿐이었어. 캐리 루이즈와 최고급 의상실이나 드나들고 요트, 자동차 여행을 즐기며 살길 바란 거야. 이런 남자는 지극히 안전해. 편안하고 사치스러운 생활만 갖춰 주면 고양이처럼 애교를 떨며 여자에게 복종하니까. 나야 그 남자가 한다는 연극 관련 일을 대수롭지 않다고 봤지만, 캐리 루이즈는 그런 것이 멋져 보였나 봐. 심지어는 그걸 가리켜 '진짜 예술'이랬던가? 그래서 그쪽 업계에서 계속 일할 수 있게 지원한 거고 말이야. 그런데 어느 날 그 악독한 유고슬라비아 여자가 나타나 그 남자를 가로채 도망간 거 아니겠어? 사실 조니의 본심은 그게 아니었지. 캐리 루이즈가 좀 더 느긋이, 현명하게 처신했더라면 그는 분명 돌아왔을 거야."

"캐리가 아주 슬퍼했겠네?"

"그게 참 웃기는 구석이야. 전혀 슬퍼 보이지 않았거든. 원래 마음씨가 좋은 애라서 그런 걸까? 조니와 그 계집애가 결혼할 수 있게 이혼을 해 줬는가 하면, 조니와 전처 사이의 아이 둘하고 그 계집애가 같이 살 수 있도록 집까지 사 주다니. 그래야 생활 기반이 잡히지 않겠냐느니 하며 말이야. 덕분에 가엾은 조니는 그 여자와 결혼할 수밖에 없었어. 결국 반 년의 지옥 같은 결혼 생활 끝에 조니는 차를 몰고 절벽 낭떠러지로 돌진하고 말았지 뭐니. 사고라고 하는 사람도 있지만, 난 그게 스트레스로 인한 자살이라 믿어."

반 라이독 부인은 말을 멈추더니 거울을 집어 들어 자기 얼굴을 유심히 살폈다. 그러고는 족집게로 눈썹을 한 올 뽑아냈다.

"그런데 캐리 루이즈는 그 뒤에 정말 하면 안 되는 일을 저지르고 말았어. 현 남편 루이스 새러콜드와 결혼한 일 말이야. 이번에도 괴짜였어! 거기 더해 이상주의자! 그 남자가 캐리를 사랑하지 않는다는 말은 아냐. 실제로 그 애를 무척 사랑하는 모양이지. 다만 이 남자 역시 전 인류의 복지를 꾀하겠다는 꿈에 사로잡혀 있다는 게 문제지. 너도 알다시피 자기 삶은 자기가 챙겨야 하는 건데 말이야."

"글쎄, 그럴지도 모르지."

"하긴 이런 풍조도 유행을 타는 거니까. 옷에 유행이 있는 거나 마찬가지야. (너 이번에 크리스찬 디올이 발표한 치마 봤니?) 내가 무슨 애길 하고 있었더라? 음, 그렇지. 유행. 그래, 박애주의에도 유행이 있다는 말이었어. 캐리가 걸브랜드슨과 결혼할 무렵엔 박애주의가 유행이었지. 하지만 그것도 이제 구식이 되어 버렸지 뭐. 국가가 그 책임을 맡았으니까. 요즘은 교육이라면 당연한 권리로 느끼잖아? 그 권리를 얻은 것에 감사할 줄도 모르고! 반면 요즘 유행하는 건 이거야. 소년 범죄! 여기저기 어린 범죄자와 잠재적인 미래의 범죄자가 우글우글하지. 다들 범죄자들 때문에 정신이 없어. 너도 그 두꺼운 안경 렌즈 너머 빛나는 루이스 새러콜드의 눈을 봤어야 하는데! 정열을 넘어 거의 광적이더라고. 바나나와 토스트 각 한 쪽씩만 먹고 살면서 나머지 시간엔 온통 일뿐이야. 거기에 늘 그랬던 것처럼 캐리 루이즈까지 남편의 그런 점에 정신을 못 차리고 있어……. 하지만 제인, 난 마음에 안 들어. 그 부부는 결국 이사회를 열어 주변 환경을 몽땅 자기들 내키는 대로 개조해 버렸지. 소년 범죄자를 위한 훈련 시설이라나? 정신 의학자, 심리학자, 그 밖에 온갖 사람들이 거기 모여 산다고 하더라. 루이스와 캐리 루이즈는 그런 애들에게 둘러 싸여 살고 있는 거야. 절대 정상이라고 할 수 없는 아이들 속에서! 거길 꽉 채운 전속 상담사, 교사, 자원봉사자들은 어떻고! 그들 중 절반은 미쳐 있어. 전부가 괴짜들이라고. 그런데 내 동생 캐리 루이즈가 바로 그 한가운데에 있다니!"

그녀는 말을 멈추더니, 절망적인 표정으로 마플 양을 바라보았다.
마플 양은 약간 어리둥절해서 말했다.
"하지만 루스, 무엇이 두렵다는 건지에 대해선 아직 말하지 않았잖아."

"얘기했잖아, 무엇 때문인지 나도 모르겠다고! 걱정스러운 게 바로 그거야. 아주 잠깐이었지만 얼마 전에 거기에 다녀왔거든. 그런데 지금까지도 계속 마음이 불편하지 뭐니. 그곳의 분위기 때문일까? 아니면 그 집 때문에? 뭔가 있는 건 틀림없어. 난 예전부터 감이 좋았잖아. 최근의 파산 사태가 나기 전 줄리우스한테 곡물 회사를 처분하라고 조언한 것이 나였다는 얘기했었나? 그리고 결국 내가 맞았잖니? 그래, 거기엔 뭔가가 잘못돼 있어. 그러면서도 그게 왜, 혹은 무엇 때문인지 알 수가 없는 거야. 거기의 어린 범죄자들 때문에? 아니면 원인이 집 자체에 있는 걸까? 어떻게 말해야 할지 모르겠어. 루이스 새러콜드는 자기 이상 외에 아무것도 신경 쓰지 않는 사람이야. 게다가 캐리 루이즈는…… 오, 하느님, 예쁘고 고운 것 외엔 보지도 듣지도 못하는 성격인 거 너도 잘 알잖아. 물론 좋은 태도일 수도 있지만, 결코 현실적인 태도는 아니지. 세상엔 악이란 것도 엄연히 존재하니까……. 그래서 말인데 제인, 네가 그곳에 가서 무슨 일이 있는지 살펴봐 주지 않을래?"

"내가? 왜 내가 가야 하는데?"

마플 양이 소리쳤다.

"넌 그런 일에 좀 비범하잖아. 언제나 그랬어. 언제나 상냥하고 순수해 보이는 우리 제인! 하지만 외유내강 넌 어떤 것도 놀라워하거나 두려워하지 않지. 그건 네가 항상 최악의 상황을 염두에 두고 있기 때문이야."

"최악이 진실인 경우가 많으니까."

마플 양이 중얼거렸다.

"너는 왜 그렇게 인간 본성을 부정적으로 생각하고 있는지 모르겠어. 그렇게 한적하고 아름다운, 평화로운 시골 마을에 살면서 말이야."

"시골 마을에 살아 본 적이 없지, 루스? 그 고즈넉한 시골 마을에서 어떤 일이 일어나는지 알면 아마 깜짝 놀랄걸."

"음, 그럴지도 모르지. 하지만 내 뜻은 너라면 그런 거에 놀라지 않을 거란 말이야. 그러니 네가 그 스토니게이츠 저택으로 가서 뭐가 잘못되고 있는지 봐 주면 안 될까?"

"하지만 루스, 마음처럼 쉽지 않을 거야."

"아니, 그렇지 않아. 내가 다 생각해 두었는걸. 화내진 말아 줘, 제인. 난 이미 모든 계획을 짜 두었단다!"

반 라이독 부인은 말을 멈추고 좀 쑥스러운 듯이 마플 양을 바라보았다. 담배에 불을 붙인 그녀는 조금 신경질적인 말투로 얘기를 계속했다.

"너도 인정하겠지? 전쟁이 끝난 후로 이 나라에서 살기가 무척 힘들어졌다는걸. 특히 제인 너처럼 고정 수입이 적은 사람한테는 말이야."

"아 물론, 그건 사실이야. 정말로 그 친절하고 또 친절한 내 조카 레이먼드가 없었다면 지금 내가 어떤 지경이었을지……."

"조카 얘기는 접어 두자고. 캐리 루이즈는 네 조카에 대해선 아무

것도 모르니까. 물론 작가로서의 이름은 들어 봤겠지만 그가 네 조카란 걸 알 리는 없을 거야. 그러니까 요점은, 캐리 루이즈한테 이미 편지를 보냈듯이 네 경제적 형편이 아주 안 좋은 걸로 하자는 거지. 정말로 어쩔 때는 끼니 걱정까지 해야 할 정도로 어려운데, 자존심 강한 너는 옛 친구들에게조차 도움을 구하려 하지 않는다는 식으로 내가 말해 뒀어. 돈을 줘도 받지 않을 거라고도 했지. 하지만 좋은 환경에서 휴식을 취하며 옛 친구들과 함께 훌륭한 식사를 한다면, 걱정거리 없이 지내면 분명 훨씬 나아질 거라고……."

루스 반 라이독은 말을 끊고 다소 도전적인 말투로 덧붙였다.

"자, 이제 마음대로 해 봐. 화내고 싶으면 화를 내 보라고."

마플 양은 조금 놀란 것처럼 푸른 눈을 크게 떴다.

"왜 내가 화를 내겠어, 루스? 아주 친절하고 그럴듯한 제안인데. 캐리 루이즈도 분명 거기 응했겠지?"

"그럼, 걔가 네게로 답장을 보냈을 거야. 집에 가면 편지가 와 있을걸. 그래도 솔직히 말해 봐, 제인. 너 정말로 내가 너무 무례했다고 생각하지 않니? 그……."

반 라이독 부인은 약간 안절부절못하는 눈치였다. 그래서 마플 양이 대신 친구의 마음속에 있는 바를 말했다.

"스토니게이츠 저택에 가 줄 수 있냐는 거지? 도움이 필요한 불우한 이웃으로서 말이야. 가 달라는 이유가 좀 미심쩍은 건 맞지만 난 조금도 기분 상하지 않았어. 그 일이 꼭 필요하다면야……. 그리고 넌 꼭 필요한 일이라고 생각하지? 그 제안, 받아들이겠어."

반 라이독 부인은 그녀를 뚫어지게 바라보았다.

"아니, 어째서? 넌 아직 그곳에 대해 알지도 못하잖아?"

"물론 아는 게 없지. 이유는 네 확신 때문이야. 넌 쓸데없는 공상을 하는 애가 아니잖니, 루스."

"물론 아니지. 하지만 딱히 근거도 없는데……."

"전에 이런 일이 있었어."

마플 양이 생각에 잠겨 말을 시작했다.

"어느 일요일 아침, 내가 교회에서 예배를 보고 있던 참이었지. 강림절 기간 중 두 번째 일요일이었나……. 그레이스 램블이라는 여자가 내 앞에 앉아 있었는데, 자꾸 그 여자가 신경 쓰이는 거야. 그러니까 뭔가 잘못된 게 있는데……. 그럼, 아주 단단히 잘못되었지. 그게 뭣 때문인지는 도통 알 수 없는 기분이라고 할까? 그런 알쏭달쏭한 느낌 있잖니. 하지만 그런 느낌이 뚜렷한 걸 어떡해."

"그래서 실제로 뭔가 잘못된 일이 있었던 거고?"

"그래, 있었지. 그 여자의 아버지는 나이 든 퇴역 군인이었는데, 한때 정신이 이상한 적이 있었대. 그러던 그 양반이 어느 날 그녀한테 석탄용 망치를 들고 덤벼들었다는 거야. 자기 딸이 그렇게 반기독교적인 옷을 입고 다니는 건 못 참겠다면서 말야. 그래서 여자를 거의 죽일 뻔했지. 결국 노인은 정신 병원으로 끌려갔고, 그녀도 병원에 몇 달 입원하고서야 회복할 수 있었어. 이게 이번 일과 닮은 사례라고 할 수 있지 않을까."

"그러니까 넌 그날 교회에서 비극의 징조를 느낀 거구나?"

"꼭 징조라고 말할 수는 없지. 사실을 기초로 일어난 일이니까. 이런 일들은 언제나 그렇거든. 하지만 사람들은 바로 당시엔 그걸 깨닫지 못해. 그날 그 여자는 예배용 모자를 삐딱하게 쓰고 있었어. 그건 아주 놀랄 일이었지. 그레이스 램블은 정말 꼼꼼하고 침착한 사람이었거든. 그렇다면 그녀가 자기 모자 상태조차 모른 채로 교회에 온 이유란 뻔한 것이 아니겠어? 알고 봤더니 그녀가 집을 나서기 전 그녀의 아버지가 대리석 문진을 던져서 거울을 깨뜨린 일이 있었다더군. 그러자 여자는 서둘러 모자를 챙겨 쓰고는 집을 도망쳐 나온 거지. 더 험한 꼴을 볼까 두렵기도 했고, 하인들에게 부끄러운 모습을 보이기 싫었던 게지. 그러면서 아버지의 이런 행동을 그저 '해군 기질' 탓으로만 돌리고 만 거야. 부친의 정신 상태가 정상이 아니라는 사실은 간과한 채 말이지. 진작 눈치챘어야 했는데. 솔직히 그 양반은 전부터 걸핏하면 누가 자기 뒤를 쫓는다는 둥, 적이 숨어 있다는 둥 말도 안 되는 피해망상을 딸에게 늘어놓았다지 뭐야. 루스, 이것들이 다 그 징조 아니었겠어?"

반 라이독 부인은 거의 존경심이 담긴 눈길로 자기 친구를 바라보았다.

"정말 그런가 봐, 제인. 네가 사는 세인트 메리 미드는 내가 상상하던 이상적인 시골 마을은 아닌 모양이야."

"루스, 인간의 본성이란 어디에서나 다 비슷한 거야. 하지만 도시에선 그걸 찬찬히 관찰하기가 어려울 뿐이지."

"그 말은 스토니게이츠 저택에 가 준다는 거지?"

"그래, 가 줄게. 내 조카 레이먼드에게는 좀 미안한 일이지만. 무슨 뜻이냐면, 혹시 조카가 나한테 소홀해져서 생긴 일로 사람들이 오해할까 봐서 그래. 하긴 레이먼드는 멕시코에 반 년 동안 머물 예정이라고 했으니. 그 애가 돌아올 때까진 모든 일이 다 마무리되길 바라야지."

"마무리라니?"

"캐리 루이즈가 날 아주 거기 눌러 살라고 초대한 것은 아닐 거 아냐? 한 3주쯤 머물기를 기대한 거 아닐까? 아니면 1달쯤 말이야. 그 정도면 충분하겠지."

"뭐가 잘못되었는지 알아내는 데 말이니?"

"그래, 조사 기간은 그 정도면 충분해."

"어머, 제인. 너 굉장히 자신만만하다, 얘."

마플 양은 살짝 친구를 흘겨보았다.

"넌 나를 믿고 있었잖니, 루스. 그렇지 않으면 네가 털어 놓았을 리 없어. 하지만 이것만은 장담할게. 내가 네 믿음에 보답하기 위해 최선을 다하리라는 것을."

2장

 마플 양은 세인트 메리 미드로 돌아가는 기차를 타기 전에 (수요일엔 특별 할인 왕복표를 팔았다) 아주 꼼꼼하고도 사무적인 태도로 정보를 수집하기 시작했다.
 "루스, 캐리 루이즈와 난 가끔씩 편지를 주고받아 온 사이야. 하지만 크리스마스나 계절 인사 정도였으니 모르는 게 많거든. 스토니게이츠 저택의 사람들이나 또 다른 것에 대해 좀 알아야겠어."
 "그럼, 너 캐리 루이즈가 걸브랜드슨과 결혼한 건 이미 알고 있었지? 둘 사이엔 애가 없었어. 그래서 캐리는 늘 아쉬워했지. 하긴 걸브랜드슨에겐 전처에게서 얻은 다 큰 아들이 셋이나 있었지만. 결국 부부는 여자애를 입양했는데, 이름이 피파였어. 정말 깜찍하고 귀여웠는데. 겨우 2살밖에 안 된 애였단다."
 "그 앤 어디서 데려온 거야? 어디 출신이지?"

"가만 있자……. 음, 기억이 나지 않는데. 입양 단체 같은 데가 아닐까? 걸브랜드슨이 개인적으로 소개받은 아이인지도 모르고. 그런데 그게 왜? 그게 중요한가?"

"뭐 그냥, 사람들은 남의 출신을 궁금해하잖아. 아무튼 계속해 봐."

"그런데 그 입양이 있은 후에 캐리 루이즈가 임신을 하지 않았겠니. 의사들 말로는 이런 경우가 종종 있다네 글쎄."

마플 양은 고개를 끄덕였다.

"나도 들은 적이 있어."

"다만, 아기가 태어나고서 캐리 루이즈는 혼란에 빠진 거야. 어떻게 된 건지 알겠어? 아기가 생겼다는 소식을 처음 듣고서는 당연히 그 애도 몹시 기뻐했지. 그런데 피파 역시 아주 아꼈던 캐리는 새 아이를 가져서 피파에게 소홀해질까 두려웠던 거야. 게다가 새로 태어난 밀드레드는 정말로 못생긴 아이였거든. 물론 그 애야말로 명실공히 명문가 걸브랜드슨 가문의 혈통이기야 하지. 하지만 얼굴이 어찌나 못생겼던지. 캐리 루이즈는 친자식과 양녀를 똑같이 대해 주려고 늘 고심했지. 그런데 그게 거꾸로 피파를 편애하는 쪽으로까지 엇나가게 된 거야. 밀드레드는 커 가면서 늘 그 사실을 못마땅해한 거 같아. 가끔 지켜본 결과 피파는 아주 아름다운 미인으로, 밀드레드는 아니나 다를까 못생긴 아가씨로 성장했던 듯해. 에릭 걸브랜드슨이 죽은 건 밀드레드가 15살, 피파가 18살이 되던 해였지.

그리고 피파는 20살 되던 해 산 세베리아노 후작이라는 이탈리아인과 결혼했어. 사기꾼이나 허풍쟁이가 아닌 진짜 귀족이었단다. 당시 피파는 유산 상속 절차를 밟고 있는 중이었지. 그게 아마 산 세베리아노 후작이 걔와 결혼한 이유가 아니었을까? 이탈리아인들이 어떤지 너도 잘 알잖아. 결국 걸브랜드슨의 유산은 친딸과 양녀에게 똑같이 돌아가게 되었단다.

한편 밀드레드는 스트리트란 이름의 성당 참사회(교구 혹은 수도회에서 행정에 관한 안건을 자문하고 심의하는 기구 — 옮긴이) 위원과 결혼했어. 늘상 기침을 달고 살았던 것만 빼면 괜찮은 남자였지. 아마 그 애보다 10살, 아니면 15살쯤 더 먹었을걸. 둘은 아주 화목한 결혼 생활을 한 것 같아.

그런데 그 남자가 1년 전에 죽고 만 거야. 그 바람에 밀드레드가 스토니게이츠 저택으로 돌아와 엄마랑 같이 살게 된 거지. 아니다, 너무 얘기가 빨리 나갔군. 그사이에 결혼 이야기가 몇 개 더 있는데. 그 얘기로 돌아갈게. 피파가 이탈리아 사람과 결혼한 얘기까진 했지? 캐리 루이즈는 그 결혼을 아주 만족스러워했어. 후작은 이름이 귀도였는데, 잘생긴 데다 매너도 좋고 만능 스포츠맨이었거든. 다만 결혼 1년 후 딸을 낳던 피파가 그만 세상을 떠나 버렸단다. 정말 슬픈 일이었어. 덕분에 귀도 산 세베리아노는 완전히 낙심하고 말았지. 그 뒤 캐리 루이즈는 이탈리아와 영국 사이를 오가던 와중에 로마에서 조니 레스태릭을 만나 결혼하게 된 거야. 한편 세베리아노 후작 역시 재혼을 했는데, 자기의 어린 딸이 영국의 부자 할머니 밑에서 자랐으면 하고 바라던 눈치였다네? 결국 이 사람들 모두가 스토니게이츠 저택에 모여 살게 됐지. 정리하면 캐리 루이즈와 남편 조니 레스태릭, 조니와 전처(조니의 전부인은 러시아 사람이었어.) 사이의 두 아들 알렉스와 스티븐, 그리고 후작의 딸 지나가 되겠군. 밀드레드가 스트리트와 결혼한 건 그 직후지. 그런데 그 후 조니와 그 유고슬라비아 여자와의 문제가 일어난 거야. 결국 캐리와 조니는 이혼했지만 조니의 옛 두 아들은 후에도 명절 때면 스토니게이츠 저택으로 놀러 오곤 했어. 새엄마인 캐리를 아주 좋아했거든. 그러다가 1938년, 아마 그때가 맞을 거야. 캐리 루이즈는 루이스 새러콜드와 결혼하게 되었단다."

여기까지 말하고서 잠깐 쉰 반 라이독 부인이 물었다.

"넌 루이스 새러콜드를 만난 적이 없지?"

"응, 없어. 내가 캐리를 마지막으로 본 건 1928년이었던 것 같아. 고맙게도 걔가 날 코벤트 가든으로 데려가 오페라 구경을 시켜 주었지."

"아, 그래? 그나저나 루이스는 캐리의 결혼 상대로 딱 어울리는 남자였어. 유명 회계 사무소의 소장이었거든. 걸브랜드슨 신용 기금이나 학원의 재정 문제에 대한 자문을 구하다 만나지 않았을까. 꽤나 부유한 남자인 데다 나이도 비슷했지. 생활도 반듯했고 말이야. 하지만 그 남자 역시 결국은 괴짜였던 거야. 소년 범죄자들을 갱생시키는 데 온통 빠져 버렸으니까."

루스 반 라이독이 한숨을 쉬었다.

"제인, 내가 처음에도 말했지만, 박애주의에도 유행이란 게 있는 법이야. 걸브랜드슨이 일하던 시대에는 교육이 유행이었지. 그 전에는 또 무료 급식소가 있었고…….”

마플 양이 고개를 끄덕였다.

“맞아, 그랬지. 포트와인 젤리하고 소머리 국물을 병자들에게 나눠 주곤 했어. 우리 어머니도 그런 일을 하셨는데.”

“그렇고말고. 마음의 양식이 몸의 양식에 우선했던 거야. 다들 하층 계급의 빈민들을 돕는 일에 앞장섰으니까. 하지만 이제 그런 건 인기가 없어. 어쩌면 조만간엔 애들이 성인이 될 때까지 자녀 교육을 시키지 않고 방치하는 게 유행이 될지도 몰라. 아무튼 한동안 걸브랜드슨 신용 기금과 교육 재단은 어려운 상황이 되었단다. 국가가 그 책임을 도맡겠다고 나섰으니까. 바로 그때 루이스 새러콜드가 나타난 거야. 소년 범죄자들을 체계적으로 갱생시키겠다는 열망을 품고 말이지. 그 남자가 그런 뜻을 가지게 된 것은 자기 직업 때문이기도 했어. 회계 처리 중에 부정을 저지르는 약삭빠른 젊은이들에 대한 사례를 자주 접했다고 하거든. 그래서 소년 범죄자들의 지능에 관심을 가지게 된 거야. 급기야 그 아이들은 비정상이기 때문에 범죄를 저지르는 것이 아니라, 오히려 우수한 두뇌와 능력을 가진 그들을 적절히 지도해야 한다는 확신에 이른 거지.”

마플 양이 입을 열었다.

“일리 있는 말이야. 하지만 전부가 사실은 아니지. 내가 기억하는 일로는…….”

그러던 그녀가 말을 끊고 손목시계를 들여다보았다.

"어머, 이런……. 나 6시 30분 기차를 타야 하는데."
루스 반 라이독이 황급히 물었다.
"그럼 스토니게이츠 저택에 가 주는 거지?"
쇼핑백과 우산을 챙기며 마플 양이 말했다.
"캐리 루이즈가 오라고 하면……."
"당연히 그럴 거야. 그럼 가는 거다? 약속이야, 제인!"
제인 마플은 약속했다.

3장

 마플 양은 마켓 킨들 기차역에서 내렸다. 어떤 친절한 승객이 그녀가 옷가방을 내리는 것을 도와주었다. 마플 양은 그물 가방과 빛바랜 가죽 핸드백, 그리고 누덕누덕 헝겊을 기워 만든 외투를 안은 채로 그에게 연신 고맙다는 인사를 했다.
 "정말 친절하시군요……. 요즘엔 짐꾼이 별로 없어 짐을 옮기기가 무척 힘들어요. 혼자 여행할 때면 그런 게 힘든 점이죠."
 하지만 그녀의 호들갑스런 감사 인사는 곧 다른 소음에 묻혀 들리지 않게 되었다. 시끄럽지만 어눌한 목소리로 3시 18분 기차가 1번 승강장에 선다, 어디어디 역을 향해 출발한다는 안내 방송이 역사 내에 울려 퍼진 것이다.
 마켓 킨들역은 규모가 큰 데다 주변이 휑하니 뚫려 있어 바람이 몹시 부는 곳이었다. 그래서인지 역에 머물러 있는 손님은 거의 없었고, 역 직원들도 마찬가지였다. 하지만 이런 역에도 내세울 만한 점은 있었으니, 승강장이 6개나 된다는 것과 지금 객차 1량이 달린 작은 기관차가 뽐내는 듯 요란한 기적 소리를 내뿜고 있는 승강장이 신형이라는 것이었다.

평소보다 한층 초라한 차림새를 한 마플 양(그 낡은 누더기 외투를 버리지 않은 게 다행이었다)이 주변을 두리번거리고 있자니, 다가오는 젊은 남자의 모습이 보였다.

"마플 양이십니까?"

그가 말했다. 이상하게도 그의 목소리는 마치 연기자의 대사 같았다. 마플 양의 이름을 확인하는 것이 자신이 맡은 아마추어 연극 대본의 첫 대사나 된다는 듯한 느낌이었다.

"귀하를 마중 나왔습니다. 스토니게이츠 저택에서요."

마플 양은 연약하고 마음 착한 노부인의 얼굴로 그에게 고맙다는 미소를 보냈지만, 그녀의 예리하게 빛나는 푸른 눈을 그 남자가 눈치챘을지는 불분명했다. 한편 그 젊은이의 실제 성격은 목소리와는 전혀 딴판인 것 같았다. 필시 가볍고 점잖지 못한 성격의 소유자이리라. 눈꺼풀을 경련처럼 깜빡이는 버릇에서 그런 기미가 엿보였다.

마플 양이 말했다.

"어머, 고마워요. 제 짐은 이 옷가방뿐이랍니다."

하지만 그 남자에겐 마플 양의 옷가방을 들어 줄 생각이 없었음이 곧 밝혀졌다. 그는 옆에서 수레 위에 화물을 몇 개 올려놓고 있는 짐꾼을 향해 가볍게 손짓을 해 보였다.

"이것도 좀 같이 옮겨 주세요."

그는 거만하게 덧붙였다.

"스토니게이츠 저택으로 갑니다."

짐꾼은 싹싹하게 대답했다.

"알았습니다. 먼 곳도 아닌데요."

마플 양의 눈에 이 젊은 남자는 짐꾼의 대답을 마음에 들어하지 않는 것 같았다. 스토니게이츠 저택에 대한 그런 언동은 마치 버킹엄 궁(宮)을 래버넘로(路) 3번지처럼 취급한 것과 다름없는 불손한 행위라고 생각한 것 같았다. 그래서인지 그는 투덜거렸다.

"요즘엔 철도 서비스가 엉망이라니까!"

그가 마플 양을 출구 쪽으로 안내했다.

"전 에드거 로슨이라고 합니다. 새러콜드 씨의 일을 도와 드리고 있는 사람이지요. 새러콜드 부인이 당신을 마중 나가 달라고 부탁하셔서요."

이번에도 그의 말투에선 자신은 중요한 위치에 있는 아주 바쁜 사람이나, 기사도 정신이 투철한 나머지 고용주 부인의 간곡한 청을 거절할 수 없었다는 느낌이 전해져 왔다.

하지만 여전히 그런 말투가 이 젊은이와는 어울리지 않는다는 느낌을 지울 수 없었다. 말 하나하나가 무척이나 연극적인 인상이었던 것이다.

마플 양은 이제 이 에드거 로슨이란 인물에 대해 깊은 흥미를 느끼게 되었다.

그들은 역을 빠져 나왔다. 에드거는 구형 포드 8기통 자동차가 서 있는 곳으로 마플 양을 안내했다.

"저와 앞좌석에 타시겠습니까, 아니면 뒷좌석에 타시겠습니까?"

남자가 이렇게 말하는 찰나, 주의를 끄는 사건이 발생했다.

번쩍거리는 신품 2인승 벤틀리 자동차가 역내로 들어와 포드 자동차 옆에 멈춰 섰던 것이다.

곧 그 차에서 아주 아름다운 젊은 아가씨가 내려 그들 쪽으로 걸어왔다. 때 묻은 코듀로이 바지와 목을 풀어 헤친 수수한 셔츠 차림이었는데, 그런 모습이 오히려 그녀의 미모와 우아함을 강조해 주고 있었다.

"여기 있었군요, 에드거. 내가 늦은 줄 알았네요. 이분이 마플 양이시죠? 나도 이분을 뵈러 온 거예요."

그녀는 마플 양을 향해 눈부시게 웃어 보였다. 보기 좋게 그을린 이국적 얼굴과 가지런한 치열이 아름답게 드러났다.

"전 지나예요. 캐리 루이즈 외할머니의 손녀지요. 여행이 따분하시진 않았나요? 어머, 그 그물 가방 참 근사한데요. 저도 그물로 된 가방을 참 좋아해요. 가방과 외투는 이리 주세요. 차를 편하게 타셔야죠."

에드거의 얼굴이 붉어졌다. 그는 불만스럽게 말했다.

"저기요, 지나. 마플 양을 마중 나온 건 접니다. 애써 준비까지 해 왔는데……."

젊은 아가씨는 기분 좋게 활짝 웃었다. 가지런한 치아가 다시 돋 보였다.

"아, 알아요, 에드거. 하지만 내가 오는 쪽이 더 나을 거란 생각이 들어서요. 마플 양은 내가 모시고 갈 테니까 이분 짐을 옮겨 주세요."

그러고서 그녀는 마플 양이 탄 좌석 쪽 문을 힘차게 닫고는 반대편으로 종종거리며 돌아가 운전석에 뛰어 올랐다. 차는 힘찬 기세로 재빠르게 역을 빠져나왔다.

마플 양이 뒤를 돌아보자 에드거 로슨의 얼굴이 보였다.

"음, 로슨 씨는 화가 난 모양이군요."

지나는 웃음을 터드렸다.

"저 에드거란 사람은 정말 못 봐 주겠다니까요. 뭐든지 잘난 체하는 꼴하고는. 혹시 아주머니도 저 남자를 대단한 사람쯤으로 알고 계시는 건 아니겠죠?"

"왜, 꽤 중요한 사람 아닌가요?"

"에드거가요?"

지나의 비웃음 섞인 말 속에는 무의식적이지만 잔인한 기운이 서려 있었다.

"그 사람은…… 박쥐예요."

"박쥐?"

"스토니게이츠 저택에 사는 사람들은 전부 박쥐랍니다. 루이스와 외할머니, 그리고 저하고 애들은 그렇지 않지만……. 아, 벨레버 양도 빼야겠네요. 하지만 그 나머지 사람들은 모두 박쥐예요. 게다가 그 속에 살다 보면 저까지 박쥐가 될 것 같다니까요. 요즘은 밀드레드 이모까지도 산책을 나가면 자기 혼자 중얼중얼 불평을 늘어놓질 뭐예요. 도저히 참사회 위원의 미망인이 할 행동은 아니지요. 어떻게 생각하세요?"

2명이 탄 차는 역 앞길을 빠져 나와 인적이 없는 매끈한 포장도로로 접어들어 속력을 올렸다. 지나는 옆자리에 앉은 마플 양을 옆눈으로 바라보았다.

"우리 외할머니랑 동창이셨다죠? 그것참 신기하네요."

마플 양은 그녀의 말뜻을 짐작할 수 있었다. 젊은 사람들한테는 자신과 같은 할머니들 역시 한때는 젊은 아가씨였으며, 갈래머리를 하고 소수점 계산이며 영문학 같은 것에 골치를 썩인 시절이 있었다는 사실이 믿기지 않기 마련이다.

"아마도……. 아주 오래전 일이었겠지요."

무례하게 보이지 않으려 신중히 조절한 목소리였다. 경외감이 담겨 있는 것 같기도 했다.

"맞아요, 하지만 아가씨의 말은 자기 할머니를 보다가 나를 만나니 더 그런 것 같다는 것으로 들리는군요."

지나는 고개를 끄덕였다.

"정말 눈치가 빠르시군요. 아시겠지만, 저희 외할머니는 겉보기는 도저히 나이를 짐작할 수 없을 정도로 젊어 보이셔서요."

"마지막으로 캐리를 만난 지 정말 오랜 시간이 흘렀어요. 많이 변했는지 궁금하군요."

"머리가 하얗게 세셨지요."

지나가 애매하게 말했다.

"그리고 관절염이 있으셔서 지팡이를 짚고 다니시고요. 요즘 와서 더 심해지셨어요. 아마 그 원인이……."

그녀는 갑자기 말을 멈추고 질문을 던졌다.

"전에 스토니게이츠 저택에 와 보신 적이 있으세요?"

"아니, 전혀. 얘기야 많이 들었지만."

지나는 유쾌하게 이야기를 시작했다.

"보면 그야말로 깜짝 놀라실걸요. 고딕식 도깨비 소굴인 셈이니까. 스티브의 표현을 빌리면 빅토리아 왕조 황금기의 화장실이라나요. 하지만 어떻게 보면 즐거운 곳이에요. 그곳에선 모든 것이 광적으로 진지하죠. 또 심리치료사들은 발에 채일 만큼 많아요! 하나같이 보이 스카우트 단장처럼 자기만 옳은 줄 아는 미치광이들이랍니다. 아니, 그보다 더 심하려나요. 거기에 비하면 소년 범죄자들 쪽이 차라리 귀여워요. 물론 예외도 있지만. 언젠가는 한 어린 녀석이 제게 철삿줄 하나로 자물쇠를 따는 요령을 가르쳐 주더라고요. 또 천사처럼 예쁜 얼굴을 가진 어떤 애는 곤봉으로 사람들을 두들겨 패는 효과적인 방법에 대해 자세한 설명을 해 준 일도 있어요."

마플 양은 몰랐던 것들을 얘기 들으며 깊이 생각하고 있었다.

지나는 말을 계속했다.

"제가 제일 좋아하는 건 살인자들이에요. 정신 이상자들은 별로고요. 물론 루이스와 메버릭 박사는 그 애들을 전부 정신 이상자로 취급하지만 말이에요. 한마디로 그 애들이 그렇게 비뚤어진 이유를 욕구 불만이라거나, 가정 환경이 나빴다거나, 엄마가 외간 남자랑 눈이 맞아 달아났다는 사실로 설명하는 거죠. 하지만 전 절대 그렇게 생각하지 않아요. 세상엔 불우한 환경 속에서도 그걸 극복하려 노력하는 사람들이 많잖아요?"

"참 판단하기 어려운 문제네요."

마플 양의 말에 지나는 웃었다. 다시 한번 그녀의 아름다운 치열을 확인할 수 있었다.

"뭐 그런 복잡한 문제에 크게 신경 쓸 생각은 없어요. 아무튼 사람들 중엔 이 세상을 좀 더 살기 좋은 곳으로 만들고자 하는 사람들이 있게 마련이죠. 루이스야말로 그런 사람의 전형이에요. 그분은 형사 재판에 참여하기 위해서 다음 주 애버딘으로 가신답니다. 전과 5범인 어떤 소년에 관한 사건이죠."

"역에 날 마중 나온 그 젊은이는 어떤 사람이죠? 로슨 씨 말이에요. 자기 입으로는 루이스 새러콜드 씨의 일을 돕고 있다고 하던데. 비서인가요?"

"절대 아니에요! 비서 일을 하기엔 역부족인 사람이지요. 정말 대책 없는 사람이에요. 호텔에 묵기라도 하면 자기가 뭐 국회의원 보좌관이나 부영사, 아니면 전투 비행사쯤 되는 양 허세를 부리다가 돈을 빌려 내빼는 게 특기거든요. 딱 건달이나 할 짓이죠. 하지만 루이스는 자신이 부양하는 이들에 대한 책임감이 너무 큰 나머지, 온갖 편의를 봐주는 것도 모자라 일자리까지 구해 주는 등 정성이 말도 못한답니다. 하지만 제가 감히 장담하건대, 우린 얼마 안 있어서 그 애들 중 누군가에게 살해당하고 말 거예요."

지나는 기운차게 웃음을 터뜨렸지만 마플 양은 웃지 않았다.

그들은 제복을 입은 수위 하나가 군대식으로 보초를 서고 있는 위엄 있는 정문을 지났다. 주변으로 석남화가 만개한 차도가 나타났다. 포장 상태가 좋지 않아 노면은 울퉁불퉁했다.

마플 양이 길을 바라보자 지나가 설명하듯이 말했다.

"전쟁 중에는 관리인이 없었거든요. 식구들도 신경 쓸 여유가 없었고. 상태가 영 아니군요."

차가 커브길에 접어들자 드디어 스토니게이츠 저택이 그 모습을 드러냈다. 지나의 말처럼 빅토리아 시대풍의 고딕식 대저택이었다. 박애주의를 열심히 전파하다 보니 점점 더 많은 공간이 필요했는지 신관을 계속 증축한 듯 그다지 조화롭지 못한 외양을 하고 있었다. 그냥 봐서는 어떤 용도의 건물인지 알기 힘들었다.

"정말 끔찍하죠?"

지나가 다정한 목소리로 물었다.

"저기 테라스 위에 외할머니가 나와 계시는군요. 여기 내리셔서 만나 보시면 좋을 거예요."

마플 양은 테라스를 따라 걸어 옛 친구 쪽으로 다가갔다.

지팡이를 짚은 걸음이 몹시 느리고 쇠약해 보였지만, 멀리서 보이는 캐리 루이즈의 가냘픈 몸 윤곽은 아직도 소녀처럼 아담했다. 꼭 젊은 여성이 노인 연기를 하는 것으로 착각할 정도로 나긋나긋한 인상이었다.

"제인?"

새러콜드 부인이 말을 걸어왔다.

"그래, 나야. 캐리 루이즈."

캐리 루이즈가 틀림없었다. 친언니 루스 반 라이독과는 달리 화장이나 젊어 보이려는 노력을 전혀 하지 않음에도 여전히 기이한 젊음과 매력을 뿜내는 캐리 루이즈. 그녀 본인이 지금 눈앞에 서 있었다. 머리칼은 잿빛으로 세어 있었지만 원래부터 은빛이었던 그 머리에선 세월에 따른 변화가 별로 느껴지지 않았다. 피부 또한 아직도 장미 꽃잎처럼 혈색이 고왔다. 물론 이제는 어느 정도 주름진 꽃잎이긴 했지만. 캐리 루이즈의 눈 속에는 아직도 별빛처럼 반짝이는 순수한 광채가 담겨 있었다. 소녀처럼 날씬한 몸매와 무언가를 열심히 바라보는 새처럼 머리를 기울인 천진한 모습이 그녀의 이미지를 완성시켜 주고 있었다.

캐리 루이즈는 고운 음색으로 말했다.

"정말 미안해. 그렇게 오랫동안 연락 않고 살아서 말이야. 제인, 우리 도대체 몇 년만에 본 거지? 이렇게 와 줘서 정말 고마워."

테라스 끝에서 지나가 소리쳤다.

"할머니, 빨리 들어오세요. 날이 추워지네요. 졸리가 화낼 거예요."

캐리 루이즈는 맑게 웃었다.

"모두들 날 가만두지 못해 안달이라니까. 다 늙은 할머니 취급인지 마음이 놓이질 않나 봐."

"넌 그렇지 않다는 거구나?"

"그럼, 제인. 물론 요즘은 여기저기 안 아픈 데가 없긴 해. 하지만 마음은 아직 한창인걸. 아직도 내가 지나 또래의 여자아이인 것 같은 느낌이야. 다른 나이 든 사람들도 비슷하지 않을까? 거울을 보면 내가 얼마나 늙었는지 알 수 있지만, 믿고 싶지 않다고 해야겠지. 우리가 같이 플로렌스에서 지낸 것도 정말 몇 달 전 일인 것만 같아. 독일 여자애 프라울라인 슈바이히가 신던 부츠 기억 나?"

두 노부인은 웃음꽃을 피우며 벌써 반 세기나 전에 일어난 사건들을 회상했다.

이윽고 두 사람은 옆문 쪽으로 걸어갔다. 문에서 바싹 마른 한 노부인이 걸어나와 그들을 맞아 주었다. 짧은 머리에, 오만한 얼굴을 하고 잘 재단한 트위드 재킷을 입은 그녀가 책망하듯 말했다.

"카라, 지금 제정신이 아니시군요. 이런 늦은 시간까지 밖에서 돌다니. 자기 몸은 자기가 챙겨야죠. 새러콜드 씨가 아시면 어쩔 작정이세요?"

"너무 그러지 마, 졸리."

캐리 루이즈가 애원하듯 말하며 마플 양에게 벨레버 양을 소개했다.

"이쪽은 벨레버 양이야. 모든 일에서 날 도와주는 사람. 그밖에 간호사, 보호자, 경호원, 비서, 가정부, 거기에 가까운 친구역까지 다 해내는 친구지."

이 말을 들은 줄리엣 벨레버는 흥 하고 콧방귀를 뀌었지만, 길다란 코끝을 붉혔다. 그녀가 퉁명스럽게 입을 열었다.

"내가 손대야 하는 일이 한두 가지가 아니라서 말이죠. 이 집은 정말 피곤한 집이에요. 원칙을 세워 그것대로 좀 일해 보려고 해도 도저히 불가능하니 원…….”

 “졸리, 당신은 원칙이라고 하지만, 꼭 그런 걸 정해 둘 필요는 없잖아? 그나저나 마플 양을 묵게 할 방은 어디야?”

 “파란 방이에요. 제가 모시고 갈까요?”

 “그래, 졸리. 그렇게 해 줘. 그 후엔 차 마시는 시간에 맞춰 모시고 내려와 주고. 오늘은 서재에서 차를 들자고.”

 '파란 방'에는 빛깔은 좀 오래되었지만 고급스러운 느낌이 여전한 푸른 비단 커튼이 육중하게 드리워져 있었다. 한눈에 보아도 50년 이상은 된 커튼이었다. 전부 마호가니 재질인 가구들은 크고 단단했으며, 튼튼한 다리 4개가 달린 침대가 특히 인상적이었다. 벨레버 양이 그 방에 딸린 욕실 문을 열었다. 뜻밖에 욕실은 현대적인 설비로 가득했다. 전체적인 색조는 연보랏빛이었으나 목욕 기구들은 은빛으로 번쩍거리며 빛났다.

 벨레버 양은 그 안을 신중하게 안내했다.

 “카라의 두 번째 남편 존 레스태릭 씨가 이 집에 욕실을 10개나 더 만들었어요. 이 집에 현대적인 시설은 배관밖에 없지요. 다른 것들도 보수하자고 했지만 래스태릭 씨는 꿈쩍도 안 하셨죠. 이 집은 유서 깊은 유물이니 온전히 보전해야 된다나요? 그분에 대해 혹시 알고 계신가요?”

 “아니요, 만난 적이 없어요. 그동안 새러콜드 부인과 편지를 주고받긴 했어도 이렇게 만난 적은 거의 없었거든요.”

"존은 같이 있으면 즐거운 사람이었어요. 물론 생활력이라곤 손톱만큼도 없는 사람이었지만. 한량이라고 해야 하나, 기분 좋은 유쾌함과 여자들을 사로잡는 매력이 있었지요. 하긴 그게 그 사람 인생이 망가진 이유이기도 했으니. 아무튼 카라에게 어울리는 남편감은 아니었어요."

그러고서 그녀는 원래의 뻣뻣한 태도로 돌아가 다시 말했다.

"하녀가 짐을 옮겨 드릴 거예요. 차를 들기 전에 좀 씻으시지요?"

마플 양이 고개를 끄덕이자 그녀는 층계 위에서 기다리겠다며 돌아갔다.

마플 양은 욕실로 들어가 손을 씻고는 아름다운 연보라색 수건으로 조금 과도하다 싶을 정도로 열심히 손을 닦았다. 이윽고 그녀는 모자를 벗고 부드러운 백발을 매만졌다.

문을 열자 기다리고 있던 벨레버 양이 깊고 어두컴컴한 층계로 그녀를 이끌었다. 아주 크고 어두운 홀을 지나니 책장이 천장까지 맞닿은 서재가 나왔다. 그 방 창문 너머로는 인공 호수가 내다 보였다.

캐리 루이즈가 창 옆에 서 있어 마플 양은 그리로 다가서며 입을 열었다.

"정말 웅장한 집이야. 길을 잃기 딱 좋겠어."

"그래, 우스꽝스러울 정도지. 이 저택은 원래 위세가 대단하던 한 제철업자가 지었대. 그런데 얼마 안 있어 파산했다고 하더라. 이상한 일도 아닌 게 거실만 해도 14개는 되니까 말이야. 또 그 하나하나마다 크기는 좀 커야 말이지. 거실이 여러 개 있어 뭣에 쓰겠다고······.

침실들이 얼마나 넓은지 봤어? 정말 불필요한 공간이 너무 많아. 그중에서도 내 침실이 압권인데, 침대에서 화장대까지 가려면 한참을 걸어야 한단다. 거기에 그 무겁고 우울한 붉은 커튼은 어떻고."

"현대식으로 개조하지 그랬어?"

캐리 루이즈는 그 말을 듣고 놀란 것 같았다.

"그런 적은 없어. 내가 에릭하고 처음 여기 살기 시작했을 때부터 지금까지 저택은 바뀐 것이 별로 없어. 물론 도색이야 가끔 하지만 늘 전과 똑같은 색으로만 칠하니까. 하지만 그런 게 시급한 일은 아니잖아? 음, 내 말뜻은 다른 중요한 일들도 많은데 집 장식 같은 것에 돈을 들이는 게 좀 그렇다는 뜻이야."

"내부 시설도 전혀 바뀐 게 없는 거야?"

"아니, 내부는 많이 개조했지. 중앙 홀과 주위 방들을 비롯한 중앙부는 그대로 두었지만. 거긴 그대로도 충분히 좋거든. 조니는(내 두 번째 남편 말이지) 그 부근엔 절대 개조나 변형을 하지 못하게 했어. 원래 출신이 예술가니까 그런 면이 까다로웠거든. 하지만 동서쪽 끝의 건물은 완전히 개조해서 방을 여러 개 만든 후에 사무실과 교직원 침실 등으로 쓰게 되었지. 아이들은 저쪽 소년원 건물에 산단다. 여기서도 볼 수 있어."

마플 양은 나무들이 빽빽이 둘러싼 숲 사이로 보이는 커다란 붉은색 벽돌 건물을 바라보았다.

그러고는 건물 앞에 서 있는 어떤 형상을 발견하고 입가에 살짝 미소를 띠었다.

"지나는 정말 예쁜 아가씨야."

캐리 루이즈가 활짝 웃었다.

"그럼, 사실이지. 그 애가 다시 여기 오게 되서 정말 기뻐. 전쟁 초에 난 그 애를 미국에 있는 루스 언니에게 맡겼지. 루스 언니에게서 걔에 대한 말 못 들었니?"

"음, 간단히 몇 마디 듣기는 했어."

캐리 루이즈는 한숨을 쉬었다.

"불쌍한 루스 언니! 지나의 결혼을 앞두고 언니가 정말 마음고생이 심했어. 어떤 경우에도 언니 탓은 절대 안 하겠다고 신신당부했는데도 말이야. 루스 언니는 정말 꽉 막힌 사람이라, 요즘 시대 결혼엔 예전처럼 관습적인 신분이며 조건 같은 게 중요하지 않다는……. 아니 사라져 가고 있다는 것을 모르는 사람이거든. 지나는 군대에서 일하다가 한 젊은이를 만나게 되었어. 해병대에서 많은 공을 세운 청년이지. 둘은 1주일 뒤에 결혼했는데, 솔직히 서로가 어떤 사람인지 파악도 못할 정도로 순식간이긴 하지. 하지만 요즘엔 다 그렇잖아. 젊은 애들은 또 자기들대로 사는 방식이 있으니까. 기성세대 입장에서는 그런 게 못마땅하긴 해도 인정해 줘야지 뭐. 그런데도 루스 언니는 걱정되서 이만저만이 아니었다니까."

"그 청년이 지나에게 어울리지 않았다고 생각한 걸까?"

"남자에 대해서 모르는 게 너무 많다고 봤던 거야. 미국 중서부 출신이라는데, 가진 게 아무것도 없었거든. 당연히 직업도 없었지! 어디든 우글우글한 그런 남자애였어. 그래서 지나의 결혼 상대로

적합하지 않다는 말이었겠지. 하지만 결국 결혼까지 이어지고 만 거야. 그래도 난 개인적으로 지나가 남편과 함께 여기 와서 살게 된 게 너무 기뻤단다. 여기서는 걔들이 할 수 있는 일이 많거든. 늘 일손이 부족해 안달이니까. 월터 청년이 여기 일을 도우면서 의학 공부를 하거나 학위를 따거나 하는 일도 충분히 가능해. 그런 것들을 다 떠나서 결국 여긴 지나의 집이잖아? 난 무척 흐뭇해. 집안에 활달하고 발랄한 식구가 늘어난 거니까."

마플 양은 고개를 끄덕이고 다시금 창밖 호숫가의 두 남녀를 바라보았다.

"보기 좋은 그림이야. 지나가 저 남자애랑 사랑에 빠진 것도 이해가 가."

"잠깐, 저건 월리가 아닌걸?"

새러콜드 부인의 목소리가 변했다. 당황한, 아니 긴장한 듯한 목소리였다.

"저건 스티브야……. 조니 레스태릭과 전처 사이의 아들 중 둘째라고. 조니가 죽은 후로 그 애들은 휴가 때 갈 곳이 없거든. 그래서 우리 집으로 오게 한 건데……. 그 애들은 모두 이 집을 자기 집처럼 여기고 있어. 특히 스티브는 아주 눌러살면서 이곳 극단을 운영하고 말이야. 여기 소년원 시설에 소속된 극단이 있다는 거 아니? 우린 예술적 활동을 적극적으로 권장한단다. 루이스의 지론에 따르면 소년 범죄의 동기는 기본적으로 자기 표현 욕구 때문이라는 거야. 불우한 환경에서 억눌리며 자라 온 애들은 강도나 절도를 통해 그걸 발산한다는 얘기지. 그래서 우리는 그 애들이 직접 대본도 쓰고 무대 장치, 장식에서 연기까지 자기들 힘으로 극단을 꾸려 갈 수 있게 지원하고 있어. 스티브는 그 운영을 맡고 있는 거야. 정말 열심이란다. 아이들을 잘 인솔하고 있는 걸 보면 아주 기특해."

마플 양이 느릿하게 대꾸했다.

"그렇구나."

그녀는 먼 곳까지 또렷하게 볼 수 있는 시력을 가지고 있었다.(세인트 메리 미드의 주민들은 쓰라린 체험을 통해 그 사실을 잘 알고 있었다.) 그녀의 눈엔 지나와 얼굴을 맞댄 채 눈을 빛내며 이야기를 하고 있는 스티븐 레스태릭의 잘생긴 얼굴이 똑똑히 보였다. 지나는 등을 돌리고 있어 얼굴을 볼 수 없었지만, 스티븐 레스태릭의 표정만은 확실히 알 수 있었다.

마플 양이 입을 열었다.

"물론 내가 상관할 바는 아니지만······. 캐리, 너도 알고 있지? 저 청년이 지나를 사랑하고 있다는걸."

캐리 루이즈는 당황한 기색으로 말했다.

"어머, 무슨······. 그럴 리가 없어. 말도 안 되는걸."

"넌 항상 현실에 둔했지, 캐리. 하지만 내 말대로일 거야."

4장

I

그때였다. 마플 양의 말에 새러콜드 부인이 뭐라고 대답을 하려는 찰나, 편지 몇 장을 든 새러콜드 씨가 홀 쪽에서 걸어 들어왔다.

루이스 새러콜드는 키가 작은 데다 겉보기로는 특별히 눈에 띄는 점이 없는 사람이었다. 하지만 그의 인품은 곧 사람들의 주목을 끌고도 남았다. 루스 반 라이독 부인은 언젠가 루이스는 인간이라기보다 살아 있는 발전기에 가깝다고 평한 일이 있었다. 그 말대로 그는 현재 자신이 관심 있는 분야에 온 힘을 다해 몰입하는 반면, 그 밖의 사람이나 사물엔 눈길도 주지 않는 인물형이었다.

그가 말을 시작했다.

"여보, 나쁜 소식이 있어. 재키 플린트라는 남자애 있잖아? 다시 옛날의 나쁜 버릇이 나왔다는군. 이번에야말로 그 애를 교화시킬 수 있으리라 보았는데. 한참 성실했거든. 그 애가 철도에 관심이 많앗던 거 당신도 알았지? 그래서 그 애한텐 철도 관련 직업이 잘 맞을 거라고 메버릭과 얘기한 적도 있었건만, 이제 다 틀린 셈이야. 수화물 관리소에서 대수롭지 않은 물건을 훔쳤다나. 별 값어치도 없고 쓸모도 없는 물건을 말이야. 이건 분명 심리적인 게 원인이라고. 한마디로 아직 우리가 그 애를 괴롭히고 있는 근본적인 문제를 밝혀내지 못했다는 거지. 그래도 난 포기하지 않을 거야."

"루이스? 이쪽은 내 옛 친구 제인 마플 양이야."

"아, 처음 뵙겠습니다."

새러콜드는 건성으로 받는 것 같았다.

"이렇게 만나 뵈어 반갑습니다. 그건 그렇고, 이번엔 역시 재판까지 가겠지? 근본은 좋은 앤데……. 머리는 별로 안 좋아도 심성은 착하거든. 워낙 집안 사정이 엉망이어서 그랬는지 원. 하지만 난 계속……."

그가 갑자기 말을 멈췄다. 그가 가진 '발전기'의 스위치가 이 새로 온 방문객 쪽으로 돌려졌던 것이다.

"아. 실례했습니다, 마플 양. 이곳에 오신 걸 환영합니다. 옛 추억을 함께할 친구가 있다는 건 캐롤라인에게도 좋은 일이 될 겁니다. 여기 있다 보면 속상한 일이 많거든요. 온통 가엾은 아이들의 슬픈 이야기뿐이니까요. 될 수 있는 한 오래 머물러 주시면 기쁘겠습니다."

마플 양은 그에게서 자석 같은 끌림을 느꼈다. 그녀의 옛 친구를 사로잡은 건 그러한 자력이었으리라. 루이스 새러콜드라는 인물은 끊임없이 자기 이상을 펼쳐 보이는 사람임에 틀림없었다. 물론 세상엔 그런 모습을 따분해하는 여자들도 있겠지만, 캐리 루이즈의 경우에는 그렇지 않았던 것이다.

루이스 새러콜드가 또 다른 편지를 꺼냈다.

"하지만 이번엔 좋은 소식이야. 윌트셔 서머싯 은행에서 온 전갈이지. 우리 모리스가 아주 성실히 일하고 있다는군. 은행 쪽 사람들이 아주 만족한 눈치야. 다음 달엔 승진까지 시킬 생각이래. 나도 항상 생각했지만 그 애에게 필요한 건 책임감뿐이었어. 돈이 어떤 것인지, 어떻게 다룰 것인지만 배우면 될 일이었지."

그가 마플 양에게로 시선을 돌렸다.

"여기 있는 애들의 태반은 돈이란 게 무엇인지 제대로 알지 못한답니다. 아이들은 돈이 그저 영화나 도박을 하는 데, 담배를 사는 데 필요한 것이라는 정도의 생각밖에 없지요. 그런데도 셈이 아주 빠르고 사람들을 속이는 걸 재미있어하죠. 그래서 제가 생각한 게······. 아, 표현이 잘 생각나지 않네요. 아이들에게 돈에 대한 감각을 키워 주고, 회계나 부기를 가르쳐 돈의 속성에 대해 파악하도록 돕는 것이죠. 기술을 익히고 책임감을 심어 줘 직업적인 측면에서 돈을 바라보게 하는 겁니다. 그런 식으로 우리는 꽤 훌륭한 성과를 거두어 왔답니다. 실망스러운 결과가 나온 건 38명 중 단 2명뿐이었어요. 제약 회사의 경리 자리로 갔던 아이가 그중 하나였는데······ 아주 중요한 자리임에도······."

그는 말을 멈추고 캐리 루이즈를 향해 말했다.

"차 한잔하자, 여보."

"난 여기서 마시려고 했는데. 졸리에게도 얘기해 뒀어."

"아니, 홀에서 마시는 게 좋겠어. 다른 사람들도 모여 있고."

"응? 난 다들 밖으로 나간 줄로 알고."

캐리 루이즈는 마플 양의 팔짱을 끼고는 중앙 홀로 데려갔다. 사실 중앙 홀 같은 곳에서 차를 마시는 건 좀 어색한 일이긴 했다. 홀에는 차 마실 때 쓰는 도구들이 여럿 쌓여 있었다. 실용적인 찻잔이 있는가 하면, 로킹엄과 스포드 지방에서 생산된 구식 찻잔들도 보였다. 그 외에도 빵 조각들과 잼 단지 2개, 울퉁불퉁한 싸구려 과자들이 있었다.

회색 머리의 뚱뚱한 중년 부인이 차 테이블 뒤에 앉아 있는 모습이 눈에 띄었다. 새러콜드 부인이 그녀를 소개했다.

"제인, 이쪽은 밀드레드야. 내 딸이지. 너 이 애가 아주 조그맣던 시절에 본 이후로 처음이지?"

밀드레드 스트리트는 마플 양이 이 집에서 만난 사람 중에 가장 이 저택과 어울리는 사람이었다. 그녀는 부유층 부인다운 풍채와 위엄을 지니고 있었다. 30대 후반에 대성당 참사회 위원과 결혼했지만 현재는 미망인이라고 했다. 당당하지만 조금 둔한 느낌을 주는 그녀의 인상은 신실한 종교인의 아내로 더없이 어울려 보였다. 무표정하고 넓적한 얼굴과 흐릿한 눈빛을 가진 그녀의 못생긴 얼굴을 보고 마플 양은 밀드레드가 소녀 시절부터 퍽 못생긴 아이로 통했으리라 짐작했다.

"그리고 이쪽이 월리 허드. 지나의 남편이지."

월리는 덩치가 큰 청년이었다. 머리를 깔끔하게 빗어 넘긴 그는 왠지 좀 우울한 표정이었다. 그가 어색하게 고개를 끄덕이고 과자를 계속 먹었다.

바로 그때 지나가 스티븐 레스태릭과 함께 방 안으로 들어왔다. 둘 다 아주 기분 좋은 얼굴이었다.

스티븐이 말했다.

"지나가 무대에 올릴 막에 대해 아주 괜찮은 아이디어를 냈어요. 지나, 당신은 정말 무대 장치에 대해 식견이 있어."

지나는 유쾌하게 웃음을 터뜨렸다. 한편 에드거 로슨이 들어와 루이스 새러콜드의 옆에 앉았다. 지나가 말을 걸었지만, 그는 대답하지 않기로 마음먹은 것 같았다.

마플 양은 이곳의 분위기가 좀 어색하다는 것을 느꼈다. 차를 후딱 마신 다음 어서 빨리 방으로 돌아가 누웠으면 좋겠다는 생각뿐이었다.

저녁 식사 때가 되자 사람들이 몇 명 더 왔다. 일단 정신 의학자인지 심리학자인지 잘 분간이 안 가는 (마플 양은 도저히 그 두 가지의 차이점을 알 수 없었다.) 젊은 메버릭 박사가 합류했다. 그가 하는 이야기는 온통 그쪽 방면의 전문 용어로 꽉 차 있어 마플 양은 알아들을 재간이 없었다. 그 외에 교사로 일하고 있는 두 안경잡이 청년, 전속 치료사로 일하고 있는 바움가튼이란 남자, 그리고 '손님 초대' 주간을 맞아 식사 자리에 초청되었다는 너무나 긴장한 기색의 소년원 소년 셋이 있었다. 그중 푸른 눈과 금발 머리를 한 소년을 두고 지나는 귓속말로 '곤봉의 전문가'라고 소개했다.

음식은 그다지 특출하게 훌륭한 것이 못 되었다. 수수한 요리와 수수한 서비스가 이어졌다. 반면 앉아 있는 사람들의 옷차림은 제각각이어서 벨레버 양은 검은 드레스, 밀드레드 스트리트는 이브닝드레스 차림에 양모 가디건을 걸친 모습이었다. 캐리 루이즈는 모직으로 된 회색 드레스를 입었고 지나는 소박한 복장 속에서도 확연히 빛나 보였다. 하지만 월리와 스티븐 레스태릭은 전까지 입던 옷 그대로였다. 에드거 로슨은 짙은 파란색 양복을 말쑥하게 차려입었으며, 루이스 새러콜드는 전형적인 야회복 차림이었다. 음식에 거의 입을 대지 않는 모습이, 접시 위에 담긴 것이 뭔지는 신경도 쓰지 않는 것 같았다.

저녁 식사가 거의 끝날 시간이 되자 루이스 새러콜드와 메버릭 박사는 박사의 사무실로 가 버렸다. 치료사와 교사들도 각자의 숙소로 돌아가고, 세 '범죄 케이스' 소년들 역시 소년원 건물로 떠났다. 지나와 스티븐은 무대 장치에 대한 지나의 제안을 검토하느라 극장으로 간다고 했다. 밀드레드는 뭔가 긴 옷을 뜨개질하고 있었으며, 벨레버 양은 양말의 구멍을 손보고 있었다. 월리는 의자에 목을 젖히고 앉아 말없이 허공을 바라보고 있었다. 캐리 루이즈와 마플 양은 옛 추억을 소재로 여러 이야기를 나누었지만, 어쩐 일인지 자리에 어울리지 않는다는 어색함이 느껴졌다.

에드거 로슨은 뭘 해야 할지 몰라 안절부절못하는 것 같았다. 그는 갑자기 의자에서 벌떡 일어나 황망히 말했다.

"새러콜드 씨에게 가 봐야겠습니다. 절 찾으실지도 모르니까요."

일부러 높인 듯 목소리가 매우 컸다.

캐리 루이즈는 차분하게 말했다.

"아닐걸요. 남편은 오늘 밤 내내 메버릭 박사와 상의할 게 있다며 나갔어요."

"그렇다면 제가 방해해서야 안 될 일이죠. 그럴 생각은 없습니다. 오늘은 괜히 역에 나가 시간을 낭비하는 등 소득 없는 날이었군요. 지나 허드 부인이 몸소 직접 마중 나오실 거라는 것도 모르고."

"걔가 당신한테 미리 말해 줬어야 했는데. 그 애도 시간이 임박해서야 자기도 나가기로 결심한 것 같았어요."

"하지만 새러콜드 부인, 그녀의 행동은 절 완전히 바보 취급한 것이었습니다! 철저히 바보 취급했다고요!"

캐리 루이즈는 미소를 띠우며 말했다.

"무슨……. 그렇게 생각할 일이 아니에요."

"저도 사람들이 절 멀리하고 있다는 사실은 압니다. 아주 잘 알죠! 하지만 제게 어울리는 자리를 찾았다면 사정은 전혀 달랐을 거예요. 이 자리가 저와 어울리지 않는 건 제 잘못이 아니란 말입니다!"

"보세요, 에드거. 아무것도 아닌 일로 그렇게 흥분하지 마세요. 제인은 당신이 자길 마중 온 것에 대해 무척 감사히 여기고 있답니다. 지나가 원래 변덕이 심한 아이잖아요. 당신을 화나게 하려고 일부러 그런 것이 아니에요."

"아뇨, 아닙니다. 그건 일부러, 분명히 고의적으로 한 행동이었습니다. 절 모욕하기 위해서 말이죠."

"에드거……."

"부인은 상황이 어땠는지 잘 모르시니까 그렇게 말씀하시는 겁니다. 더 이상 말씀드리진 않겠습니다. 안녕히 주무시고, 전 돌아가겠습니다."

에드거는 요란한 소리를 내며 문을 닫고 나갔다.

"태도하고는!"

벨레버 양이 코웃음을 쳤다.

"너무 예민한 사람이라 그래."

캐리 루이즈의 말에도 확신은 없어 보였다.

"정말 싫은 남자야. 어머니, 저런 무례한 작자를 그냥 두실 거예요?"

밀드레드 스트리트가 뜨개바늘을 움직이며 차갑게 내뱉었다.

"루이스도 어쩔 방법이 없다는데 어떡하니."

밀드레드가 다시 차갑게 반박했다.

"누가 한마디 해야 해요. 하긴 지나도 잘못한 게 있죠. 워낙 분별 없이 행동하는 애니까 하루도 조용할 날이 없어요. 언제는 저 남자를 추켜세워 주는가 하면, 또 돌아서서는 모욕을 줘 버리거든요. 어떻게 해야 할지 모르겠어요."

그 순간 그날 처음으로 월리 허드가 입을 열었다.

"저놈은 맛이 갔어요. 그래서 저런 거라고요. 미친놈!"

II

 그날 밤 마플 양은 침대에 누워 스토니게이츠 저택의 생활 모습을 차분히 되새겨 보았다. 하지만 아직도 아는 것이 너무나 부족했다. 이곳에는 어떤 흐름과, 거기에 거스르는 또 다른 흐름이 뒤섞여 있었다. 그러나 루스 반 라이독이 느꼈다는 불안의 원인이 그것 때문일까? 마플 양은 캐리 루이즈가 주위 환경으로 인해 고민하고 있다는 인상을 받지는 못했다. 스티븐은 지나를 사랑하고 있다. 지나가 스티븐을 사랑하고 있는지는 불확실하다. 한편 지나의 남편 월리 허드는 분명히 불만에 차 있다. 그러나 이 정도는 언제 어디서고 일어나는 일 아닌가. 그리고 불행히도, 이런 일은 대개 이혼 법정으로 향하며 끝나기 마련이다. 그러면 당사자들은 희망에 차서 새 출발을 하겠지만 이윽고 다른 문제에 맞닥뜨리게 되는 것이다……. 밀드레드 스트리트는 분명히 지나를 싫어하고, 질투하고 있다. 마플 양의 생각에 그건 당연한 일이었다.

 그녀는 루스 반 라이독의 말을 되새겨 보았다. 아이가 태어나지 않는 것에 낙심한 캐리 루이즈, 피파라는 소녀의 입양, 그 후에 이어진 임신.

 "그런 일이야 종종 일어나는 일이죠. 긴장이 풀리고 나서 비로소 정상적인 임신이 가능하게 된 사례입니다."

 마플 양의 주치의가 한 말이었다. 의사는 그런 경우 양자와 태어날 아기가 겪는 갈등에 대해서도 설명을 이어 나갔다.

하지만 이번엔 경우가 다르다. 걸브랜드슨과 캐리 루이즈는 피파라는 소녀를 입양했다. 그들은 그 아이를 무척이나 아꼈고, 절대 소홀히 하는 법이 없었다. 이미 전처와의 사이에 아들이 셋 있었던 걸브랜드슨으로서는 자신의 부성애 대상 목록에 하나를 더 추가하는 게 그리 어려운 일이 아니었다. 반면 캐리 루이즈의 모성 본능은 이미 피파에 의해 충족된 상태였다. 그 때문에 그녀는 임신이 불편했고, 출산 과정도 고통이 심했던 난산이었다. 현실적인 면에 언제나 둔감했던 캐리 루이즈에겐 썩 즐겁지 않은 경험이었을 터였다.

그리고 두 소녀가 자라난다. 하나는 예쁘고 귀엽게, 다른 한쪽은 못생기고 평범하게. 마플 양은 이것 역시 너무나 당연한 일이라고 생각했다. 사람들은 아기를 입양할 때 이왕이면 예쁜 아이를 들이니까. 물론 밀드레드가 루스 반 라이독이나 캐리 루이즈 같은 어머니 쪽의 미모를 닮았으면 좋았으련만, 애석하게도 자연의 법칙은 그녀에게 몸집 크고 둔하며 귀염성 없는 걸브랜드슨 가문의 외모를 닮게 한 것이다.

게다가 캐리 루이즈는 양녀인 피파가 자신의 처지를 비관하지 않도록 피파 쪽에 더 많은 사랑과 관심을 쏟았기 때문에 밀드레드는 서운할 일이 많았다. 세월이 흘러 피파가 결혼해서 이탈리아로 가 버린 후에는 한동안 밀드레드도 이 집안의 유일한 딸로 행세할 수 있었다. 하지만 그것도 잠시, 피파가 아이를 낳다 죽은 후 캐리 루이즈는 피파가 낳은 딸을 스토니게이츠 저택으로 데려왔고, 덕분에 밀드레드는 다시 한번 자기 자리를 내어 주게 된 것이다. 게다가 캐리 루이즈가 새로 결혼하는 바람에 레스태릭의 아들들이 식객으로 들어오게 되었으니 엎친 데 덮친 격이었다. 1934년, 밀드레드는 자신보다 10살, 아니 15살쯤 위인 참사회 위원과 결혼한다. 학자풍의 골동품 연구자인 스트리트 씨는 결혼 후 그녀를 데리고 영국 남부 지방으로 이사 갔다. 그녀는 필시 행복했을 것이다. 하지만 사실이 어땠는지는 아무도 모른다. 부부 사이에는 아이가 없었다. 그리고 이제 그녀는 자신이 어려서 자라났던 집에 다시 돌아와 있다. 그것이 그녀가 또다시 불행해진 이유일 것이라고 마플 양은 추측했다.

지나, 스티븐, 윌리, 밀드레드, 그리고 규율과 규칙을 좋아하지만 뜻대로 사람들이 따르지 않아 못마땅해하는 벨레버 양. 모든 것이 만족스러운 듯한 루이스 새러콜드. 그는 자신의 이상을 현실화하려 노력하는 이상주의자였다. 하지만 이들 중 누구에게서도 루스가 느꼈던 문제점의 원인으로 생각되는 구석을 찾을 수 없었다. 캐리 루이즈의 삶은 소용돌이와는 멀리 떨어져 있는 듯 평탄해 보였다. 하긴 그녀는 지금까지 내내 그렇게 살아왔을 것이었다. 그렇다면 루스가 뭔가 잘못되었다고 느낀 이유는 무엇인가? 그리고 마플 양 자신이 받은 느낌의 정체도 그와 같은 것일까?

그렇다면 이 소용돌이의 주변부를 이루는 사람들 쪽은 어떨까? 성실하고 선량한 심리치료사, 교사들, 자신만만한 젊은 메버릭 박사, 순수한 눈을 한 홍안의 소년 범죄자들, 그리고 에드거 로슨……. 생각이 이 대목에 이르자 잠에 막 빠져들려던 마플 양의 정신이 갑자기 깨어나 에드거 로슨이라는 인물을 중심으로 빙글빙글 돌기 시작했다. 에드거 로슨을 처음 봤을 때 누군가, 무엇인가 생각난 것이 있었다. 그에게는 잘못된 점이 있다. 어쩌면 잘못된 구석이 한둘이 아닐지도 모른다. 에드거 로슨은 주위에 적응하지 못하고 있다. 이게 맞는 표현이려나? 하지만 그가 어쨌거나 캐리 루이즈와는 상관없지 않을까?

마플 양은 속으로 고개를 흔들었다. 그녀는 보다 큰일을 염려하고 있었다.

5장

I

다음 날 아침이었다. 마플 양은 자신을 초대한 이 저택의 여주인 몰래 조용히 정원으로 나섰다. 그러나 그녀는 정원의 모습을 보고 내심 실망을 금할 수 없었다. 분명 야심차게 설계했겠지만, 이제는 관리 소홀로 훼손되어 버린 모습이었기 때문이다. 석남화 덩굴, 비스듬하게 경사진 잔디밭, 경계를 두고 우거진 여러 나무들, 각지게 다듬어진 장미 화단과 그 곁의 회양목 울타리 등이 모두 그랬다. 잔디는 표면이 울퉁불퉁했고 화단의 경계는 잡초가 우거져 꽃들이 멋대로 자라나 있었다. 옆으로 지나가는 오솔길 또한 잔풀들 속에 방치되어 있었다.

하지만 정원 반대편에 붉은 벽돌담으로 구분된 채소밭은 꽤 관리가 잘 되어 있었다. 채소는 식용이라는 실제적인 쓰임이 있기 때문인지도 모른다. 한편 예전에는 잔디밭과 꽃밭이었을 것으로 생각되는 부분들은 현재 칸막이가 쳐진 채 테니스장과 볼링장으로 변해 있었다.

풀이 나뉜 경계를 훑어보던 마플 양은 안타깝다는 듯이 혀를 차며 무성하게 핀 들국화 1송이를 뽑아 들었다.

그러던 중 에드거 로슨의 모습이 눈에 들어왔다. 그는 마플 양을 보더니 멈춰 서서 머뭇거리는 기색이었다. 그를 그대로 보낼 생각이 없던 마플 양은 입을 열어 아는 척을 했다. 에드거가 다가오는 것을 보고 마플 양은 정원 손질 도구를 두는 곳이 어딘지 물었다. 에드거는 그저 정원사가 알고 있을 거라며 말끝을 흐렸다.

"정원이 이렇게 망가져 가는 걸 그냥 두고 볼 수가 없어서 그래요. 난 정원을 무척 좋아하거든요."

하지만 마플 양은 에드거가 정원 손질 도구를 가져다주길 원한 것이 아니었다. 마플 양은 재빨리 말을 이었다.

"늙어서 도움이 안 되는 할머니들에게 딱 맞는 일이죠. 로슨 씨 같은 젊은이는 현실적이고 중요한 업무가 많아 정원을 돌볼 새가 없으니까요. 새러콜드 씨의 오른팔이시잖아요. 분명 아주 흥미로운 일일 거예요."

그는 얼른 대답했다.

"예, 예. 흥미롭긴 하죠."

"당신은 새러콜드 씨의 가장 훌륭한 조수임에 틀림없어요."

"뭐, 잘은 모르겠습니다. 뭐라 하기 힘드네요. 정말 그런지 아닌지."

그가 말을 멈췄다. 마플 양은 그를 바라보며 생각에 잠겼다. 작은 몸집에 말쑥한 양복을 걸친 감상적인 청년. 사람들이 눈길을 다시 주는 법이 없는 평범한 남자, 달리 말하면 한번 보는 것만으로는 기억에 남을 일이 없는 그런 남자일까…….

마플 양은 근처에 정원용 의자가 있는 것을 보고 다가가 앉았다. 에드거는 얼굴을 찌푸린 채 그녀 앞에 섰다.

"그럴 리 없어요. 새러콜드 씨는 분명 당신을 무척 의지하고 있을 거예요."

마플 양이 활기찬 목소리로 입을 열었다.

"글쎄요, 잘 모르겠습니다. 정말 모르겠어요. 전 아주 곤란한 상황에 있습니다."

그는 다시 인상을 쓰며 힘없이 그녀 옆에 앉았다.

"그런가요?"

젊은 에드거는 표정 없이 앞쪽을 바라보더니 문득 말을 꺼냈다.

"비밀을 지켜 주셔야 합니다……."

"당연하지요."

"제가 이런 말을 드려도 될지 모르겠는데……."

"예?"

"부인께 말씀드리는 이 내용은 다른 사람들에겐 비밀입니다."

"그럼요, 절대로 말하는 일 없을 거예요."

하지만 이미 그는 그녀의 대답이 어떻든 별로 개의치 않는 기색이었다.

"제 아버지는…… 실은 모처의 고위 정치인이랍니다."

이제부터는 별다른 반응을 할 필요 없이 기다리기만 하면 될 일이었다.

"그 사실을 아는 것은 새러콜드 씨밖에 없어요. 제 출신이 알려지면 아버지께 피해가 갈 수도 있으니까요."

그는 마플 양 쪽으로 시선을 돌리고 미소를 띠었다. 슬픈 것 같으면서도 으스대는 듯한 미소였다.

"예, 저는 윈스턴 처칠 경의 아들입니다."

"아, 그래요."

그제야 마플 양은 알 수 있었다. 그녀는 예전 세인트 메리 미드에 나돌았던, 조금은 슬픈 소문을 떠올렸다. 그 소문의 결말이 어떻게 났는지도.

에드거 로슨은 이야기를 계속했다. 마치 잘 알려진 연극 장면을 보는 것처럼 익숙한 내용이었다.

"이렇게 된 사연이 있습니다. 어머니께서는 홀몸이 아니셨습니다. 전 남편이 정신 병원에 살아 계셨거든요. 그 바람에 재혼은커녕 이혼마저 할 수가 없었습니다. 하지만 저는 부모님을 원망하지 않아요. 절대로요……. 아버지는 음지에서 최선을 다해 저를 보살펴 주셨습니다. 하지만 곧 어려움이 닥쳤습니다. 아버지껜 적이 있었어요. 저 역시 그들을 적으로 생각하고 있죠. 그들은 우리 부자 사이를 갈라놓으려 했습니다. 때문에 어디서나 절 뒤따르며 감시하는 거예요. 제가 하는 일을 다 망쳐 놓는 건 말할 것도 없지요."

마플 양은 고개를 저었다.

"저런, 저런."

"전 의사가 되고자 런던에서 공부를 하고 있었습니다. 그런데 놈들은 제 학업에도 방해를 놓았어요. 답안지를 바꿔치기한 거죠. 제가 시험에 떨어지길 바라면서요! 놈들은 심지어 거리에서까지 저를 미행했답니다. 한번은 하숙집 주인에게 접근해 절 모함하기까지 했지요. 제가 있는 곳마다 놈들이 있는 겁니다."

"음, 하지만 정말 그런 건지 확실한가요?"

마플 양은 위로하듯 말을 꺼냈다.

"저는 압니다! 놈들은 말도 못하게 교활해요. 제 눈을 교묘히 피하기 때문에 그들의 정체를 알기 힘들었습니다. 하지만 알아 내고야 말 겁니다……. 친절하신 새러콜드 씨는 런던에서 어려움을 겪고 있는 절 도와 여기 있게 해 주셨죠. 정말 너그러운 분이에요. 하지만 여기도 안전하지는 않습니다. 여기에도 그들이 와 있거든요. 저를 방해하려고! 사람들이 저를 나쁘게 생각하도록 부추기는 것도 물론이죠. 새러콜드 씨는 그런 일은 없다고 말씀하시지만, 몰라서 하시는 말씀이에요. 아니면, 음……. 가끔 제가 하는 생각은……."

갑자기 그는 말을 멈추고 일어섰다.

"이건 정말 비밀로 해 주셔야 합니다. 아시죠? 만약 제 뒤를 밟는, 그러니까 미행하는 자를 보시게 되면…… 지체없이 알려 주시면 고맙겠습니다."

그는 자리를 뜨더니 걸어가기 시작했다. 말쑥하고 감상적인, 평범한 청년의 모습으로 돌아간 채로. 마플 양은 그의 뒷모습을 지켜보며 생각에 잠겼다.

그때 어떤 목소리가 들려왔다.

"정신병자예요."

월터 허드가 그녀 옆에 서 있었다. 그는 손을 주머니에 찔러 넣은 채로 멀어져 가는 에드거의 모습을 보며 인상을 쓰고 있었다.

"여긴 대체 어떻게 생겨 먹은 곳일까요? 여기 있는 사람들은 하나같이 정신병자예요. 하나도 빠짐없이 전부!"

마플 양은 대답하지 않았다. 그는 말을 계속했다.

"저 에드거라는 친구를 어떻게 생각하세요? 자기 아버지가 글쎄 몽고메리 장군(제2차 세계 대전에서 영국군 사령관으로서 전공을 세운 명장 — 옮긴이)이랍니다! 황당할 뿐이죠. 몬티(몽고메리의 애칭 — 옮긴이)가 무슨 개 이름인가? 저놈 말은 하나부터 열까지 거짓말 아닌 게 없어요."

"그렇죠. 사실일 리가 없어요."

"게다가 지나한테는 전혀 다른 허풍을 떨었다죠. 자기가 무슨 러시아 황제의 숨겨진 후손이라나요. 대공의 아들이니 뭐 그렇다면서요. 그것참, 제 아버지가 뭐했던 사람인지 정말 알기나 할지……."

"모르고 있는 거겠죠. 그래서 그런 거짓말을 꾸며 내는 게 아닐까요, 허드 씨?"

월터는 그녀 옆에 앉아 느릿느릿 의자에 등을 기대고는 아까의 말을 되풀이했다.

"정말이지 여기 사람들은 몽땅 정신병자예요."

"스토니게이츠 저택에서 사는 게 싫으신가 봐요."

남자는 얼굴을 찌푸렸다.

"이곳이 맘에 들지 않습니다. 간단해요. 여기가 싫다고요. 이 지방, 이 집, 인근 지역 모두가 말입니다. 여기 사람들은 부자지요. 남부럽지 않을 정도로 돈은 많아요. 하지만 여기 사람들이 하고 사는 꼴을 보십시오. 금이 간 골동품 도자기 더미에 싸구려 그릇이 온통 뒤섞여 있어요. 상류층 생활에 필요한 하인들도 없어요. 그저 임시로 고용된 인부뿐이죠. 물론 융단이나 장막, 식탁보 등은 모두 고급이에요. 하지만 그 관리 상태라는 게 얼마나 엉망인지 원! 다 해진 넝마 꼴이라고요. 커다란 은제 식기가 있으면 뭘 합니까, 하나같이 누렇게 변색되고 녹슬어 있는데. 새러콜드 부인은 그런 건 안중에도 없나 봅니다. 지난밤 부인이 입었던 드레스 보셨어요? 겨드랑이를 기웠더군요. 하도 입어서 떨어진 거죠. 언제든 가게에 가서 뭐든 사 입을 수 있는데! 본드가(街)의 고급 의상실에 가면 되잖아요! 돈이요? 돈이라면 썩어 없어질 만큼 넘쳐 나는 사람이에요."

그는 말을 중단하고 호기롭게 자세를 고쳐 앉았다.

"저는 가난이 어떤 것인지 잘 압니다. 가난은 죄가 아니에요. 자기 몸이 젊고 튼튼하며 일할 마음만 갖고 있다면 말입니다. 저 자신도 가난한 몸이었죠. 하지만 성공하기 위한 의욕은 가지고 있었어요. 저는 자동차 수리 매장을 열려고 했답니다. 그 목표를 위해 돈을 좀 모았고요. 지나한테도 그 얘길 했습니다. 그녀는 제 얘기를 듣고 이해해 주는 것 같았죠. 솔직히 그녀에 대해선 별로 아는 바가 없었습니다. 교복 차림의 여학생들이란 대체로 다 비슷해 보이지 않습니까. 교복을 입고 있는 이 아가씨가 부자인지 아닌지 어떻게 압니까. 물론 그녀가 저보다 학력이나 교양에서 앞서 있다는 눈치는 받았지만, 당시 우리에겐 그것이 중요치 않았습니다. 사랑에 빠졌으니까요. 우린 결국 결혼했습니다. 저는 이미 어느 정도 돈을 모아 두었고, 지나 역시 자기에게 돈이 좀 있다고 말했고요.

우린 제 고향으로 돌아가 주유소를 차릴 계획이었어요. 지나도 적극 찬동하고 나섰지요. 정말 철부지 애들이었던 건 맞아요. 서로만 있으면 다른 건 어찌 돼도 상관없었으니까. 그러던 중에 그 거만한 지나의 이모할머니가 끼어들고 나선 겁니다. 지나마저도 자기 이모할머니를 만나고 난 뒤에는 여기 영국으로 건너 와 살고 싶어 하더라고요. 뭐, 그런 일도 있을 수 있죠. 결국 여긴 그녀의 고향이고, 저 또한 한번은 영국에 와 보고 싶었으니까. 그녀는 제게 늘 영국에 관한 이야기를 들려 줬더랬습니다. 그래서 방문해 보기로 결심한 겁니다. 시험 삼아 들를 작정으로요. 적어도 계획은 그랬습니다."

그냥 찌푸리기만 했던 그의 얼굴이 점차 험악하게 바뀌어 갔다.

"하지만 상황은 뜻대로 되지 않았습니다. 이 미친 짓거리에 꼼짝없이 걸려들게 된 겁니다. 여기 사람들은 제게 여기 살면서 가정을 꾸리라고 말하죠. 제가 할 수 있는 일도 무척 많을 거라면서요. 한데 그 일이란 게 뭔지 아십니까? 불량배 꼬마들에게 사탕이나 주면서 같이 놀아 주는 일이에요! 전 절대 사양입니다. 제정신으로 그런 일을 할 수 있겠어요? 이곳은 잘만 하면 정말 멋진 곳이 될 수 있어요. 아주 훌륭한 시설 말입니다. 그런데도 왜 부자들은 자기들이 가진 행운을 알아보지 못하는지! 세상에 이런 멋진 집을 가진 사람들은 극히 드뭅니다. 그런데 자기들이 기막히게 운이 좋다는 걸 모른단 말이에요. 손에 쥐고 태어난 행운을 걷어 차 버리다니, 정말 정신 나간 짓이라고밖에 할 수 없지요. 일하는 게 싫다는 말이 아닙니다. 다만 제가 하고 싶은 일을, 제가 살고 싶은 장소에서 하길 원할 뿐이지요. 여기 있다 보면 꼭 거미줄에 걸려든 기분이에요. 그리고 지나 말씀인데요, 도저히 지나를 여기서 빼낼 방도가 없어요. 이제 그녀는 미국에서 저와 만난 그 아가씨가 아닙니다. 전 이제…… 제기랄! 그녀와 얘기하는 것조차 싫어요, 제길!"

"당신 마음은 잘 알겠어요."

마플 양이 조용히 말했다.

월리가 그녀에게 슬쩍 곁눈질을 했다.

"제가 이런 이야기를 한 사람은 부인이 처음입니다. 보통은 이런 속마음을 내비치는 때가 없지요. 부인의 어떤 점이 그렇게 만드는지 궁금하네요. 부인은 순수 영국인이 맞으시죠? 그런데도 부인을 보면 꼭 미국에 계신 저의 베시 이모가 떠올라요."

"그래요? 참 기쁜 일이군요."

"아주 지혜로우신 분이지요."

월리는 옛 추억을 더듬는 듯 말을 계속했다.

"툭 건드려도 쓰러질 것 같은 연약한 외모지만, 속은 아주 강인한 분이세요. 그럼요, 아주 강한 분이십니다."

그가 의자에서 일어났다.

"이런 얘기를 늘어놓아 죄송합니다."

마치 변명하는 듯한 태도였다. 마플 양은 그가 미소를 띤 모습을 그때 처음 보았다. 참으로 매력적인 미소였다. 순간 월리 허드는 무뚝뚝하고 퉁명스러운 젊은이에서 잘생기고 매력적인 청년으로 마술처럼 바뀌어 있었다.

"쌓였던 감정을 배출하고 싶었던 모양입니다. 방해가 되었다면 정말 죄송합니다."

"아니, 전혀 그렇지 않아요. 나한테도 조카가 있으니까요. 물론 당신보다는 훨씬 나이 든 조카이지만."

그녀의 뇌리에 잠시 세련된 현대 작가 레이먼드 웨스트의 모습이 스쳐지나갔다. 월터 허드와 레이먼드 웨스트……. 기묘하게 대비되는 조합이었다.

"저기 또 사람이 오는군요. 저 부인은 절 별로 좋아하지 않아요. 저는 이만 퇴장하겠습니다. 안녕히 계십시오, 부인. 제 말을 들어 주셔서 고마웠습니다."

그는 뚜벅뚜벅 길을 걸어 사라졌다. 마플 양은 밀드레드 스트리트가 잔디밭을 가로질러 다가오는 모습을 지켜보았다.

II

"저 지루한 남자 때문에 애먹으셨죠?"

스트리트 부인은 숨이 찬지 이렇게 말하고는 얼른 의자에 걸터앉았다.

"정말 비극이지 뭐예요."

"비극이라뇨?"

"지나가 저 남자와 결혼한 것 말이에요. 그게 다 그 애를 미국으로 보낸 탓이지요. 어머니께 그래선 안 된다고 누누이 말씀드렸음에도 말이죠. 여기는 전쟁 중에도 공습 같은 걸 걱정할 필요 없는 조용한 지방이니까요. 전 사람은 모름지기 자기 가족을 걱정시키지 않아야 한다고 믿는답니다. 자기 자신부터 단속을 잘 해야지요."

마플 양은 신중하게 말을 받았다.

"당시는 무엇이 최선인지 알기 힘든 시기였어요. 아이들 양육에 관한 문제에서는 특히 그렇죠. 독일군이 언제 쳐들어올지 모르는 때였으니까 미국에 보내는 게 더 나았다고 믿었을 수도 있지요. 하늘에서 독일군의 폭격이 떨어질 수도 있었고요."

"괜한 말씀을 하시네요. 전 우리 나라가 승리할 것을 전혀 의심치 않았어요. 하지만 어머니는 지나 일이라면 냉정을 잃어버리신다니까요. 지나가 제멋대로에 자기중심적으로 자란 것도 그 때문이죠. 성격이 건방져진 것도요. 처음부터 이탈리아에서 걜 거둬 오는 게 아니었는데……."

"그래도 듣자 하니 지나의 아버지는 거기에 찬성하셨다면서요."

"아, 산 세베리아노 후작 말이죠? 이탈리아 사람들이 어떤지 아주머니도 아시잖아요. 그 사람들은 원체 돈밖에 모른답니다. 그 사람이 피파 언니하고 결혼한 것도 당연히 돈 때문이에요."

"저런, 저런. 난 그분이 피파를 꽤 사랑한 것으로 알고 있는데. 그녀가 죽은 뒤엔 후작도 무척 슬퍼했잖아요?"

"그런 척 연기한 거겠죠. 틀림없어요. 어머니가 왜 피파 언니가 외국인과 결혼하는 것을 허락하셨는지 늘 이해할 수 없었어요. 작위나 귀족 칭호를 동경하는 건 미국 사람들이나 할 짓인데."

마플 양은 너그럽게 말했다.

"나는 내 친구 캐리 루이즈는 현실 감각이 떨어지는 편이 아닌가 생각해 왔답니다."

"무슨 말씀인지 알겠어요. 저도 때로 분통이 터지니까요. 어머니는 변덕스러우신 데다 허황되고 이상주의적이시죠. 거기서 비롯된 소란들이 결국 어떤 결말을 맞게 되었는지 제인 아주머니는 짐작 못하실 거예요. 전 똑똑히 지켜봐 왔어요. 늘 그런 환경에서 자랐으니까."

밀드레드 스트리트가 자신을 제인 아주머니라고 부르는 것에 마플 양은 내심 놀라웠다. 하지만 사실 그리 놀라울 일이 아닐 수도 있었다. 캐리 루이즈의 자녀들에게 크리스마스 선물을 보낼 때면 항상 '사랑하는 제인 아주머니가.'라는 문구를 써 넣었으니 그들이 마플 양을 '제인 아주머니'로 기억하는 것도 무리는 아니었다. 그러나 마플 양은 자기 존재쯤은 이미 그들의 기억에서 깨끗이 사라졌으리라 생각했기 때문에 지금 그런 놀라움을 느꼈던 것이다.

그녀는 이런 생각에 잠겨 자기 옆에 앉은 중년 부인을 바라보았다. 밀드레드의 꾹 다문 입가에는 코로부터 시작된 깊은 주름이 패여 있었다. 양손은 단단히 쥔 채였다.

마플 양이 나직이 입을 열었다.

"당신은…… 힘든 어린 시절을 보낸 것 같아요."

밀드레드 스트리트는 매우 고맙다는 표정을 지어 보였다.

"그 사실을 알아주신다니 정말 기뻐요. 사람들은 아이들의 과거에는 관심이 없는 법이죠. 아주머니도 아시다시피, 피파 언니는 예뻤어요. 저보다 나이도 위였고. 당연히 다들 언니에게만 잘해 주었답니다. 부모님들도 늘 언니의 기를 세워 주지 못해 안달이셨고요. 언니는 굳이 그러지 않아도 저절로 눈에 띄는 사람이었는데 말이에요. 그에 반해 저는 수줍음이 많은 조용한 애였지요. 피파 언니는 수줍다는 게 뭔지도 몰랐는데요. 제인 아주머니, 아이들에게도 무척이나 고통스러운 기억은 존재한답니다."

"이해할 수 있을 것 같아요."

"'밀드레드는 멍청해요.' 피파 언니의 입버릇이었죠. 하지만 전 언니보다 어렸다고요. 공부에서 언니를 따라갈 수 없는 것이 당연하지 않겠어요? 더욱이 끊임없이 자매간을 비교하는 어른들의 행동도 억울함을 더했죠. 사람들은 피파 언니를 보면 '정말 예쁜 애로군요.'라며 어머니에게 말하곤 했어요. 절 돌아보는 사람은 하나도 없었답니다. 아버지가 같이 놀아 주는 것도 언제나 피파 언니 쪽이었지요. 그런 속에서 제가 얼마나 힘들었는지 누구라도 알아주길 바랐는데. 하지만 후에도 관심의 대상이 되는 것은 언니뿐이었어요. 너무 어렸던 전 그런 차별의 이유가 외모 때문이었다는 걸 몰랐어요."

그녀의 입술이 파르르 떨리다가 다시 굳게 다물어졌다.

"그건 불공평해요······. 정말로요. 당신들의 친딸은 저였는데요. 피파 언니는 입양아일 뿐이잖아요. 이 집의 정식 자손은 저라고요. 언니는, 언니는······ 아무 관계없는 사람이에요."

"부모님은 그걸 아시기 때문에 피파를 위해 주었던 걸 거예요."

"부모님은 언니만을 사랑했어요. 친부모에게서 버림받은 아이······. 사생아일지도 모르는 아이를 말이죠."

밀드레드 스트리트는 말을 계속했다.

"그런 흔적은 지나에게도 보이고 있어요. 좋지 못한 피를 타고 난 거죠. 핏줄은 속일 수가 없는 거니까요. 양아버지 루이스 씨라면 그 애에게서 그럴듯한 성격 이론을 이끌어 낼 수 있을 거예요. 나쁜 혈통은 바뀔 수 없어요. 지나를 보세요."

"지나는 아주 예쁜 아가씨인데요."

"행실은 그렇지 못하죠. 어머니만 빼고 다들 그 애와 스티븐 레스태릭의 관계를 알고 있어요. 추잡한 일이죠. 하긴 그 애의 결혼 상대가 변변치 않다는 것은 저도 알아요. 하지만 결혼을 한 이상, 상황을 받아들이려는 노력은 있어야죠. 애초에 그 불쾌한 남자와 결혼을 결심한 건 지나 자신인데."

"그 젊은이가 그렇게 불쾌한 사람이에요?"

"오, 제인 아주머니는 모르실 거예요! 완전히 불량배처럼 생겨 먹었던데요. 퉁명스럽고 무례한 건 어떻고요. 또 하고 다니는 행색까지 천하고 꾀죄죄하답니다."

"내가 볼 땐 그 사람은 불행한 것 같던데요."

마플 양은 부드럽게 말했다.

"제 생각엔 그 남자가 불행할 이유는 조금도 없는데요. 아, 지나의 행실이 엉망이긴 하지요. 하지만 여기 사람들이 그 남자에게 좀 잘해 주었나요? 루이스 씨는 그 남자가 보람 있게 할 만한 여러 일을 권해 주셨답니다. 그런데도 그 남자는 빈둥빈둥 겉으로 돌면서 아무 일도 안 하려고 들지 뭐예요."

그녀의 언성이 높아졌다.

"아아, 여긴 정말 대책 없는 곳이에요. 이젠 저도 한계라고요. 루이스 씨의 머릿속엔 저 끔찍한 소년범들뿐이고, 또 어머니는 그런 자기 남편을 떠받들며 살죠. 루이스 씨가 하는 일은 항상 옳다면서요. 그렇지만 이 정원 꼴 좀 보세요. 잡초가 무성한 이 꼴을. 집이요? 제대로 갖춰진 게 하나도 없어요! 요즘엔 쓸 만한 가정부를 구하기가 힘들다는 건 알아요. 하지만 그래도 노력은 해 봐야지요. 돈이 없는 것도 아니고. 우리 집이 이 모양 이 꼴인 건 사람들이 관심이 없기 때문이에요. 이게 만약 제 소유의 집이었다면……."

그녀는 말을 멈추었다. 마플 양이 말했다.

"그래도 상황을 받아 들여야지요. 매사엔 그럴 만한 이유가 있기 마련이랍니다. 솔직히 이런 큰 살림을 꾸려 나가기란 쉬운 일이 아니에요. 당신의 슬픔도 이해는 해요. 고향에 돌아오니 모든 게 달라져 있었다……. 하지만 당신은 다른 데서 혼자 사는 것에 비하면 여기서 사는 게 행복하다는 사실을 알아야 해요.”

밀드레드 스트리트의 얼굴이 붉어졌다.

“여기가 제 집이니까요. 그리고 우리 아버지의 집이었고요. 그 사실만은 변함없어요. 저에겐 이 집에 살 권리가 있다는 뜻이에요. 그래서 지금 여기 들어와 있는 거고. 속 터지는 어머니만 아니었으면 훨씬 나았겠죠. 어머니는 자기가 입을 옷 하나 제 손으로 못 사는 사람이에요. 졸리가 항상 신경질을 낼 수밖에요.”

“아, 졸리 벨레버 양이었죠? 그녀에 대해 묻고 싶던 참이었어요.”

“그 사람이 여기 온 덕분에 참 편해지긴 했어요. 어머니를 몹시 위하는 사람이죠. 존 레스태릭이 살아 있을 때 왔으니까……. 벌써 꽤 되었네요. 여러 슬픈 일이 지나갈 때마다 그녀는 침착하게 자기 할 일을 다했어요. 그 남자가 웬 유고슬라비아 여자랑 같이 도망친 얘기 들으셨죠? 정말 천박한 여자였어요. 꼬리 친 남자들도 한둘이 아닐걸요. 하지만 어머니는 아주 침착하고 품위 있게 대처하셨지요. 말썽이 커지지 않게 조용히 이혼도 해 주었고요. 거기에 레스태릭의 아들들이 휴가 때 이곳에서 쉴 수 있게 해 주기까지……. 그럴 필요까진 없는데 참. 자기들끼리 알아서 하도록 하면 되지 않아요? 하긴 그 애들의 친아버지와 그 여자가 있는 곳에 아이들을 방치한다는 것도 말이 안 되지만요. 어쨌거나 어머닌 그 애들이 여기 사는 것을 허락하고 말았죠. 벨레버 양은 이런 모든 일을 겪으면서도 흔들림 없이 어머니를 보살핀 사람이에요. 그래서 그런지 저는 이따금 어머니가 보통 사람보다도 약해지신 건 그녀 탓이 아닌가 생각할 때가 있답니다. 실생활에 필요한 일을 모두 그녀가 해치워 버리니까요. 하지만 막상 그녀가 없으면 어머니가 어떻게 되실지 모를 일이죠."

그녀는 말을 중단하고 놀랍다는 표정을 지었다.

"루이스 씨가 오네요. 희한하네. 정원 쪽으로는 거의 오는 일이 없는 사람인데."

언제나 그렇듯 하나의 생각만으로 머리가 꽉 찬 듯한 새러콜드 씨가 다가왔다. 그는 밀드레드 쪽은 쳐다보지도 않았다. 그가 용건이 있는 사람은 마플 양 쪽이기 때문이었다.

"참 죄송하게 되었습니다. 캐롤라인이 부탁한 대로 제가 직접 모시고 다니면서 우리 건물을 구경시켜 드리려고 했습니다만, 당장 리버풀에 가야 하는 사정이 생겼습니다. 남자애 하나가 철도 수화물 관리소에서 물건을 훔쳤거든요. 모레나 되어야 돌아 올 수 있을 것 같습니다. 그 애가 기소당하는 일만은 피해야 할 텐데……."

밀드레드 스트리트는 자리에서 일어나 다른 쪽으로 가 버렸다. 그러나 루이스 새러콜드의 눈에는 그런 그녀의 모습조차 보이지 않는 모양이었다. 그가 두꺼운 안경 렌즈 너머 마플 양을 응시했다.

"아시다시피 치안 판사들은 일관성이 없는 사람들이죠. 언제는 너무 엄격하고, 또 언제는 너무 관대하지요. 이런 아이들은 몇 개월 형쯤은 눈도 꿈쩍 하지 않아요. 소풍이라도 갔다 오는 양 여자 친구에게 자랑하기까지 한답니다. 하지만 중형을 받게 되면 쉽게 낙심하곤 하지요. 별것도 아닌 손장난으로 그런 벌을 받는 건 억울하다 이겁니다. 그런 소년 범죄자들에겐 감옥보다 교정 시설이 더 나아요. 건설적인 훈련을 제공하는 바로 이곳 같은 장소 말입니다."

마플 양이 재빨리 끼어들었다.

"새러콜드 씨, 선생님은 로슨이라는 그 청년에게 만족하고 계신가요? 그는…… 정상이긴 한가요?"

불안한 표정이 루이스 새러콜드의 얼굴에 스쳤다.

"그 친구가 재발한 것이 아니어야 할 텐데. 그 애가 부인께 뭐라고 했습니까?"

"자기가 윈스턴 처칠의 아들이라나……."

"아, 맞아요. 그랬을 겁니다. 그가 늘 하는 말이지요. 짐작하셨는지 모르지만 그 젊은이는 사생아입니다. 가엾은 청년이죠. 런던 협회에서 여기로 넘어온 케이스인데 자라나는 환경이 아주 안 좋았어요. 대로에서 자기를 미행한다면서 어떤 남자에게 덤벼들었다나요. 메버릭 박사 말로는 그게 그쪽 환자들의 전형적인 행동이라고 합니다. 전 그의 병력을 조사해 보았습니다. 모친은 플리머스 출신으로, 가난한 살림 속에서도 올바른 분이었다고 합니다. 친아버지는 선원이었지만, 어머니조차 그의 이름을 몰랐다는군요. 어려운 어린 시절을 보냈을 수밖에요. 그는 차츰 아버지에 대한 공상을 키워 갔고, 그 공상은 자기 자신에 대해서까지 이어졌죠. 실제로는 구경도 한적 없는 군복이나 훈장을 상상하며 스스로를 포장했던 겁니다. 그런 환자들은 다 그래요. 하지만 메버릭은 그가 치료될 가능성이 있다고 말합니다. 필요한 건 자신감뿐이라면서 말이죠. 전 그에게 일정한 책임이 있는 자리를 주어서 사람에게 중요한 건 타고난 신분이 아닌 인간 됨됨이라는 사실을 깨닫게 해 주려 했습니다. 자신의 능력을 믿을 수 있도록요. 지금까지는 꽤 잘 되어 왔어요. 저도 그에게서 약간 걱정을 거둘 수 있었고요. 한데 지금 부인의 말씀을 듣자 하니……."

그는 고개를 흔들었다.

"새러콜드 씨, 위험한 수준은 아니겠죠?"

"위험? 아뇨, 위험할 것은 없습니다. 그는 자살할 사람이 아니에요."

"전 그가 자살을 생각하고 있다고 말하는 게 아니랍니다. 그 젊은이는 자신에게 적이 있다고…… 피해망상적인 이야기를 했어요. 그건 좀…… 위험한 징조가 아닐까요?"

"그 정도 수준에 이르진 않았을 겁니다. 아무튼 메버릭에게도 알리죠. 그나저나 지금까지 썩 잘해 왔는데…… 가능성이 있었는데 아쉽군요."

새러콜드는 시계를 들여다보았다.

"가 봐야겠습니다. 아, 졸리 양이 오는군요. 부인을 보살펴 드릴 겁니다."

벨레버 양이 뚜벅뚜벅 걸어와서 말했다.

"차가 문 앞에 대기중입니다, 새러콜드 씨. 협회에서 메버릭 박사를 찾던데요. 마플 양은 제가 모셔 가겠습니다. 박사님이 문 앞에 기다리고 계실 거예요."

"고맙군. 곧 가겠소. 내 서류 가방은?"

"차 안에 있습니다."

루이스 새러콜드는 발길을 재촉해 떠나 버렸다. 그 뒷모습을 바라보던 벨레버 양이 말했다.

"선생님은 저러다가 기어이 쓰러지시고 말 거예요. 사람이 쉼 없이 일만 한다는 건 애초에 말이 안 되는 소리거든요. 그런데 저분은 하루 4시간밖에 주무시질 않으니……."

"꿈을 이루기 위해 초인적인 노력을 쏟는 것이겠죠."

마플 양이 말하자 벨레버 양은 무뚝뚝한 말투로 받았다.

"다른 일에는 전혀 관심이 없다니까요. 아내를 돌본다거나 하는 일도 일절 없어요. 부인도 아시다시피 새러콜드 부인은 정말 착한 분이세요. 남편의 사랑을 듬뿍 받기 충분한 그런 분 말이에요. 그런데 여기 사람들은 그저 엄살쟁이 사내애들이나 내키는 대로 세상을 막 살고 싶은 아이들밖에는 안중에 없어요. 하지만 올바른 가정에서 자란 올바른 아이들 생각은 왜 안 하는 거죠? 왜 그런 애들에게는 아무 관심도 없는 거냐고요……? 새러콜드 씨나 메버릭 박사 같은 괴짜들, 그 외 여기 있는 미치광이 이상주의자들에게 정상 아동들은 관심 밖이랍니다. 저와 제 동생들만 해도 무척 힘든 환경에서 자랐지만 여기 애들처럼 징징거리거나 하진 않았어요. 요즘 사람들은 정말 애들에게 너무 무르다니까요!"

두 사람은 정원을 가로질러 울타리 문을 지나 아치 정문에 도착했다. 굳세면서도 약간 음침한 붉은 벽돌 건물 앞에 세워진 그 문은 옛날 에릭 걸브랜드슨이 소년원의 입구로서 세운 것이었다.

메버릭 박사가 그들을 마중 나와 있었다. 마플 양은 벌써부터 그에게서 비정상적인 분위기를 느끼고 있었다.

메버릭 박사가 입을 열었다.

"수고했어요, 벨레버 양. 저……. 아, 마플 양이시라고 했지. 부인도 곧 여기서 저희들이 하는 일에 흥미를 느끼실 겁니다. 이런 대규모 프로젝트에 임하는 우리의 자세에 깊은 인상을 받으실 거예요. 새러콜드 씨는 통찰력이 대단하신 분입니다. 원대한 이상을 갖고 계심은 물론이지요. 그리고 저희 뒤엔 예전에 제 상관이셨던 존 스틸웰 경이 계십니다. 이곳을 후원하고 계신 분이죠. 은퇴하기 전엔 내무성에 계셨답니다. 이 일을 시작할 수 있었던 것도 그분이 힘써 주신 덕분이었습니다. 이런 일을 하기 위해 정부의 허가를 받으려면 의학적 기반이 필요하거든요. 정신의학은 전쟁 이후 그 중요성을 인정받게 되었습니다. 전쟁의 긍정적 효과라고 할까요? 아, 여기 우리가 이 일에 취하고 있는 자세를 요약해 놓았습니다. 보시죠."

마플 양은 아치형의 큰 출입구 위에 새겨진 문장을 볼 수 있었다.

여기 들어오는 모든 자들은 희망을 되살려라

"멋지지 않나요? 딱 들어맞는 문구지 뭡니까. 이곳의 아이들에게 호통이나 징벌을 가해선 안 됩니다. 아이들은 휴식 시간이면 저 문구를 바라보지요. 우린 아이들로 하여금 자존감을 갖게 해 주려 애쓰고 있습니다."

"에드거 로슨처럼 말인가요?"

"그 친구 역시 흥미로운 사례죠. 그와 얘기를 해 보셨습니까?"

"제게 여러 얘길 해 주던데요."

마플 양은 어쩨 사과하는 듯이 말을 덧붙였다.

"잘은 모르겠지만 그 사람…… 좀 정신이 이상한 거 아닌가요?"

메버릭 박사는 유쾌하게 웃음을 터뜨렸다.

"친애하는 부인, 우리는 모두 미쳤습니다."

그는 마플 양을 문 안으로 이끌었다.

"그것이 바로 존재의 비밀이죠. 우리는 모두 조금씩 미쳐 있습니다."

6장

 그날은 전체적으로 무척 피곤한 하루였다.
 '열정은 원래 사람을 지치게 하지.'
 마플 양은 속으로 이렇게 생각했다. 그녀는 막연히나마 스스로에 대해, 그리고 자신의 행동에 대해 불만을 느꼈다. 이곳 스토니게이츠 저택에는 어떤 특정한 생활 방식이 있었다. 어쩌면 하나가 아니라 여럿일지도 몰랐다. 하지만 마플 양은 아직 그 생활 방식, 혹은 생활 방식들의 정체가 뭔지 명확하게 알 수가 없었다.
 그녀가 느낀 불안이란 모두 에드거 로슨의 불쌍하면서도 개성 없는 인물형에서 비롯된 것이었다. 마플 양의 기억 속에서 로슨과 닮은 유형의 사람이 자연스럽게 떠올랐다.
 이윽고 그녀는 각고의 노력을 기울여 배달 기사 셀커크 씨가 기묘한 일을 벌였던 기억을 머릿속에서 쫓아냈다. 옛날의 그 미련했던 우편배달부, 성령강림절 월요일에 정상 근무를 했던 그 정원사며 여름용 옷을 둘러싼 그 흥미로운 사건들까지 모두.

에드거 로슨은 분명 어딘가 잘못되어 있었다. 하지만 정확히 그게 무엇인지 딱 집어 말할 수가 없었다. 그녀의 눈에 보이고 또 사람들의 말에서 들을 수 있는 사실 이상의 뭔가가 더 있는 건 분명했다. 마플 양이 도저히 이해가 안 가는 사실은 더 있었다. 에드거 로슨의 잘못된 점이 뭔지는 모르겠지만 그게 자기 친구인 캐리 루이즈한테 어떤 영향을 주고 있느냐는 의문이었다.

하긴 여기 스토니게이츠 저택에 살고 있는 사람들은 모두 저마다의 문제와 욕망을 안고 있었다. 그렇지만 그중 캐리 루이즈에게 나쁜 영향을 줄 만한 무언가는 눈에 띄지 않았다.

캐리 루이즈. 마플 양은 문득 지금 그 자리에 없는 루스 반 라이독을 빼면 그녀를 그렇게 부르는 사람이 자기 혼자뿐이라는 사실을 깨달았다. 남편 새러콜드에게 그녀는 언제나 캐롤라인이었으며, 벨레버 양에게는 카라였다. 스티븐 레스태릭은 그녀를 항상 마돈나라고 불렀더랬다. 월리는 항상 정중히 예를 갖추어 새러콜드 부인이라고 불렀는가 하면, 지나는 귀부인(그랜드 데임)과 할머니(그랜드마마)를 교묘하게 합친 '그랜댐'이라는 호칭을 썼다.

캐롤라인 루이즈 새러콜드를 부르는 이 여러 호칭 속에 어떤 의미가 있을까? 어쩌면 그녀는 주변 사람들에게 하나의 상징일 뿐 살아 있는 진짜 사람으로서의 위치를 갖지 못한 게 아닐까?

다음 날 아침, 캐리 루이즈는 마플 양이 앉아 있는 정원 의자 옆으로 다가와 무슨 생각을 하는지 물었다. 마플 양은 바로 대답했다.

"바로 너에 대해서야, 캐리 루이즈."

"내가 뭘?"

"솔직하게 얘기해 봐. 너 요즘 걱정거리가 있지?"

"걱정거리? 세상에, 제인. 걱정이라니 도대체 뭘 말이야?"

캐리 루이스가 맑고 푸른 눈을 크게 뜨자 마플 양의 눈이 반짝했다.

"알면서 뭘. 사람들에겐 걱정거리가 있기 마련이잖아? 예를 들어 민달팽이가 그래. 난 그 녀석들이 정말 끔찍해서 견딜 수가 없어. 또 리넨 천을 제대로 기우지 못하는 것도 고민스럽고. 댐슨 진(자두와 진 시럽을 이용해 만드는 가정용 술 — 옮긴이)을 만드는 데 필요한 얼음사탕이 충분하지 않은 것도 걱정이야. 아, 뭐 그런 것들을 하찮은 문제라 치부할 수도 있겠지만 너도 그런 걱정거리쯤은 있지 않겠어?"

"하긴 나한테도 걱정이 있긴 있어. 루이스는 너무 과로를 해. 또 스티븐은 연극 일에 미쳐서 밥도 제대로 안 챙겨 먹기 일쑤지. 지나는 신경질적이고……. 하지만 내가 어쩔 수 있는 일이 아니잖니. 너라도 그랬을걸. 또 이것들이 그리 심각한 문제라고 할 순 없고."

새러콜드 부인은 자신 없는 태도로 말했다.

"밀드레드도 그리 좋아 보이진 않던데. 안 그래?"

"하긴. 밀드레드는 불행한 축에 속하지. 어릴 적부터 늘 그랬는걸. 항상 활기찬 피파와는 정말 다른 애였어."

"밀드레드가 불행한 것엔 다른 원인이 있는 게 아닐까?"

마플 양의 물음에 캐리 루이즈는 조용히 대답했다.

"질투 때문이라는 거야? 그래, 맞을 거야. 하지만 사람의 감정을 말하는 데 정답은 없어. 그렇게 느낄 뿐인 거지. 그렇게 생각하지 않니, 제인?"

마플 양은 몬크리프 양을 떠올렸다. 그녀는 병자지만 동시에 폭군이었던 자기 어머니의 노예였다. 가엾은 몬크리프 양은 여행을 다니며 세상 구경을 하는 것이 소원이었다. 그래서 어머니가 죽어 교회 뜰에 묻히고 몬크리프 양이 적지 않은 유산을 물려받음과 동시에 마침내 자유의 몸이 되자, 세인트 메리 미드 주민들은 은근한 기쁨을 느꼈다. 그 후로 몬크리프 양은 고대하던 여행을 떠났지만 프랑스의 예르라는 지방에 이르러 눌러앉고 말았다. 사연인즉, 그녀는 거기서 '어머니의 옛 친구'라는 사람을 만났는데, 글쎄 우울증을 앓는 그 노인을 동정한 나머지 이후의 여행 계획을 모조리 취소하고는 이번엔 그 집에서 힘들게 일하는 처지가 되었다는 것이다. 다시금 그녀는 바깥세상을 구경하고 싶다는 소망을 품은 채 고생하게 되었다.

"네 말이 맞아, 캐리 루이즈."

"내가 이렇게 몸 편히 살 수 있는 데는 졸리 덕분이 커. 정말 고마운 사람이지. 그녀는 내가 조니와 결혼하던 시절 여기로 와 주었는데 처음부터 어찌나 잘해 주던지. 날 위해서라면 무슨 일이든 해 준단다. 어린애 봐주는 보모들도 그러긴 힘들 거야. 가끔은 미안할 정도지. 졸리는 나를 위해서라면 사람도 충분히 죽일 수 있을 거라고 진정으로 믿어. 좀 끔찍한 말 같지만."

"정말 충직한 사람이야."

마플 양도 동의했다. 새러콜드 부인은 고운 목소리로 웃었다.

"하지만 화를 낼 때도 많아. 예쁜 옷을 사 입으라고, 호화로운 장신구도 좀 하고 다니라고 늘 야단이지. 그런가 하면 사람들이 좀 더 날 존중하고 예를 갖춰야 한다는 거야. 루이스의 정열에 압도되지 않는 사람은 졸리 말고는 없을걸. 여기 있는 저 불쌍한 소년들을 그저 '건방진 꼬마들'로 치부할 수 있는 것도 그녀뿐이고. 지원을 받을 자격이 없는 애들이라나. 거기에 이곳의 습한 공기는 내 류머티즘에 안 좋으니 이집트 같은 따뜻한 동네로 떠나자는 말까지 하더라."

"너 류머티즘이 심하니?"

"요즘 특히 심해졌어. 걷기도 어려울 정도라니까. 다리에 온통 경련이 일기도 해. 하긴……."

새러콜드 부인의 얼굴에 요정 같이 매력적인 예의 그 미소가 떠올랐다.

"나이는 속일 수 없는 게지."

벨레버 양이 출입용 프랑스식 창문을 통해 바쁘게 다가왔다.

"카라, 전보가 왔어요. 막 전화로 전해 들었는데요, '오늘 오후 도착, 크리스천 걸브랜드슨.'이라는데요."

"크리스천? 그가 영국에 있는 줄은 꿈에도 몰랐어."

캐리 루이즈는 무척 놀란 표정이었다.

"떡갈나무 방으로 하실 거죠?"

"그래. 손님 맞을 준비를 부탁해, 졸리. 거기엔 계단이 없으니까."

벨레버 양은 고개를 끄덕이고 집 안으로 돌아갔다.

"크리스천 걸브랜드슨은 내 의붓아들이야. 에릭의 장남인데 실은 나보다 2살이나 많단다. 우리 협회의 대표 이사이기도 해. 이럴 때 루이스가 어디 가고 없는 게 아쉽네. 크리스천은 워낙 바쁜 사람이라서 하루 이상 묵는 경우가 없거든. 둘이서 상의할 일이 많을 텐데."

크리스천 걸브랜드슨은 오후 티 타임에 맞추어 도착했다. 몸집이 크고 표정이 엄숙한 남자였다. 말은 느릿하면서도 논리적이었다. 그는 애정이 담긴 말투로 캐리 루이즈와 인사를 했다.

"우리의 캐리 루이즈! 어떻게 지내셨습니까? 전혀 나이가 드신 것 같지 않네요. 하루치도 안 늙으셨는데요."

그는 그녀의 어깨 위에 손을 얹고 미소를 띠며 서 있었다. 누군가 그의 소매를 잡아당겼다.

"크리스천!"

"아?"

돌아선 그가 상대를 알아보았다.

"밀드레드로군! 잘 있었니, 밀드레드?"

"요즘은 별로 좋진 않아요."

"참 유감이로구나. 정말 유감이야."

크리스천 걸브랜드슨과 그의 여동생 밀드레드는 이복 남매 사이긴 해도 꽤 닮은 면이 있었다. 나이 차가 거의 30년에 이르기 때문에 언뜻 부녀 사이로 착각할 만도 했지만. 밀드레드는 그가 온 것이 상당히 기쁜 기색이었다. 얼굴에 홍조를 띤 채 말이 많아진 것이 그 증거였다. 그녀는 그를 저녁 내내 '내 오빠', '크리스천 오라버니', '우리 오빠 걸브랜드슨' 등으로 불렀다.

"지나는 어떻게 지냈더랬니? 남편과 함께 여기 살기로 한 거냐?"

걸브랜드슨이 지나 쪽으로 얼굴을 돌리며 물었다.

"예, 아주 이곳에 눌러살기로 했어요. 맞죠, 월리?"

"그런 셈이지."

월리가 말했다. 걸브랜드슨의 작고 예리한 눈이 월리를 재빠르게 훑어보았다. 월리는 언제나처럼 무표정하고 냉담한 얼굴이었다.

"그럼 이 자리에 온 가족이 모인 셈이로군."

걸브랜드슨의 목소리는 더없이 다정했다. 하지만 마플 양이 보기에 그는 실제로 그리 다정한 사람이 아닌 것 같았다. 입가에 사뭇 냉혹한 빛이 서려 있는 그를 보면 어딘가 다른 것에 정신을 팔고 있는 듯한 분위기를 느낄 수 있었다.

그는 마플 양을 소개받고 나서 마치 낯선 방문객을 심사하는 것처럼 날카롭게 그녀를 훑어보았다.

"영국에 온 줄은 몰랐어요, 크리스천."

새러콜드 부인이 말했다.

"네, 갑자기 오게 되어서요."

"루이스가 마침 없어서 유감이에요. 얼마나 머물 예정이죠?"

"내일 떠날 계획입니다. 루이스 씨는 언제 돌아오실까요?"

"내일 오후나 저녁이 될걸요."

"그럼 하루 더 묵어야 하겠군요."

"미리 알리고 오지 그랬어요."

"음, 친애하는 캐리. 제 일이란 게 그리 예상대로만 되는 게 아니잖아요."

"그러면 루이스가 올 때까지 있는다는 뜻이죠?"

"예, 루이스를 만나야 할 일이 있습니다."

벨레버 양이 마플 양에게 말했다.

"걸브랜드슨 씨와 새러콜드 씨 두 분은 모두 걸브랜드슨 협회의 이사랍니다. 그밖에 크로머 주교님과 길포이 씨가 또 이사로 계시지요."

과연 크리스천 걸브랜드슨이 스토니게이츠 저택에 온 것은 협회와 관련한 일인 것 같았다. 벨레버 양을 비롯한 다른 사람들도 다 그렇게 믿는 눈치였다. 그러나 마플 양은 의아한 낌새를 지울 수 없었다.

마플 양은 이 늙은 사내가 캐리 루이즈 쪽으로 한두 번 좀 당혹스러운, 그러면서도 근심 어린 눈길을 보내는 것을 눈치 챘다. 또 캐리 루이즈를 바라보다가도 다른 사람을 하나하나 꼼꼼히 뜯어보기도 했다. 실로 이상한 행동이었다.

티 타임이 지나자 마플 양은 적당히 빠져나와 서재로 향했다. 그런데 자리를 잡고 앉아 뜨개질을 시작했을 때 크리스천 걸브랜드슨이 불쑥 들어와 그녀는 깜짝 놀라고 말았다.

"부인은 캐리 루이즈 계모님의 오랜 친구시죠?"

"이탈리아에서 같은 학교를 다녔지요. 아주 오래전 일이랍니다."

"아, 그렇습니까. 그럼 캐리를 좋아하시겠군요?"

"그럼요. 아주 좋아하지요."

마플 양이 다정한 말투로 말하자 걸브랜드슨이 반색을 했다.

"모든 사람들이 그럴 겁니다. 당연히 그럴 수밖에요. 워낙 친근하고 매력적인 사람이니까. 아버지가 그녀와 결혼한 이후로 저를 비롯한 우리 형제들은 그분을 아주 아껴 왔습니다. 친누이나 다름없었지요. 충실한 아내였던 데다 아버지가 갖고 계신 이상에 대해서도 헌신적으로 따랐습니다. 정말 자신은 돌보지 않은 채 남들의 행복을 우선하는 분이라고 할까요."

"캐리는 언제나 이상주의자였어요."

"이상주의자? 그렇군요. 맞습니다. 바로 그 때문에 이 세상에 악이란 것이 존재한다는 사실을 깨닫지 못하는 거죠."

마플 양은 적잖이 놀랐다. 그의 얼굴은 사뭇 굳어 있었다.

"숨김없이 얘기해 주셨으면 합니다. 그녀의 건강은 어떻습니까?"

마플 양은 다시 한번 놀랄 뿐이었다.

"제 눈엔 썩 건강한 것처럼 보이던데요. 관절염 정도를 제외하면요. 류머티즘 얘기도 있었는데."

"류머티즘이라고요? 음……. 심장은 어떻답니까? 심장 상태는 좋은가요?"

마플 양의 놀라움은 계속되었다.

"제가 아는 한 심장에 문제는 없어요. 하지만 전 그 애와 아주 오랜만에, 어제 비로소 만난 거라서요. 그러니까 그녀의 건강이 궁금하시면 다른 가족들한테 물어보시는 게 좋을 거예요. 예를 들면 벨레버 양이라거나…….”

"벨레버 양이라……. 그래, 벨레버 양이 있었지. 아니면 밀드레드한테 말이죠."

"예, 말씀하신 대로 밀드레드도 괜찮겠네요."

마플 양은 조금 부끄러운 기분이 들었다. 크리스천 걸브랜드슨이 자신을 뚫어져라 바라보고 있었기 때문이었다.

"그 두 사람을 각별히 애정이 깊은 모녀 사이로 보긴 힘들다고 생각지 않으십니까?"

"네, 그렇군요. 저도 그렇게 생각해요."

"제 말이 그겁니다. 정말 유감스러운 일이죠. 어찌 됐든 캐리의 유일한 친자식인데. 그런데 벨레버 양 말씀입니다……. 부인께선 그녀가 캐리 루이즈를 정말로 사랑하는 것 같습니까?"

"네. 끔찍이 위하는 모양인데요."

"그리고 캐리 쪽에서도 벨레버 양에게 의지하고 있고 말이죠."

"제가 볼 땐 그래요."

크리스천 걸브랜드슨은 그 말을 듣고 얼굴을 찌푸렸다. 그는 입을 열었지만, 그 말들은 눈앞의 마플 양에게 하는 것이라기보다는 자기 자신에게 하는 독백처럼 들렸다.

"지나가 있긴 해도 그 앤 너무 어리고, 이거 곤란하게 됐는데…….”

그는 잠시 말을 멈추었다가 다시 계속했다.

"무엇이 최선인지 알기 힘든 때가 있는 법이죠. 가장 현명한 길을 찾아야 합니다. 전 캐리 루이즈가 아무 피해 없이, 어떤 불행도 맞지 않기를 진심으로 바라고 있습니다. 하지만 쉬운 일은 아니죠. 절대 쉬운 일이 아닙니다.”

그때 스트리트 부인이 방 안으로 들어섰다.

“아, 크리스첸 오라버니. 여기 계셨군요. 한참 찾았잖아요. 메버릭 박사가 오라버니가 자기에게 할 말이 있지 않을까 궁금해해서요.”

“새로 온 그 젊은 의사 말이지? 아니, 아니, 그 일은 루이스가 돌아오고 나서 하는 게 좋겠어.”

“박사는 루이스 씨의 연구실에서 기다리고 있어요. 내가 가서 그렇게 전할까요?”

“아니야, 내가 가서 말하도록 하지.”

걸브랜드슨은 서둘러 서재를 나갔다. 밀드레드 스트리트는 그의 뒷모습을 바라보다가 마플 양을 쳐다보았다.

“무슨 영문인지 모르겠군요. 평소 오빠의 모습과 다른데……. 무슨 얘기라도 들으셨어요?”

“당신 어머니의 건강에 대한 이야기를 했을 뿐이에요.”

“어머니의 건강? 왜 오빠는 그걸 아주머니께 물어보았을까요?”

밀드레드가 날카롭게 물었다. 그녀의 넓적하고 각진 얼굴이 흉하게 붉어졌다.

“나도 모르죠.”

“어머닌 아주 건강하세요. 그 나이의 노인이라고는 믿기 힘들 정도로. 분명 저보다도 훨씬 건강하실걸요.”

그녀는 잠깐 말을 쉬었다가 계속했다.

"아주머니도 그렇게 말씀하셨겠지요?"

"난 캐리의 건강 상태에 대해서는 잘 몰라요. 그런데 그분은 캐리의 심장 상태에 대해서도 물어보더라고요."

"심장요?"

"그래요."

"어머니의 심장은 문제없어요. 전혀요!"

"그 말을 들으니 안심이군요."

"크리스천 오라버니의 머리엔 대체 무슨 생각이 들어 있는 걸까요?"

"나도 모르죠."

7장

I

그다음 날은 얼핏 평온무사하게 지나가는 것 같았다. 하지만 마플 양은 집 안에 흐르는 보이지 않는 긴장감을 느낄 수 있었다. 크리스천 걸브랜드슨은 아침 내내 메버릭 박사와 함께 소년원을 돌아보며 그곳 시설의 교육 성과에 대한 토론을 계속하고 있었다.

오후가 되자 지나는 걸브랜드슨과 함께 드라이브를 다녀오는 것 같았다. 후에 마플 양은 걸브랜드슨이 벨레버 양을 불러 정원을 함께 거니는 모습을 보았다. 필시 그 무뚝뚝한 여자와 무슨 은밀한 이야기라도 나눌 생각인 것 같았다. 그는 자신이 갑자기 스토니게이츠 저택을 방문한 이유는 순전히 사업상의 문제 때문이라고 강조했었다. 그런데 그렇다면 집안일밖에 모르는 벨레버 양과 뜰로 나갈 이유는 무엇이란 말인가?

이내 마플 양은 그런 의문들이 다 생각이 지나쳐서 생긴 것이라고 스스로 타일렀다. 실제로 그날 일어났던 일 중 눈에 띄는 것이라곤 4시경에 일어났던 사건뿐이었다.

마플 양은 뜨개질거리를 옆으로 치우고 차 마시는 시간 전에 산책을 할 생각으로 정원을 향했다. 석남화가 흐드러지게 피어 있는 근처를 지나던 그녀는 혼자서 뭔가를 중얼거리던 에드거 로슨과 부딪힐 뻔했다.

"아, 죄송합니다."

그는 정신없이 사과했다. 하지만 마플 양은 그의 멍한 눈길에 더 정신이 쏠렸다.

"괜찮으세요, 로슨 씨?"

"괜찮으냐고요? 괜찮을 리가 있겠습니까? 정말 충격입니다. 대충격이라고요!"

에드거는 그녀를 흘낏 바라보고 불안하게 좌우를 돌아보았다. 그런 그의 태도에 마플 양까지 괜히 불안해질 정도였다.

"말씀드려도 괜찮을지 모르겠군요……. 정말 모르겠어요. 누가 절 감시하고 있습니다."

그의 초조한 말투에 마플 양은 결심하여 그의 팔을 꽉 붙들었다.

"자자, 저쪽으로 갑시다. 저기엔 누가 숨을 만한 나무나 덤불이 없으니 엿들을 사람도 없을 거예요."

"예……. 과연 그렇겠군요."

에드거는 심호흡을 하더니 마플 양 쪽으로 고개를 숙여 나지막이 말했다.

"끝내 알고야 말았습니다. 정말 충격적인 발견이었죠."

"그게 뭐죠?"

에드거 로슨의 몸이 부들부들 떨리기 시작했다. 거의 울음을 터뜨리기 직전이었다.

"저는 그를 믿고 있었어요! 철석같이 말이죠……. 그런데 다 거짓이었던 겁니다. 전부 사실을 가리려는 거짓말이었다고요. 전 참을 수가 없습니다. 어쩌면 그렇게 악랄할 수가……. 전 정말 그 사람을 믿고 있었는데, 알고 보니 그 사람이 모든 일의 원흉이었던 거예요. 그가 제 적이었습니다! 제 뒤를 밟고 감시한 것이 바로 그 사람이었어요. 하지만 이제 그런 것도 끝입니다. 전 다 폭로할 생각이니까요. 그자가 어떤 인간인지 만천하에 알린다는 말씀입니다."

"그 사람이라고 하는데, 그게 누구죠?"

에드거 로슨은 구부정하던 몸을 죽 폈다. 극적인 효과를 노린 모양이었지만, 실제로는 그냥 우스꽝스러울 뿐이었다.

"제 아버지를 말하는 겁니다."

"몽고메리 장군요? 아니, 윈스턴 처칠 경이었던가요."

에드거 로슨은 그녀를 흘겨보며 한심하다는 표정을 지었다.

"놈들이 그렇게 믿게끔 조작했죠. 제가 사실을 알지 못하도록. 그러나 이제 전 압니다. 전 친구를 얻었어요. 진정한 친구……. 그 친구는 제게 진실을 알려 주었지요. 제가 어떻게 속아 왔는지도. 흥, 그러니 아버지도 이젠 저를 만만히 보실 수 없을 테죠. 전 아버지의 눈앞에서 그의 거짓을 폭로할 겁니다! 저는 진실로써 그에게 대항

하려 합니다. 이제 그 사람의 말을 들어 볼 차례겠군요."

그는 걸음을 재촉해 공원 쪽으로 사라져 버렸다. 마플 양은 굳은 얼굴로 집 안으로 돌아왔다.

'우리는 모두 조금씩 미쳐 있습니다.'

메버릭 박사는 그렇게 말했다. 하지만 그녀가 볼 때 에드거라는 이 청년은 조금 미친 수준이 아닌 것 같았다.

II

루이스 새러콜드는 오후 6시 30분에 돌아왔다. 그는 정문에 차를 세우고 정원을 지나 집으로 걸어 왔다. 창밖을 내다보던 마플 양은 크리스천 걸브랜드슨이 그를 마중 나가는 것을, 두 사람이 인사를 나눈 뒤 아래쪽의 테라스를 여기저기 거니는 것을 목격했다.

마플 양은 이런 일이 일어날 것을 대비해 망원경을 가지고 다닐 만큼 준비성이 투철한 사람이었다. 이런 일을 위한 것이 망원경 아닌가. 저기 멀리 보이는 숲에 있는 것은 혹시 방울새 한 무리인 건 아닐지? 새를 한번 관찰해 볼까?

망원경을 이리저리 움직이던 그녀는 두 남자의 표정이 무척 심각하고 어둡다는 것을 발견했다. 마플 양은 몸을 창밖으로 좀 더 내밀었다. 그들의 말소리까지도 드문드문 들릴 정도로. 혹시 둘 중 하나가 위를 올려볼지도 모르지만, 마플 양이 새를 관찰하는 것이겠거니 생각할 것이었다.

"……어떻게 하면 캐리가 그 사실을 모르게 할 수 있을지…….'"

걸브랜드슨의 목소리였다.

두 번째로 그들이 마플 양 주위로 걸어왔을 때는 루이스 새러콜드의 목소리가 들렸다.

"……캐롤라인이 몰랐으면 좋으련만. 정말 조심할 필요가 있겠군요…….'"

다른 말들도 흐릿하게 들려 왔다.

"……정말 심각하군…….'"

"……온당치 않아…….'"

"……무거운 책임을 지고…….'"

"……어쩌면 외부에서 조언을 구해야…….'"

마침내 크리스천 걸브랜드슨은 이렇게 말하고 말았다.

"에취, 추워지는군. 안으로 들어가지요."

마플 양은 도무지 영문을 모른 채 고개를 창문 안으로 거둬들였다. 너무 짤막짤막하게 잘린 말들이라 무슨 이야기가 오가는지 알 수가 없었다. 하지만 그것은 그녀의 머릿속에서 점차 퍼져 나가던 모호한 불안, 그리고 루스 반 라이독이 그렇게나 강조했던 불안의 정체를 다시금 일깨워 주는 말들이었다.

스토니게이츠 저택에 무엇이 잘못되어 있는지는 모른다. 하지만 그 일이 캐리 루이즈에게 안 좋은 영향을 끼칠 것이라는 점만은 명확했다.

III

그날 밤의 저녁 식사는 어쩐지 좀 팽팽한 분위기 속에서 진행되었다. 걸브랜드슨과 루이스 새러콜드는 다 멍하니 혼자만의 생각에 빠져 있었다. 월터 허드는 평소보다 더 퉁명스러운 표정이었고, 지나와 스티븐도 오늘만큼은 서로에게, 그리고 남들에게도 별로 볼일이 없다는 기색이었다. 그 때문에 식사 자리에서 주로 입을 여는 역은 심리치료사인 바움가튼, 그리고 그와 함께 전문적인 화제를 길게 늘어놓는 메버릭 박사뿐이었다.

식사 후에 사람들은 전원 중앙 홀로 자리를 옮겼다. 그 와중에 크리스천 걸브랜드슨은 중요한 편지를 써야 한다면서 잠깐 실례하겠다는 말과 함께 자리를 떴다.

"캐리 루이즈, 죄송하지만 전 제 방으로 가 보려 합니다."

"편지 쓰는데 필요한 물건들은 있으세요? 저기, 졸리?"

"아니, 됐습니다. 다 있어요. 타자기를 얘기하니까 벌써 갖다 놨던데요. 벨레버 양이 꼼꼼히 처리해 주었어요."

그는 중앙 홀 왼쪽에 있는 문을 통해 나갔다. 그가 묵는 손님 방은 중앙 계단 앞을 지나 나오는 복도 끝에 위치하는데, 침실과 욕실이 붙어 있는 구조로 되어 있었다.

그가 자리를 뜨자 캐리 루이즈가 말했다.

"지나, 오늘은 극장에 안 가니?"

지나는 고개를 젓더니 홀을 조금 걸어가서 창문에 걸터앉아 집

앞에 있는 주차장과 정원을 내려다보았다.

스티븐은 지나를 힐긋 돌아보더니 대형 그랜드 피아노로 다가갔다. 그는 의자에 앉아 피아노를 조심조심 연주했다. 묘하게 애상적인 멜로디였다. 심리치료사인 바움가튼과 레이시 씨, 그리고 메버릭 박사는 잘 자라는 인사와 함께 떠났다. 월리는 독서용 스탠드의 불을 켰다. 그때 뭔가 끊어지는 소리가 나면서 홀 안의 불들이 반쯤 나가고 말았다.

월리가 투덜거리며 불평했다.

"이놈의 스위치는 맨날 이런다니까. 가서 새 퓨즈로 바꿔야겠어."

그가 홀을 나가자 캐리 루이즈가 말했다.

"월리는 가전제품을 다루는 솜씨가 아주 좋아. 저 애가 토스터를 고쳤던 것 기억나니?"

밀드레드 스트리트가 말했다.

"뭘, 저 사람이 여기서 하는 일이라고 해 봐야 그런 것뿐인데요. 참, 어머니, 약 드셨어요?"

그 말에 벨레버 양이 갑자기 화난 표정을 지었다.

"이런, 깜빡 잊었군요."

벨레버 양은 자리를 박차고 일어나 식당으로 가더니 곧 장밋빛 액체가 담긴 작은 유리잔을 들고 돌아왔다. 얼굴에 미소를 띠며 캐리 루이즈는 못 말린다는 듯 손을 내밀었다.

"끔찍이도 맛없는 이 약을 다들 꼼꼼히도 챙겨 주는구나."

그녀는 얼굴을 찌푸려 보였다. 그때 루이스 새러콜드가 의외의 말을 했다.

"오늘 밤엔 안 먹어도 될 것 같아, 여보. 그 약 정말 약효가 있는지도 모르겠고 말이야."

조용하게, 하지만 그가 언제나 몸에 갖추고 있는 절제된 힘과 함께 그는 벨레버 양에게서 그 유리잔을 뺏어서 참나무 웨일스식 화장대 위에 올려놓았다.

벨레버 양이 입을 삐쭉하며 말했다.

"하지만 새러콜드 씨, 그 말씀엔 반대예요. 그 약을 드신 이후로 새러콜드 부인께선 훨씬 좋아지셨는걸……."

그녀는 말을 멈추고 갑자기 몸을 돌렸다.

홀 앞의 문이 거칠게 활짝 열렸던 것이다. 그 여파로 문이 흔들거렸다. 에드거 로슨이 자신이 무슨 연극 주연배우라도 된 것인 양 개선장군처럼 어둑어둑한 홀에 들어서고 있었다.

그는 홀 한가운데 버티고 서서 짐짓 으스대는 기색이었다. 웃음이 터져 나올 만큼 우스꽝스러운 모습이었지만 그렇다고 그저 웃어넘길 만한 분위기도 또 아니었다.

에드거는 연극의 대사라도 읊는 듯이 입을 열었다.

"이제 찾아냈군, 내 원수여!"

그는 루이스 새러콜드에게 말하고 있었다. 새러콜드는 조금 놀란 표정이었다.

"어이, 에드거. 대체 무슨 일인가?"

"그렇게 태연히 말할 일이 아닐 텐데. 무슨 일인지는 당신 자신이 제일 잘 알고 있잖아? 당신은 날 속이고 감시하는가 하면, 졸개들을 시켜 내 앞길을 계속 막아 왔어."

루이스는 그의 팔을 붙들었다.

"이봐, 에드거. 흥분하지 말게. 진정하고 무슨 말인지 차분하게 얘기해 보라고. 내 사무실로 가세."

그는 에드거를 데리고 홀을 가로질러 오른편 문으로 가서 등 뒤로 문을 닫았다. 곧 열쇠가 돌아가는 소리가 날카롭게 들렸다.

벨레버 양이 마플 양을 쳐다보았다. 두 사람은 똑같은 생각을 한 게 분명했다.

'지금 문을 잠근 사람은 루이스 새러콜드 씨가 아니야.'

벨레버 양이 새된 소리를 질렀다.

"저 남자는 미쳤어요. 위험하다고요!"

밀드레드도 거들었다.

"확실히 제정신이 아니에요. 베풀어 준 은혜도 모르고. 어머니, 이젠 단호히 결단을 내리셔야 할 때예요."

캐리 루이즈는 힘없이 한숨을 내쉬었다.

"아니, 에드거는 루이스를 해칠 사람이 아니야. 그를 좋아하거든. 아주 많이."

마플 양은 좀 의아해서 그녀를 바라보았다. 방금 에드거가 루이스 새러콜드에게 했던 말에서 애정이란 걸 찾아 볼 수 있었던가? 마플 양은 또다시 전에 느꼈던 의문으로 돌아가지 않을 수 없었다. 캐리 루이즈는 눈앞의 현실에서 눈을 돌리고 있는 것은 아닐까?

지나가 날카롭게 말했다.

"저 사람, 에드거의 주머니에 뭔가가 들어 있었어요. 뭘 만지작거리고 있었다고요."

스티븐이 피아노 건반에서 손을 떼고 중얼거렸다.

"이럴 때 영화에서는 그게 대체로 리볼버 권총이더라고요."

마플 양이 헛기침을 하고서 왠지 사과하는 말투로 그 말을 받았다.

"눈치 못 채셨나요? 그가 가진 건 권총이 맞았어요."

문 닫힌 루이스의 연구실에서 어떤 중얼거리는 말소리가 들려왔다. 곧 크고 뚜렷한 목소리가 그걸 대신했다. 웅얼거리는 것은 루이스 새러콜드, 언성을 높여 소리 지르는 것은 에드거 로슨이었다.

"거짓말, 거짓말이야! 다 거짓말이라고. 당신은 내 아버지예요. 난 당신 아들이고요. 그런데도 당신은 내 권리를 빼앗아 갔어. 난 이곳의 주인이 되어야 해요. 당신은 날 싫어하죠? 그래서 날 없애려는 거고요!"

달래듯 뭐라고 중얼거리는 루이스의 말이 들렸지만, 에드거 로슨은 여전히 분노한듯 언성을 높이고 있었다. 상스러운 욕설도 포함되어 있었다. 에드거의 자제심이 날아가 버린 모양이었다. 그 와중에 루이스의 말이 간간이 들려 왔다.

"진정해, 진정하라고. 그런 게 아닌 거 자네도 잘 알잖아."

하지만 그런 말에 분이 풀릴 에드거가 아니었다. 그는 오히려 더욱 노기등등해져만 갔다.

어느새 홀 안에 있는 사람들은 모두 입을 다물고 문 닫힌 루이스의 연구실 속에서 일어나는 일에 열심히 귀를 기울이고 있었다.

"내 말 잘 들으세요. 난 당신 낯짝에서 그 잘난 척하는 표정을 벗겨 내고 말겠어요. 반드시 복수하고 말 거예요. 당신이 내게 안겨 준 고통에 대한 복수!"

에드거가 소리를 질렀다.

"그 권총을 내려 놔!"

평소의 침착한 목소리와는 전혀 다른 루이스의 목소리가 짧게 들려왔다.

"에드거가 저분을 죽일 거예요. 그 남잔 미쳤어요. 어서 경찰이든 뭐든 불러야죠!"

지나가 날카로운 소리를 질렀다.

"걱정할 필요 없다니까. 에드거는 루이스를 사랑하고 있단다. 에드거는 지금 연극을 하고 있는 것일 뿐이야."

캐리 루이즈는 여전히 냉정함을 유지한 채 말했다.

문을 통해 에드거의 웃음소리가 들려왔다. 그 소리를 듣자 마플 양으로서도 그가 미쳤다고 인정할 수밖에 없었다.

"그래, 이건 권총이에요. 장전도 되어 있지요. 아, 말은 하지 마시죠. 움직이지도 말고. 내 말을 찬찬히 들어 보시라니까. 나를 농락한 건 당신이잖아요? 이제 그 대가를 치러야 할 때가 왔어요."

순간 총성 비슷한 소리가 나서 사람들은 모두 깜짝 놀랐다. 하지만 캐리 루이즈는 여전히 태연한 태도로 말했다.

"아니, 아무 일도 아니야. 바깥에서 난 소리라고. 정원이나 뭐 그런 곳에서 난 소리였겠지."

닫힌 문 뒤에서는 에드거의 악 쓰는 소리가 계속해서 들렸다.

"그래, 그저 앉아 계시는군. 날 뻔히 쳐다보면서 거만하게도 말이야. 자, 내게 무릎 꿇고 살려 달라고 빌면 어때요? 난 정말 쏠 거야. 당신을 쏴 죽일 거라고! 난 당신의 아들이에요. 당신이 인정하지 않고 내팽겨쳐 둔 그 아들! 당신은 내가 어디로 없어지길 바랐지? 아주 세상에서 모습을 감췄으면 하고 말이야! 그래서 나한테 스파이를 붙여 미행을 시킨 걸 테고. 내 앞길을 막는 방해 공작을 꾸미기도 했지. 세상에, 그러면서도 아버지라고? 그래, 난 사생아요. 사생아일 뿐이라고! 당신이 내게 한 말은 온통 거짓말이었어. 친절한 가면을 쓰고서 말이야. 언제나 그랬지……. 언제나! 당신은 살아 있을 자격이 없어. 난 당신을 살려 두지 않겠어!"

그 후로 다시 상스러운 욕설이 이어졌다. 마플 양은 벨레버 양이 '무슨 조치를 취해야겠다'고 하면서 홀을 나가는 것을 알아차렸다.

에드거는 잠깐 숨을 고르는가 싶지만, 이내 또 소리를 지르기 시작했다.

"당신을 죽이겠어. 알아듣겠어? 이젠 죽어 달라고. 죽어, 이 악마! 죽어 없어져!"

날카로운 총성이 2발 울려퍼졌다. 이번엔 절대로 정원 쪽이 아니었다. 그 닫힌 문 안쪽에서 난 소리가 틀림없었다.

누군가 비명을 질렀다. 밀드레드의 목소리 같았다.

"하느님 맙소사, 무슨 일이 벌어진 거지요?"

연구실 안에서 어떤 물체가 둔하게 털썩 쓰러지는 소리가 났다. 그러고는 지금까지보다도 더욱 무서운 소리가 들려오기 시작했다. 그것은 누군가 나지막이, 그러나 슬피 흐느끼는 소리였다.

한 사람이 마플 양을 성큼성큼 지나쳐 잠긴 연구실 문을 세차게 두드리기 시작했다. 스티븐 레스태릭이었다. 그가 소리쳤다.

"문 열어! 문 열라고!"

벨레버 양이 돌아왔다. 손에는 열쇠 꾸러미를 들고 있었다.

"이걸로 해 보시죠."

숨 가쁜 목소리였다.

바로 그 순간, 나갔던 전깃불이 다시 켜졌다. 그간 으스스할 정도로 어두컴컴했던 홀에 재차 생기가 돌아 왔다.

스티븐 레스태릭은 여러 열쇠를 차례로 끼워 보고 있었다. 그때 문 안쪽에서 손잡이를 돌리는 소리가 들렸다. 건너편에선 절망적이고도 격렬한 그 흐느낌 소리가 계속 들리고 있었다. 월터 허드가 어슬렁거리며 홀에 돌아왔다. 그는 중앙에 우뚝 서서 사람들에게 물었다.

"이런, 무슨 일이 있었나요?"

밀드레드가 오열하듯이 대답했다.

"그 미친 놈이 새러콜드 씨를 쏘았어."

"그만두거라."

캐리 루이즈의 말이었다. 그녀는 자리를 떠서 연구실 문 앞으로 걸어갔다. 그녀는 스티븐 레스태릭의 몸을 부드럽게 밀어냈다.

"내가 해 보지."

그녀의 목소리는 나지막했다.

"에드거……. 에드거……? 문 좀 열어 봐, 에드거. 제발."

열쇠 구멍에 열쇠가 꽂히는 소리가 났다. 그리고 손잡이가 돌아가더니 문이 스르륵 열렸다.

문을 연 사람은 에드거가 아니었다. 놀랍게도 루이스 새러콜드가 서 있었다. 그는 마치 전력 질주라도 한 것처럼 숨을 헐떡이고 있었는데, 그러면서도 침착함을 유지하고 있었다. 그가 말했다.

"아무 일 아니었어, 여보. 정말 아무 일 없었다고."

"우린 꼭 선생님이 총에 맞은 줄 알았어요."

벨레버 양이 쉰 목소리로 말했다.

그 말을 듣더니 루이스 새러콜드는 얼굴을 찌푸리고 약간 퉁명스럽게 말했다.

"물론 나는 총에 맞지 않았소."

그제야 사람들은 연구실 안을 둘러 볼 수 있었다. 에드거 로슨이 책상 옆에 쓰러져 흐느껴 울고 있었다. 권총은 그의 손을 벗어나 바닥에 놓여 있었다.

"그래도 총소리가 들렸는데요."

밀드레드가 말했다.

"아, 그럴 거야. 2번 쏘았거든."

"그런데 빗나간 건가요?"

"당연히 빗나갔지."

루이스가 단호히 말했다.

하지만 마플 양은 그게 빗나갈 수 있을 만큼 먼 거리였다고는 생각되지 않았다. 총은 아주 가까이에서 발사된 것이 분명했다.

루이스 새러콜드가 초조하게 말했다.

"메버릭은 어디 있나? 메버릭이 있어야 하는데."

벨레버 양이 대답했다.

"제가 모셔 올게요. 경찰에 신고를 할까요?"

"경찰? 아냐, 그럴 필요 없어요."

"경찰에 알려야 해요. 저 남자는 위험한 상태잖아요."

밀드레드가 나섰다.

"쓸데없는 소리. 저 불쌍한 젊은이의 어디가 위험하다는 거야?"

루이스 새러콜드는 그 말을 일소에 붙였다.

사실 현재의 에드거는 그리 위험한 인물로 보이지 않았다. 그저 젊고 감상적인, 그리고 조금 불쾌한 사람일 뿐이었다. 현재 에드거의 말투에서는 평소의 꾸며 낸 듯한 과시적 억양이 사라지고 없었다. 그는 신음하듯 말했다.

"제가 뜻한 바가 아니었습니다. 도대체 어찌 된 영문인지 모르겠네요. 제가 그런 소릴 지껄이다니……. 머리가 어떻게 됐었나 봅니다."

밀드레드는 코웃음을 쳤다.

"제가 정말 정신이 나갔나 봐요. 그럴 생각은 없었는데. 정말이에요, 새러콜드 씨. 그럴 마음은 없었어요."

루이스 새러콜드는 에드거의 어깨를 두드려 주었다.

"괜찮네. 아무 일도 없었는데, 뭘."

"제가 선생님을 거의 죽일 뻔했어요, 새러콜드 씨."

월터 허드가 걸어가더니 방 반대편의 벽을 유심히 살펴보았다.

"총알이 여기에 박혔군요."

그는 책상과 그 뒤에 있는 의자를 꼼꼼히 보는 눈치였다. 그가 무뚝뚝하게 덧붙였다.

"간발의 차였겠는데요."

"제가 잠시 미쳤습니다. 저도 모를 짓을 해 버렸네요. 전 그냥 새러콜드 씨가 저를 해코지하려는 줄로만 알고……."

마플 양은 그동안 꼭 물어보고 싶었던 질문을 입에 올렸다.

"새러콜드 씨가 당신 아버지라고 한 사람이 누구인가요?"

경황없는 와중에서도 에드거의 얼굴에 잠깐 교활한 표정이 스쳐 지나갔다. 하지만 그 표정은 곧 사라져 버렸다.

"그런 사람은 없었습니다. 그냥 머리에 떠오른 것뿐이지요."

"그럼 저 총은 어디서 난 거요?"

바닥에 놓인 권총을 쳐다보며 월터 허드가 물었다.

"총이라고요?"

에드거 역시 그 총을 바라보았다.

"이거 내 총 아닌가?"

월리는 고개를 갸웃하며 몸을 숙여 권총을 집어 들었다.

"세상에, 맞잖아! 네가 내 방에 들어와 훔쳐 간 거지? 이런 쓰레기 자식을 봤나."

잔뜩 움츠린 에드거와 그를 잡아먹을 듯 으르렁거리는 윌리 사이로 루이스 새러콜드가 끼어들었다.

"참게, 그런 일은 나중에 따져도 되잖나. 아, 저기 메버릭이 오는군. 메버릭, 이 젊은이를 봐 주게."

메버릭 박사는 직업적인 관심을 드러내며 에드거에게 다가갔다.

"에드거, 이러면 안 되지. 이러면 곤란한 거 자네도 알잖아?"

"위험천만한 미치광이예요. 총까지 쏘면서 고함을 질러 댔다고요. 까딱했으면 새러콜드 씨가 죽을 뻔했잖아요."

밀드레드가 날카롭게 쏘아붙였다.

에드거가 작은 비명을 질렀고, 메버릭 박사는 달래듯 말했다.

"그런 말씀 마세요, 스트리트 부인."

"분통이 터져서 그래요. 보자 보자 하는 것도 한두 번이지. 이 사람은 미치광이잖아요."

에드거는 메버릭의 곁을 떠나 얼른 새러콜드에게 무릎을 꿇었다.

"제발 절 도와주세요. 살려만 주세요. 저들이 절 끌고 가서 가두지 못하게요. 제발⋯⋯."

마플 양은 정말 불쾌한 광경이라는 생각을 했다. 밀드레드는 더욱 열이 뻗치는 모양이었다.

"글쎄, 이 사람을 어떻게⋯⋯."

"그만하거라, 밀드레드. 더는 하지 마. 저렇게 괴로워하잖니."

그녀의 어머니가 타이르듯 말했다.

"가관이군. 여긴 온통 맛이 간 사람뿐이야."

월터가 중얼거렸다.

"자, 이 젊은이는 내게 맡겨요. 따라오게, 에드거. 푹 자고 안정제를 먹자고. 이야기는 내일 하고 말이야. 자넨 날 믿지, 안 그래?"

메버릭 박사가 말했다.

에드거는 일어나 몸을 떨더니 의심스러운 눈초리로 그 젊은 박사를 바라보았다. 그의 시선은 밀드레드 스트리트 쪽으로 옮겨 갔다.

"저 부인은…… 저를 미치광이라고 했어요."

"아니, 아니야. 자넨 미치지 않았어."

벨레버 양의 발소리가 의미심장하게 홀 안에 울려 퍼졌다. 모습을 드러낸 그녀는 붉어진 얼굴에 입술을 굳게 다물고 있었다.

"경찰에 신고했어요. 곧 도착할 거예요."

그녀의 목소리는 엄숙했다.

"졸리!"

캐리 루이즈가 당황해서 소리쳤다. 에드거 역시 비명을 질렀다. 루이스 새러콜드는 화난 듯이 인상을 썼다.

"말했잖소, 졸리. 경찰을 끌어들일 필요는 없어. 이건 의학적인 문제란 말이오."

"그럴지도 모르죠."

벨레버 양이 대답했다.

"하지만 저도 제 나름의 의견이 있어요. 경찰을 부르지 않으면 안 되는 상황이었죠. 걸브랜드슨 씨가 총에 맞아 죽었으니까요."

8장

 사람들이 그 말을 알아듣는 데는 일이 분의 시간이 필요했다. 캐리 루이즈가 믿을 수 없다는 듯이 입을 열었다.
 "크리스천이 총에 맞아? 그래서 죽었고? 아니야, 그럴 리 없어. 있을 수 없어."
 벨레버 양은 입술을 깨물었다.
 "제 말이 믿기지 않으시면 직접 가서 보시죠."
 그녀는 화가 나 있었다. 분노로 갈라진 딱딱한 어조였다.
 천천히, 혼이 빠져나간 듯 캐리 루이즈가 문 쪽으로 발을 옮겼다. 그때 루이스 새러콜드가 그녀의 어깨에 손을 얹었다.
 "안 돼, 여보. 내가 가지."
 그는 복도로 향했다. 에드거를 의심스럽게 바라보는 메버릭 박사가 그 뒤를 따랐다. 벨레버 양도 함께였다.

마플 양은 가만히 캐리 루이즈를 의자에 앉혔다. 캐리 루이즈는 잠자코 마플 양의 인도에 따랐지만 눈 속엔 상심이 가득 담겨 있었다.

"크리스천이…… 총에 맞았어?"

그녀가 재차 중얼거렸다. 괴로움에 몸부림치는 어린아이 같은 말투였다.

월터 허드는 에드거 로슨 바로 옆에 서서 그를 내려다보고 있었다. 그는 아까 바닥에서 집어든 권총을 아직 손에 든 채였다.

새러콜드 부인이 이해할 수 없다는 듯 다시 말했다.

"크리스천을 쏘고 싶어 한 사람이 있다니……. 그게 대체 누구지?"

그건 대답을 기대하는 질문이 아니었다.

월터가 숨을 참으며 중얼거렸다.

"미친놈들 짓이죠! 그놈들 아니면 누구겠어요?"

스티븐은 마치 경호원처럼 지나 곁에 가 섰다. 놀라움을 여과 없이 드러낸 지나만이 그래도 홀 안에 있는 사람 중 가장 생생한 얼굴이었다.

그때 불쑥 중앙문이 열리면서 묵직한 외투를 입은 남자가 차가운 바람을 몰고 나타났다. 그 남자의 입에서 나온 쾌활한 말소리는 홀 안의 사람들에게 충격으로 다가왔다.

"모두들 안녕하신가요? 길에 안개가 짙더군요. 슬슬 기다시피 올 수밖에 없었습니다."

마플 양은 한순간 자신이 헛것을 보고 있는 게 아닌지 눈을 의심했다. 동일한 사람이 지나 옆에 있으면서 동시에 문을 열고 들어설

수는 없는 일이니까. 잠시 후에야 그녀는 스티븐 레스태릭과 이 새로운 인물은 언뜻 첫인상이 닮았을 뿐, 자세히 보면 다른 점이 많다는 걸 발견할 수 있었다. 둘은 분명 비슷하게 생긴 친형제였지만 공통점은 그뿐이었다.

스티븐 레스태릭이 호리호리한 체구에 좀 초췌한 인상이라면, 새로 나타난 이 남자는 건강미가 넘쳤다. 아스트라한(러시아 아스트라한 지방에서 많이 산출되는 모직물 — 옮긴이) 소재 외투가 그 혈색 좋은 남자를 아늑하게 감싸고 있었다. 잘생긴 젊은이인 그는 품위와 더불어 성공한 사람의 기운을 함께 풍기고 있었다.

하지만 마플 양은 한 가지 사실을 즉시 눈치챘다. 홀에 들어서는 순간 남자의 눈길이 즉시 지나에게로 향했던 것이다.

그가 조금 의아하다는 듯이 말했다.

"제가 올 줄 알고 계셨던 거예요? 전보를 받으셨습니까?"

캐리 루이즈에게 묻는 말이었다. 그는 캐리 루이즈 쪽으로 향했다.

그녀는 거의 기계적인 몸짓으로 남자 쪽으로 손을 내밀었다. 남자는 그 손에 가볍게 입을 맞추었다. 형식적인 예절이 아닌, 진심과 존경이 어린 행위였다.

그녀는 중얼거렸다.

"당연하지, 알렉스. 물론이야. 그런데…… 지금 좀 어떤 일이 일어나서……."

"일이라뇨?"

밀드레드가 상황을 설명했다. 다만 그녀가 설명하는 투가 너무 냉정해서 마플 양은 불쾌감을 느낄 정도였다.

"크리스천 걸브랜드슨 오라버니 말이야. 크리스천 오라버니가 총에 맞아 돌아가신 채로 발견됐단다."

"저런, 세상에! 자살하셨단 말씀인가요?"

알렉스는 큰 놀라움을 나타냈다.

캐리 루이즈가 얼른 끼어들었다.

"아니. 자살일 리가 없어. 크리스천이 자살을 하다니, 절대 아니지."

지나도 거들었다.

"크리스천 외삼촌이 자살을 하셨을 리 없어요. 물론이죠."

알렉스 레스태릭은 사람들을 하나씩 돌아보았다. 그가 동생 스티븐을 바라보았을 때, 동생은 지나의 말에 찬성한다는 듯 짧게 고개를 끄덕여 보았다. 월터 허드는 좀 화난 표정으로 그의 시선을 맞받았다. 알렉스의 시선이 마플 양에 닿았을 때, 그는 갑자기 인상을 썼다. 마치 무대의 조화를 깨는 방해물이라도 보는 듯한 모습이었다. 그는 누군가 마플 양에 대해 설명해 주었으면 하는 눈치였다. 하지만 아무도 나서는 사람이 없는 바람에 마플 양은 결국 그에게 있어 당황해 정신을 차리지 못하고 있는 어리숙한 할머니로 남게 되었다. 알렉스는 입을 열었다.

"언제 일어난 일이죠? 언제 일어난 사건이냐는 뜻입니다."

지나가 대답했다.

"당신이 도착하기 바로 얼마 전이었어요. 한 삼사 분밖에 지나지 않았을걸. 우리들도 총소리를 들었지요. 그때는 거기에 신경을 쓰지 않았지만…….."

"신경을 안 썼다고? 어째서?"

"저, 그건 좀 그럴 사정이 있어서……."

지나는 말꼬리를 흐렸다.

"그래요, 일이 좀 있었소."

월터도 지나를 거들었다.

줄리엣 벨레버가 연구실에서 돌아와 홀 안으로 들어섰다.

"새러콜드 씨 말씀이 모두 연구실에서 기다리시래요. 경찰 수사 협조를 위해서라는군요. 아, 새러콜드 부인 빼고요. 부인은 충격이 크셨을 거예요. 그렇죠, 카라? 침대에 탕파를 넣어 뒀으니 올라가서……."

몸을 일으키던 캐리 루이즈는 고개를 저었다.

"크리스천을 보아야겠어."

"저런, 말도 안 돼요. 흥분하셨다고요."

캐리 루이즈는 조용히 벨레버 양을 밀쳐 냈다.

"졸리, 자넨 몰라."

그녀는 옆을 두리번거리다가 덧붙였다.

"제인?"

마플 양은 이미 그녀에게로 다가서고 있었다.

"나랑 같이 가 줄래, 제인?"

두 사람은 함께 문 쪽을 향했다. 하지만 그때 메버릭 박사가 갑자기 들어오는 바람에 부딪힐 뻔했다.

벨레버 양이 고함을 질렀다.

"메버릭 박사님, 카라를 말려 줘요. 쓸데없는 짓이에요."

캐리 루이즈는 젊은 박사를 차분히 응시했다. 그녀는 어렴풋한 미소마저 띠고 있었다.

메버릭 박사가 입을 열었다.

"직접 눈으로 확인하고 싶으신 거군요?"

"당연하죠."

박사는 옆으로 비켜났다.

"알겠습니다. 뜻이 정 그러시다면 할 수 없군요. 하지만 새러콜드 부인, 볼일이 끝나시면 자리로 돌아가 벨레버 양의 간호 아래 안정을 취하셔야 합니다. 지금은 아무렇지 않은 것 같아도 충격이 뒤늦게 찾아올 수도 있으니까요."

"그래요, 박사의 말을 믿어요. 나도 알고 있답니다. 가자, 제인."

두 노부인은 문을 나가 중앙 계단 앞을 지나 복도를 따라갔다. 복도의 오른편에는 식당이, 왼쪽에는 주방으로 뚫린 통로가 있었다. 그들은 계속해서 테라스 방향으로 진행해 크리스첸 걸브랜드슨이 묵을 예정이었던 떡갈나무 방 입구로 다가갔다. 그 방은 침실이라기보다는 거실이라고 표현해야 어울릴 정도로 가구들이 촘촘히 배치되어 있었다. 방 한쪽에는 침대가 놓여 있고, 화장실로 통하는 문도 보였다.

캐리 루이즈는 문턱에서 발을 멈췄다. 크리스첸 걸브랜드슨이 덩치 큰 마호가니 책상 앞에 앉아 있었는데, 그의 앞에는 작은 휴대용 타자기가 덮개가 젖힌 채 놓여 있었다. 그는 의자 쪽으로 약간 몸을 기울인 모습이었다. 의자의 높은 팔걸이 때문에 바닥으로 쓰러지지 않은 것 같았다.

그리고 루이스 새러콜드가 창가에 서 있었다. 그는 커튼을 조금 열고 그 틈으로 창밖의 어두운 풍경을 보고 있었다. 그가 두 노부인 쪽으로 몸을 돌리더니 이마를 찌푸렸다.

"세상에, 여보. 당신은 이런 곳에 오면 안 돼."

새러콜드가 다가오자 캐리 루이즈는 그에게 한 손을 내밀었다. 마플 양은 한두 발 뒷걸음질을 쳤다.

"아니야, 여보. 난…… 저 사람을 좀 봐야겠어. 어찌 된 영문인지 좀 알아야지."

캐리 루이즈는 천천히 책상 앞으로 다가갔다. 새러콜드가 경고하듯 말했다.

"아무것도 만져선 안 돼. 사건 발생 당시와 똑같은 현장을 경찰에게 보여야 하니까."

"그렇지. 그런데 이 상황…… 누군가에게 계획적으로 살해된 것이 맞지?"

"그래, 맞아."

루이스 새러콜드는 아내의 그런 질문에 적잖이 놀란 것 같았다.

"내 생각엔 그런 것 같지만……. 당신도 그렇게 생각해?"

"그럼. 크리스천은 자살할 사람이 아니야. 또 본래 신중한 사람이니 오발 사고일 리도 없고. 그러면 다른 가능성이라곤……."

그녀는 잠깐 말끝을 흐렸다.

"살인밖에 없지."

그녀는 책상 뒤로 돌아가 망자를 바라보았다. 그녀의 얼굴에 애정과 슬픔이 동시에 떠올랐다.

"가엾은 크리스천…… 나한테 늘 그렇게 잘해 주었는데."

그녀는 손으로 가만히 크리스천의 얼굴을 어루만졌다.

"신의 가호가 있기를. 고마웠어, 크리스천."

"캐롤라인, 당신에게만은 이런 일이 생기지 않도록 신께 기도하겠어."

루이스 새러콜드가 몹시 인간적인 감정을 담아 그녀를 위로했다. 마플 양으로서는 본 적이 없는 모습이었다. 캐리 루이즈는 조용히 고개를 저었다.

"사람이 그런 일을 막기란 불가능해. 누구에게나 언제나 한 번은 닥쳐올 일인걸. 그렇다면 오히려 빠른 편이 나을지도 모르지. 자, 이젠 가서 쉬어야겠어. 루이스, 당신은 경찰이 올 때까지 이곳을 지킬 거지?"

"그래."

캐리 루이즈는 몸을 돌렸다. 마플 양은 그녀를 자신의 팔로 감싸 안아 주었다.

9장

커리 경감과 휘하 경관들이 도착했을 때 중앙 홀에는 벨레버 양만이 남아 있었다. 그녀는 당당히 경찰 일행을 맞았다.

"전 줄리엣 벨레버라고 합니다. 새러콜드 부인의 말벗 겸 비서이죠."

"시체를 발견하고 경찰에 신고한 본인이십니까?"

"예, 집안 사람들은 거의 연구실에 가 있습니다. 저쪽 문으로 나가면 돼요. 현장 보존을 위해 걸브랜드슨 씨의 방에는 새러콜드 씨가 계시고요. 시체를 조사하신 메버릭 박사가 여기로 오실 겁니다. 그…… 일종의 환자 1명을 별채로 옮겨 가신 참이거든요. 안내해 드릴까요?"

"그렇게 해 주신다면 감사하죠."

'아주 믿음직한 여자로군. 빈틈이 없어.'

경감은 속으로 감탄하며 그녀를 따라 복도를 걸어갔다.

다음 20분간은 경찰들이 당연히 할 법한 절차들이 지루하게 이어졌다. 사진사가 필요한 사진을 찍고, 경찰의가 도착하여 메버릭 박사의 일을 도왔다. 30분 뒤에 구급차가 크리스천 걸브랜드슨의 시신을 싣고 떠나자 커리 경감은 형식적인 신문을 시작했다.

루이스 새러콜드가 경감을 연구실로 안내했다. 경감은 그곳에 모인 사람들을 날카롭게 훑어보며 속으로 그들에 대한 인상을 간단히 정리했다. 백발의 노부인이 1명, 중년 부인이 1명, 시골길을 자동차로 달리는 모습을 본 기억이 있는 젊은 미녀 1명과 좀 기이한 인상의 남편, 외모가 꽤나 닮은 젊은이 2명, 그리고 경찰에 신고를 하고 자신을 맞아 준 믿음직한 벨레버 양.

커리 경감은 진작에 생각해 두었던 말을 꺼냈다.

"여러분 모두 이번 일로 몹시 당황하셨을 겁니다. 그런 만큼 오늘 밤엔 여러분들을 너무 오래 괴롭히진 않겠습니다. 조사는 내일 해도 충분하니까요. 그렇지만 걸브랜드슨 씨가 사망한 것을 발견한 분이 벨레버 양이니 우선 벨레버 양께서 대략의 상황을 설명해 주시면 시간이 절약될 것 같습니다. 아, 부인이 걱정되신다면 새러콜드 씨께선 방으로 올라가셔도 좋습니다. 벨레버 양과 얘기가 끝나고 다시 찾아뵙지요. 다 알아들으셨습니까? 어디 작은 빈방이라도 있으면 좋겠는데……."

루이스 새러콜드가 말했다.

"졸리, 내 서재라면 괜찮겠지?"

벨레버 양이 고개를 끄덕였다.

"저도 거기를 권해 드리려던 참이었어요."

그녀는 중앙 홀을 가로질러 앞장섰다. 커리 경감과 부하 경사가 뒤를 따랐다.

벨레버 양의 지휘는 거침이 없었다. 마치 수사를 맡은 것이 커리 경감이 아니라 그녀인 것처럼 착각할 정도였다. 하지만 경감이 주도권을 잡을 때가 왔다. 커리 경감은 사람을 편안하게 하는 목소리와 태도를 지니고 있었다. 사람들은 과묵하고 신중한 인상에 예의가 바른 그를 종종 과소평가하는 실수를 저지르기도 했다. 하지만 벨레버 양이 자기 분야에서 유능한 일꾼인 것과 마찬가지로, 그 또한 자기 전공에서는 유능한 인재였다. 그러나 그는 자신의 공을 떠벌이는 것을 좋아하지 않았다.

경감이 목소리를 가다듬었다.

"몇 가지 기본적인 사실은 새러콜드 씨가 대충 말해 주셨습니다. 크리스천 걸브랜드슨 씨는 고(故) 에릭 걸브랜드슨 씨의 장남이시라고요. 고인은 걸브랜드슨 신용 기금 및 협회의 설립자라고 하셨고……. 그밖에도 뭐 여러 가지가 있는 것 같지만 말입니다. 한편 크리스천 씨는 이 시설의 이사회 회원이시기도 했습니다. 그런 그가 어제 갑자기 여기를 방문했습니다. 맞습니까?"

"그렇습니다."

커리 경감은 벨레버 양의 간결한 대답이 마음에 들었다. 그가 말을 계속했다.

"새러콜드 씨는 리버풀에 다녀오시느라 집에 비우고 계셨습니다.

그리고 오늘 저녁 6시 30분 기차를 타고 돌아오셨죠."

"맞습니다."

"오늘 저녁 식사 후 걸브랜드슨 씨는 자신의 방에서 할 일이 있다고 말하고는 차를 마시자마자 홀을 나갔습니다. 맞습니까?"

"예."

"자, 벨레버 양, 이제 당신이 어떤 경위로 그의 시체를 발견하게 되었는지 말씀해 주시겠습니까?"

"저녁에 약간 불미스러운 사건이 있었거든요. 정신병자 젊은이 하나가 갑자기 정신이 나가서 리볼버 권총으로 새러콜드 씨를 위협했답니다. 두 사람은 안에서 문을 잠근 이 방 안에 있었어요. 그리고 그 젊은이가 끝내 총을 쏘았는데……. 저기 벽에 보시면 총알구멍이 나 있는 걸 확인하실 수 있을 겁니다. 다행히 새러콜드 씨는 다친 데가 없으세요. 총을 쏜 그 젊은이는 완전히 혼이 나갔더랬죠. 그래서 새러콜드 씨가 저더러 메버릭 박사를 불러오라고 하셨고요. 전 내선 전화로 메버릭 박사를 찾았지만 자기 사무실에 계신 게 아닌 것 같았어요. 나중에 동료랑 같이 계신 걸 보고는 직접 새러콜드 씨의 말을 전했습니다. 박사님은 곧 달려오셨고, 전 중간에 걸브랜드슨 씨의 방에 들렀지요. 뭐 필요하신 일이 없을까, 취침 전 뜨거운 우유나 위스키 같은 걸 찾으시지나 않을까 해서 말이죠. 문을 두드려도 대답이 없기에 전 문을 열었습니다. 그랬더니 그분이 죽어 계시지 않겠어요? 그래서 경찰에 전화를 한 거랍니다."

"이 집의 출입구와 비상구는 어떻게 되어 있습니까? 단단히 잠겨 있긴 하나요? 외부인의 출입은 가능한지요?"

"테라스 옆문으로 들어오는 게 가능합니다. 거긴 취침 시간 전까진 열어 두거든요. 식구들도 그 문을 통해 소년원 건물로 드나들곤 하지요."

"그 소년원에는 소년 범죄자들이 200명에서 250명 정도 수용되어 있다지요?"

"맞습니다. 하지만 소년원의 문은 전부 문단속을 철저히 하고, 순찰을 도는 사람도 있어요. 누가 몰래 그 건물을 빠져나오는 것은 불가능합니다."

"그건 조사해 볼 문제이지요. 혹시 누군가 걸브랜드슨 씨에게……. 음, 앙심을 품은 적은 없습니까? 사업상의 원한이라도 말입니다."

벨레버 양은 고개를 저었다.

"그렇진 않을 겁니다. 걸브랜드슨 씨는 여기 소년원 운영엔 전혀 개입한 바가 없어요. 내부 행정은 물론이고요."

"그럼 그분이 이번에 방문한 목적은 무엇입니까?"

"글쎄요, 모르겠네요."

"그리고 그는 새러콜드 씨가 부재중이라는 걸 알자 언짢아했으며, 새러콜드 씨가 돌아올 때까지 기다리겠다고 즉석에서 말했다 했지요?"

"네."

"그렇다면 그는 새러콜드 씨에게 볼일이 있어 온 것이 확실하군요."

"맞습니다. 하지만 그 일이라는 건 필시 협회와 관계있는 것일 거예요."

"음, 그렇겠지요. 그나저나 새러콜드 씨는 도착하고서 그와 함께 의논을 했답니까?"

"아니요, 그럴 시간이 없었답니다. 새러콜드 씨가 도착하신 건 오늘 저녁 식사를 하기 직전이었으니까요."

"그런데 저녁 식사 후 걸브랜드슨 씨는 편지를 쓸 게 있다면서 자기 방으로 가 버렸다고 하셨으니……. 잠깐 얘기하자고 새러콜드 씨를 불러내지 않았습니까?"

벨레버 양은 조금 망설였다.

"아니, 그러지 않으셨어요."

"좀 이상하군요……. 새러콜드 씨를 만나기 위해 초조하게 기다리셨다면서."

"그러고 보니 이상하네요."

그제야 벨레버 양도 미심쩍다는 눈치였다.

"새러콜드 씨는 걸브랜드슨 씨가 자기 방으로 갈 때 동행했습니까?"

"아뇨, 새러콜드 씨는 그냥 홀에 남으셨습니다."

"걸브랜드슨 씨가 살해된 시각이 언제인지는 모르십니까?"

"아마 그건…… 우리가 총소리를 들었던 때가 아닐까요. 그랬다면 9시 23분경이었을 겁니다."

"총소리를 들었다? 놀라지 않으셨습니까?

"그땐 그럴 수밖에 없는 사정이 있었답니다."

그녀는 당시 벌어졌던 루이스 새러콜드와 에드거 로슨의 말다툼 상황을 자세히 이야기했다.

"결국 모두들 그 총성은 집 안에서 난 게 아니라고 믿었던 거군요?"

"아뇨, 그게 아닙니다. 그 총소리가 여기 연구실 안에서 난 게 아니란 걸 알고 안심했다고 해야겠죠."

벨레버 양이 약간 엄숙한 말투로 보충했다.

"솔직히 같은 날 같은 집에서 살인 위협과 실제 살인이 한꺼번에 일어나리라고 생각하기는 힘들잖아요."

그 말엔 커리 경감도 수긍하지 않을 수 없었다.

"하지만……."

벨레버 양이 다시 입을 열었다.

"제가 걸브랜드슨 씨의 방에 들른 것은 바로 그 이유 때문이기도 했어요. 물론 아까는 뭐 필요하신 게 없는지 물어보러 갔다고 했지만 그건 그냥 핑계였던 셈이죠."

커리 경감은 잠시 그녀를 뚫어지게 바라보았다.

"무슨 일이 일어났을지도 모른다는 걱정 때문이었습니까? 이유가 뭐였죠?"

"글쎄요, 잘 모르겠네요. 처음엔 총소리를 밖에서 난 것으로 여기고 신경 쓰지 않았어요. 왠지 이미 관심에서 멀어져 버렸기도 했고요. 그런데 갈수록 아까 들린 총성이 마음에 걸리는 거예요. 그래서 전 그게 총소리가 아니라 레스태릭 씨의 차 엔진 소리일 거라며 혼자서 납득하려 했죠."

"레스태릭 씨의 차라니?"

"알렉스 레스태릭 씨를 말하는 겁니다. 오늘 저녁에 차를 타고 오셨거든요. 그 소동이 끝난 직후에 도착했죠."

"알겠습니다. 그건 그렇다치고, 걸브랜드슨 씨의 시체를 발견하고서 방 안의 물건에 손을 대진 않으셨습니까?"

벨레버 양이 불쾌한 듯이 대답했다.

"당연히 안 그랬죠. 현장의 물건은 아무것도 건드려선 안 된다는 것쯤은 저도 알고 있어요."

"그럼 당신이 우릴 그 방으로 안내했을 땐 모든 게 시체 발견 당시의 상태 그대로였다는 뜻이죠?"

벨레버 양은 곰곰이 생각에 잠겼다. 눈을 가늘게 뜨고는 등을 젖혀 의자에 기대기도 했다. 커리 경감은 이 여자의 기억력은 분명 사진처럼 정확할 것이라고 확신했다.

이윽고 그녀가 침묵을 깼다.

"한 가지 다른 게 있었어요. 타자기에 아무것도 끼워져 있지 않더군요."

"그 말은……."

커리 경감이 끼어들었다.

"그 말은 당신이 처음 그 방에 들어갔을 땐 타자기로 치고 있던 편지가 있었는데, 뒤에 우리 경찰과 함께 가 보니 그 종이가 없었다는 뜻인가요?"

"맞습니다. 먼젓번엔 흰 종이가 타자기 위에 끼워져 있는 걸 확실히 본 것 같아요."

"감사합니다, 벨레버 양. 그렇다면 우리가 이 집에 도착하기 전에 그 방에 들어간 사람이 있었습니까?"

"새러콜드 씨가 들어가셨죠. 제가 경찰분들을 마중 나갔을 때 새러콜드 씨는 거기 남아 계셨어요. 새러콜드 부인과 마플 양도 거기 다녀갔고요. 부인이 꼭 가 봐야겠다며 고집을 부리셨거든요."

"새러콜드 부인과 마플 양이라. 마플 양이란 분이 누구시죠?"

"백발의 노부인이에요. 새러콜드 부인의 동창 친구시죠. 한 나흘 정도 전에 이곳으로 오셨답니다."

"잘 알겠습니다. 고마워요, 벨레버 양. 많은 도움이 되었습니다. 이제 새러콜드 씨와 이야기를 나눠 봐야겠군요. 참, 마플 양이란 분은 노부인이시라고요? 그럼 그분을 먼저 찾아뵙는 게 좋으려나. 잠자리에 일찍 드실 수 있게 말이죠. 노부인들은 일찍 자는 게 중요하잖아요?"

커리 경감이 상냥하게 덧붙였다.

"이번 일로 그 부인은 큰 충격을 받으셨을 게 틀림없습니다."

"그럼 제가 가서 여기로 모셔 오겠습니다."

"그래 주신다면야 고맙죠."

벨레버 양은 방을 나갔다. 커리 경감은 천장을 올려다 보며 중얼거렸다.

"걸브랜드슨······. 왜 걸브랜드슨이 살해된 걸까? 이 저택 안에는 불량아들이 200명이나 우글댄다 했지. 그런 녀석들이 할 법한 일이긴 해. 분명히 녀석들 중 1명의 짓일 거야. 하지만 왜 걸브랜드슨이란 말인가? 그 사람은 그저 이 집의 방문객일 뿐인데."

레이크 경사가 말했다.

"아직 알아낸 건 아무것도 없는데요."

커리 경감이 대답했다.

"아직까진 그렇지. 우린 아무것도 몰라."

그는 마플 양이 들어오자 벌떡 자리에서 일어나 정중하게 그녀를 맞았다. 마플 양이 좀 흥분한 모습이어서 경감은 그녀를 안심시키려 말을 건넸다.

"자자, 너무 흥분하지 마십시오, 부인."

이런 노부인들은 부인이라고 깍듯이 불러 주면 좋아하지. 경감은 생각했다. 사실 이런 노부인들은 경찰을 자기네보다 낮은 계층 사람으로 알고 있기 마련이다. 그러니 거기에 맞추어 예우를 갖추어 줄 필요가 있는 것이다.

"당연히 무척 슬픈 일이셨을 줄로 압니다. 하지만 그런 만큼 사실을 더 정확히 알아 가야 하거든요. 모든 걸 명백하게 말입니다."

"아, 물론이죠. 저도 알고 있어요. 모든 걸 명백하게 안다……. 정말 어려운 일이죠. 한쪽 사실만 보면 다른 쪽 사실은 못 보기 마련이니까요. 게다가 사람들은 잘못된 쪽을 바라보는 경우가 많아요. 우연히 그렇게 되는 건지, 아니면 그들이 의도적으로 그렇게 바라보는 건지는 알 수 없지만 말이에요. 마술사들은 그걸 '미스디렉션(관객의 주의를 그릇된 방향으로 유도하는 기술 — 옮긴이)'이라고 부른다죠? 정말 똑똑한 사람들이에요. 그건 그렇고, 마술사들이 하는 그

어항 마술 말이죠, 도대체 어떻게 가능한 마술인지 도통 알 수가 없어요. 물건을 그렇게 작게 만들다니 말이 안 되잖아요?"

커리 경감은 잠시 눈만 껌벅이고는 달래는 어조로 입을 열었다.

"동감입니다, 부인. 오늘 밤 일어난 사건에 대해서는 벨레버 양에게서 대강의 설명을 들었습니다. 다들 불안하셨겠지요."

"그럼요, 그랬어요. 정말 극적인 시간이었죠."

"처음엔 새러콜드 씨와 에⋯⋯."

경감은 자신이 써 놓은 메모를 내려다보았다.

"에드거 로슨이라는 청년 사이에 분쟁이 생겼다가⋯⋯."

"예, 아주 이상한 젊은이예요. 있으면서 죽 느꼈던 건데, 그 청년은 어딘가 분명히 잘못되어 있어요."

커리 경감도 맞장구를 쳤다.

"그렇군요. 그렇게 그 두 사람이 벌인 소동이 가라앉자 이번엔 걸브랜드슨 씨가 죽어 있었고요. 부인께서는 새러콜드 부인과 그⋯⋯. 음, 시체를 보러 가셨다면서요?"

"그래요. 캐리 루이즈가 저보고 같이 가자고 그랬거든요. 우린 옛날부터 친한 친구였답니다."

"아, 알겠습니다. 그래서 걸브랜드슨 씨의 방에 같이 가셨는데⋯⋯. 두 분이 그 방 안에서 뭔가 만지거나 하신 일은 없습니까?"

"아뇨, 절대로 없어요. 새러콜드 씨가 우리에게 절대 그러지 말라고 엄중히 주의를 줬거든요."

"그럼 혹시 부인, 그곳의 타자기에 편지지나 어떤 종이가 끼워져 있는 걸 보신 적이 있습니까?"

마플 양은 즉각 대답했다.

"그런 건 없었는데요. 저도 그 사실을 깨닫고 좀 이상하다고 생각했어요. 걸브랜드슨 씨가 타자기 앞에 앉아 있었다는 건 뭔가를 치고 있었다는 뜻일 텐데. 참, 정말 이상한 일이었죠."

커리 경감은 예리한 눈길로 그녀를 바라보았다. 그가 말을 이었다.

"부인은 걸브랜드슨 씨가 여기 계시는 동안 얘기를 많이 나누셨습니까?"

"우리 사이에 대화는 거의 없었어요."

"특별히 기억에 남아 있는 그런 얘기도 없었습니까?"

마플 양은 잠시 기억을 더듬었다.

"제게 캐리 루이즈의 건강에 대해 물으신 적이 있어요. 특히 캐리의 심장이 어떠냐면서요."

"심장? 새러콜드 부인은 심장이 나쁜가요?"

"아뇨, 그런 말은 듣지 못했는걸요."

잠깐의 침묵 후에 커리 경감이 다시 말했다.

"부인도 오늘 밤 새러콜드 씨와 에드거 로슨이 언쟁을 벌이던 동안 총소리가 난 것을 들으셨겠지요?"

"제 귀로 직접 듣지는 못했어요. 귀가 어두워서요. 그런데 캐리 루이즈가 그건 바깥 정원에서 난 소리라고 하는 말은 들었지요."

"걸브랜드슨 씨가 자리에서 일어난 건 저녁을 들고 사람들이 중앙 홀로 이동한 직후였지요?"

"맞아요. 급한 편지를 써야 한다고 하면서."
"그가 새러콜드 씨와 긴히 할 말이 있다며 초조해하지는 않던가요?"
"아니요. 그렇진 않았어요."
마플 양은 한마디를 덧붙였다.
"두 사람은 그 전에 벌써 이야기를 나눴는걸요."
"같이 이야기를 했다고요? 언제 말이죠? 듣자 하니 새러콜드 씨는 저녁 식사 직전에야 돌아오셨다면서요?"
"그렇긴 해요. 하지만 새러콜드 씨가 집으로 돌아올 때 걸브랜드슨 씨가 직접 마중을 나갔거든요. 그러고서 두 사람은 같이 테라스를 천천히 거닐며 이야기를 했답니다."
"부인 외에 그 사실을 알고 있는 다른 사람이 있습니까?"
"딴 사람들은 아무도 모를 거라고 생각해요. 새러콜드 씨가 그 후 아내에게 말했다면 모를까. 전 그때 우연히 창밖을 내다보고 있었기 때문에 그 장면을 보게 된 거죠. 새를 보려 했거든요."
"새라고요?"
"네, 새요."
마플 양은 잠깐 말을 쉰 후에 덧붙였다.
"아마 방울새였던 것 같아요."
커리 경감은 방울새니 하는 것엔 관심이 없었다. 그가 은근한 어조로 말을 꺼냈다.
"혹시…… 거…… 그 두 사람이 하는 얘기가 우연히 들려왔다거나 하진 않으셨나요?"

마플 양의 도자기같이 푸른 눈이 커리 경감의 눈과 마주쳤다.

"몇 마디밖엔 못 들었어요."

마플 양의 말소리는 조용했다.

"어떤 몇 마디입니까?"

마플 양은 잠깐 침묵을 지키다가 말을 꺼냈다.

"정확히 어떤 이야기였는지는 잘 모르겠어요. 하지만 중심이 되는 얘기는 '모든 건 캐리 루이즈에겐 비밀로 합시다.'라는 것이었지요. 걸브랜드슨 씨가 먼저 그렇게 말했고, 새러콜드 씨도 동의했지요. '그녀에게 각별한 주의가 필요하다는 것엔 동감입니다.'라면서. 또 '무거운 책임', '외부의 조언을 구할 필요가 있다.'라는 말도 있었네요."

그녀는 잠깐 말을 멈췄다.

"하지만 여기에 대해선 새러콜드 씨에게 직접 물어보시는 편이 좋겠네요."

"물론 그렇게 해야죠. 그 밖에 뭐 오늘밤 좀 이상하다 싶은 일이 일어난 건 없었습니까?"

마플 양은 잠시 기억을 더듬는 모습이었다.

"이 모든 게 다 이상한 일이었죠……. 제 말하는 뜻을 아셨으면 말이죠."

"그럼요, 그렇고 말고요."

갑자기 마플 양의 뇌리를 스치는 뭔가가 있었다.

"아, 이상한 일이 더 있었어요. 새러콜드 씨가 자기 아내가 늘 먹는 보약을 먹지 못하도록 한 일이 있었답니다. 그 때문에 벨레버 양이 화를 냈지요."

그녀는 약간 민망한 듯이 웃었다.

"그런 게 뭐 큰일이기야 하겠습니까만……."

"그렇죠. 아무튼 감사했습니다, 마플 양."

마플 양이 방을 나가자 레이크 경사가 말했다.

"나이는 들었지만 예리한 분이시군요……."

10장

 루이스 새러콜드가 연구실로 들어오자 방 안의 관심이 즉시 그에게로 쏠렸다. 루이스 새러콜드는 뒤돌아 문을 닫았는데, 뭔가 비밀을 지키려는 듯한 인상을 주는 동작이었다. 그는 방 중간을 걸어와 아까 마플 양이 앉았던 의자가 아닌 책상 뒤 자기 의자에 앉았다. 벨레버 양은 책상 한쪽에 커리 경감이 앉을 의자를 미리 준비해 두었는데, 마치 그녀가 새러콜드 씨가 올 것을 무의식적으로 예견하고 자리를 마련한 것 같았다.
 루이스 새러콜드는 자리에 앉아 두 경관을 생각에 잠긴 눈초리로 바라보았다. 그의 얼굴에는 주름살이 깊게 팼고, 피곤한 기색이 역력했다. 가혹한 시련을 겪고 있는 것 같은 그 얼굴을 보고 커리 경감은 적잖이 놀랐다. 물론 크리스천 걸브랜드슨의 죽음은 루이스 새러콜드에게 있어 분명 충격일 것이었다. 하지만 걸브랜드슨은 그와 가까운 친구나 친척도 아니고, 결혼으로 이어진 먼 인척 관계일 뿐인데.

게다가 두 사람이 앉은 위치도 어딘지 뒤바뀐 듯한 느낌을 주었다. 루이스 새러콜드의 모습은 경찰의 취조를 받고 있는 사람으로는 전혀 보이지 않았다. 도리어 심리를 주재하는 판사 같다고나 할까. 그 때문에 커리 경감은 조금 심사가 불편했다.

경감이 쾌활하게 말을 꺼냈다.

"자, 새러콜드 씨……."

루이스 새러콜드는 여전히 생각에 잠겨 고요히 앉아 있었다. 그가 한숨을 쉬며 입을 열었다.

"옳은 일을 한다는 것은 얼마나 어려운 일입니까."

"우리가 알아 가야 할 것이 바로 그것이겠죠, 새러콜드 씨. 걸브랜드슨 씨에 대해 말해 주십시오. 듣자니 예고 없이 찾아오셨고요?"

"전혀 예상하지 못했습니다."

"그가 올 것을 모르고 계셨던 거군요."

"짐작도 못 했지요."

"그가 왜 여기 왔는지도 모르십니까?"

루이스 새러콜드는 조용히 말했다.

"아, 그건 압니다. 그가 말해 줬으니까요."

"언제요?"

"저는 역에서 걸어 돌아왔습니다. 누가 오는지 계속 지켜보고 있던 걸브랜드슨 씨가 날 마중 나왔고요. 그때 자신이 이곳에 온 이유를 말해 주더군요."

"걸브랜드슨 협회와 관련된 사업 얘기였나요?"

"아니요. 걸브랜드슨 협회와는 아무 관계 없는 것이었습니다."

"벨레버 양은 그럴 거라고 하던데요."

"그럴 만도 하죠. 자연스러운 추측입니다. 하지만 걸브랜드슨 씨는 사람들이 그렇게 알아서 넘겨짚는 걸 애써 고쳐 주려 하지 않았습니다. 저도 마찬가지였고요."

"이유가 뭐였습니까, 새러콜드 씨?"

루이스 새러콜드는 천천히 말했다.

"그가 이곳에 온 진짜 목적을 사람들이 알지 못하게 하는 게 중요했기 때문입니다."

"그 진짜 목적이 뭐였지요?"

루이스 새러콜드는 잠시 침묵을 지키더니 한숨을 내쉬었다.

"걸브랜드슨 씨는 이사회에 참석하기 위해 1년에 2번 정기적으로 이곳을 방문합니다. 마지막 방문이 겨우 1달 전이었지요. 다시 말해 앞으로 5달 동안은 여길 올 일이 없다는 소립니다. 그러니 그가 여길 다시 찾은 것은 누가 봐도 매우 급박한 사정이 있으리라 추측하는 게 당연하지요. 이사회에 관련해서 급히 사업상의 방문이 필요했던 모양이라고요. 그리고 걸브랜드슨 씨는 내가 보았던 한도 내에서 그런 사람들의 예상을 벗어날 행동은 전혀 하지 않았습니다. 예, 이게 사실과 가까운 설명일 겁니다. 그는 사람들의 추측을 거스르려 하지 않았습니다."

"새러콜드 씨, 죄송합니다만 무슨 말씀이신지 이해하기가 힘들군요."

루이스 새러콜드는 즉시 대답하지 않았다. 이윽고 그가 엄숙한 목소리로 말을 시작했다.

"저도 잘 알고 있습니다. 그러니까 걸브랜드슨의 죽음……. 아니, 살인이라고 해야겠지요. 이건 분명히 살인이니까요. 그가 살해된 것에 대해 전부 당신들에게 알려야 한다는 것도 잘 압니다. 그러나 전 솔직히 제 아내의 신체적 안전과 심리적 평화를 생각하지 않을 수 없습니다. 제가 경관님께 이래라저래라 간섭할 순 없는 일이지만, 전 경관님께서 가능한 제 아내에게는 비밀로 수사를 진행해 주셨으면 하는 게 바람입니다. 아시겠습니까? 커리 경감님, 크리스천 걸브랜드슨이 이곳에 온 것은 제 아내가 천천히, 그러나 잔혹하게 독살되어 가고 있다는 걸 경고하기 위해서였답니다."

"뭐라고요?"

커리 경감은 믿겨지지 않는다는 듯 몸을 앞으로 쑥 내밀었.

새러콜드는 고개를 끄덕였다.

"예, 경감님이 지금 그러시듯이 그 말은 제게도 대단한 충격이었습니다. 꿈에도 상상 못 한 일이었거든요. 하지만 계속해서 크리스천의 설명을 들어 보자니 납득이 가기 시작했습니다. 요즘 아내가 호소하는 여러 증상들이 그의 주장과 꽤나 일맥상통하다는 사실도 이내 깨달았고요. 아내는 그걸 단지 류머티즘이나 관절염, 신경통이나 구토 증세 정도로만 치부했지만 말이죠. 하지만 그것들은 비소

중독의 증상과도 딱 맞아떨어진답니다."

"마플 양은 크리스천 걸브랜드슨이 자기에게 새러콜드 부인의 심장 상태에 대해 물었다고 하던데요."

"그래요? 흥미롭군요. 그는 아마 심근 경색을 유발하는 독약을 의심했나 봅니다. 갑자기 덜컥 발작이 일어난 것처럼 사람을 살해할 수 있는 수단이니까요. 하지만 전 아무래도 비소 쪽을 생각하고 있습니다."

"한마디로 선생은 크리스천 걸브랜드슨 씨의 의심이 근거가 있다고 보는 거군요?"

"예, 제 생각도 그렇습니다. 우선 걸브랜드슨 씨는 허황된 억측을 남에게 늘어놓는 사람이 아니니까요. 그는 무척 신중하고 냉정한 사람이었습니다. 남을 쉽게 믿지도 않고요. 예리한 사람이었죠."

"그 사람이 구체적인 증거를 내놓지는 않았습니까?"

"그런 것까지 듣지는 못했습니다. 얘기할 시간이 아주 잠깐밖에 없었거든요. 그가 여기 온 이유에 대해서만 막 들었던 정도였습니다. 다만 확실한 증거를 찾기 전까진 아내에게 비밀로 하자고 서로 약속했지요."

"걸브랜드슨 씨는 범인이 누구라고 추측하셨더랍니까?"

"그런 말은 없었습니다. 그 역시 누구에게 혐의를 둘 정도로 깊게 알고 있진 않은 것 같았어요. 의심 가는 사람이 있긴 있었겠지만……. 필시 그랬겠죠. 그가 살해된 이유가 바로 그것 아니겠습니까?"

"그런데 선생님껜 그게 누구라고 이름을 밝히지 않았다?"

"구체적인 이름을 얘기하진 않았습니다. 그러나 우린 이 일을 철저히 조사해 보자는 데 합의를 보았습니다. 그는 크로머의 주교 갤브레이스 박사에게서 조언을 얻는 게 어떠냐는 제안을 하더군요. 갤브레이스 박사는 걸브랜드슨 집안 사람들과 오래도록 친하게 지낸 데다 협회의 중역이기도 하거든요. 아주 현명하고 세상 경험이 많으신 분이기도 한 만큼 틀림없이 아내에게도 많은 도움이 될 수 있을 겁니다. 만약 아내에게 우리가 가졌던 의혹에 대해 털어놓는 일이 생긴다면 말이죠. 우린 실제로 독살 얘기를 경찰에 알리느냐 마느냐를 두고 그분의 의견을 구할 참이었습니다."

"거참 기구하군요."

커리 경감이 한마디 했다. 루이스 새러콜드는 이야기를 계속했다.

"걸브랜드슨 씨는 저녁 식사를 마치고 갤브레이스 박사에게 보낼 편지를 쓰기 위해 일어났습니다. 총에 맞았을 때 그는 타자기로 편지를 치고 있던 중이었지요."

"그런 사정을 어떻게 아십니까?"

루이스는 나지막이 대답했다.

"그 편지를 타자기에서 빼낸 사람이 나이기 때문입니다. 여기 그 편지가 있습니다."

그는 상의 주머니에서 접힌 종이를 빼들고는 커리 경감에게 건네주었다. 경감이 목소리를 높였다.

"큰일 날 일을 하셨군요. 현장에 있는 물건을 건드리면 안 된다는 걸 모르십니까?"

"경관님 표정만 봐도 제가 굉장히 잘못했다는 것을 잘 알겠습니다. 하지만 다른 것은 아무것도 손대지 않았습니다. 이유가 있어 한 행동이거든요. 아내가 틀림없이 그 방에 들어올 것이었기 때문이죠. 편지지의 내용을 그녀가 알게 될까 봐 겁이 났습니다. 제가 잘못했다는 건 거듭 사과드리지만, 이런 일이 다시 없으리라는 보장도 못 드리겠군요. 전……. 아내가 불행해지는 것을 막기 위해서라면 뭐든지, 뭐든지 할 생각입니다."

커리 경감은 잠시 아무 말도 하지 않았다. 그는 곧 타자기 글씨가 찍힌 그 편지를 읽기 시작했다.

친애하는 갤브레이스 박사님께

이 편지를 받으시는 대로 되도록 빨리 스토니게이츠 저택으로 와 주십사 하는 부탁을 드립니다. 아주 긴급한 사태가 발생했는데, 저로서는 그 일에 어떻게 대처해야 할지 도무지 감이 오지 않습니다. 박사님께서 캐리 루이즈를 몹시 아낀다는 사실은 압니다. 그녀의 신상에 일어나는 일에 대해서도 관심이 많으시지요. 하지만 그녀에게 어느 정도 알려야 할지, 아니면 그녀에게 어느 정도까지 숨겨야 하는지, 현재 저는 그런 의문에 대해 도저히 답을 찾을 수 없는 상황입니다.

저는 지금 막연히 봉창만 두드리는 게 아닙니다. 전 우리의 순진하고 천진난만한 캐리 루이즈가 천천히 독살당하고 있다는 증거를 발견했습니다. 제가 처음 이런 의심을 품게 된 건……

편지는 이렇게 갑자기 끝나 있었다. 커리 경감이 말했다.

"그러니까 크리스천 걸브랜드슨은 여기까지 쓰고는 총에 맞은 거로군요?"

"그렇죠."

"그렇다면 이 편지가 어째서 타자기에 그대로 꽂혀 있던 것일까요?"

"두 가지 이유를 생각할 수 있을 것 같습니다. 첫 번째로 살인자는 걸브랜드슨이 누구에게 편지를 쓰는지, 왜 쓰는지 몰랐다는 겁니다. 다른 하나는 범인이 미처 편지를 없앨 여유가 없었다는 거지요. 누가 방으로 다가오는 소리를 듣고 숨느라 편지를 숨길 시간이 부족했던 겁니다."

"의심 가는 사람이 누구인지 걸브랜드슨 씨가 암시한 적도 정말 없습니까?"

루이스 새러콜드는 대답을 조금 망설이는 기색이었다.

"그렇습니다. 아무 내색도 안 했어요."

그러고서 그는 애매한 말을 덧붙였다.

"크리스천은 아주 공평무사한 사람이었으니까요."

"선생은 그 독약이…… (비소인지 아닌지는 아직 모르죠.) 어떤 식으로 투여되었다고, 아니 투여되는 중이었다고 생각하십니까?"

"저도 저녁을 들기 전 옷을 갈아입는 동안 그 문제를 계속 고민해 보았습니다. 제 생각으론 아무래도 아내가 상복하는 약, 평상시 먹는 일종의 보약을 통해 독을 투여한 것 같습니다. 음식을 통한 독살도 생각할 수 있겠지만, 이 집에선 모두 같은 접시에서 자기 몫을 덜어 먹는 데다 아내만을 위한 요리가 따로 있는 것도 아닌 만큼 그 가능성은 제쳐 두는 게 맞을 겁니다. 더욱이 약병에다가 비소를 넣는 일이 훨씬 손쉬운 방법 아니겠습니까?"

"그럼 그 약을 채취해서 분석해 봐야겠군요."

새러콜드는 은근히 고개를 흔들었다.

"제가 벌써 그 약의 일부를 보관 중입니다. 저녁 식사 전에 확보해 두었죠."

그는 책상 서랍을 열고 붉은색 액체가 담겨 있는 코르크 마개 병을 보였다. 커리 경감은 감탄의 눈길로 그를 바라보며 말했다.

"새러콜드 씨, 선생은 빈틈이 없는 분이시군요."

"절차는 빠를수록 좋다고 생각했기 때문입니다. 오늘 밤 아내가 늘 하던 식으로 보약을 먹으려던 걸 제지한 것도 그 이유 때문이었죠. 약을 덜은 잔은 아직 홀 안의 떡갈나무 화장대 위에 있을 겁니다. 원래의 약 보관통은 응접실에 있지요."

커리 경감은 책상 위로 조금 몸을 기울이더니, 거의 자기 직업도 잊은 듯이 은밀하게 말을 건넸다.

"이건 실례되는 말씀입니다만……. 새러콜드 씨. 이런 사실을 부인께 비밀로 하시려는 이유가 도대체 뭡니까? 겁에 질리실까 봐? 부인께 경고를 해 두는 편이 그분의 안전을 위해서도 좋을 텐데요."

"예……. 맞습니다. 그 편이 좋을지도 모르죠. 하지만 제 속마음을 아신다면 그런 말씀은 못하실 겁니다. 제 아내 캐롤라인 루이즈라는 사람을 알면 그럴 수 없죠. 커리 경감님, 제 아내는 터무니없는 이상주의자인 데다 대책 없이 사람이 좋습니다. 악이라고는 보지도, 듣지도, 말하지도 않는 사람이지요. 누가 자길 죽이려고 한다는 말 따위 조금도 믿지 않을 겁니다. 하지만 현재 상황은 몹시 위급합니다. 누가 그럴지도 모른다는 애매한 상황이 아니라, 아내와 가깝고 친한 누군가가 명백히 살의를 품고 있는 것이기 때문입니다."

"선생님 생각은 그러시군요."

"우린 사실을 직시해야 합니다. 이 저택 주위엔 난폭하고 무분별한 폭력을 휘두르며 살아가던 비뚤어진 아이들이 수백 명이나 있습니다. 하지만 사건의 속성으로 볼 때 이번 일이 그 아이들 중 하나의 소행이라고는 생각되지 않습니다. 조금씩 독을 타 먹인다는 행동은 곧 가족처럼 가까이 붙어 사는 사람의 소행이란 증거니까요. 그렇다고 했을 때 이 집에 살고 있는 사람들은 누구입니까? 독살 대상의 남편⋯⋯. 즉 제가 있지요. 그리고 그 여자의 딸, 손녀, 손녀의 남편, 그리고 그녀가 친자식처럼 예뻐하는 의붓아들들, 그리고 아내의 충직한 친구 벨레버 양⋯⋯. 모두 아내와의 사이가 각별한 사람뿐입니다. 그런데 그중 하나는 의심받을 수밖에 없는 상황이죠. 이들 중 하나 말입니다."

커리 경감이 느릿하게 입을 열었다.

"외부인의 소행일 수도 있겠지요⋯⋯."

"음, 외부인이 있긴 하지요. 메버릭 박사나 여기 상주하는 직원 소수, 그리고 기타 하인들. 하지만 그들에게 무슨 동기가 있겠습니까?"

"거기다 그 청년⋯⋯. 이름이 뭐였더라⋯⋯. 아, 에드거 로슨이라는 젊은이도 있지 않습니까?"

"그렇죠. 하지만 그는 아주 최근에야 여기 들어온 사람입니다. 동기라는 게 있을 수 없지요. 게다가 그 청년은 캐롤라인을 몹시 받들고 있습니다. 다른 사람들이 대체로 그렇듯이."

"하지만 그는 제정신이 아니지 않습니까? 바로 전만 해도 선생에게 덤벼들었는데?"

새러콜드는 서둘러 그 말을 부정했다.

"그건 그냥 얼빠진 장난이었습니다. 그는 절 해칠 뜻이 조금도 없었습니다."

"이렇게 벽에 총알 구멍이 2군데나 난 걸 보고도 그런 말씀을? 그는 분명히 당신을 쏜 겁니다. 그렇지 않나요?"

"그는 절 쏘려고 했던 게 아닙니다. 연극을 했던 것뿐이라고요. 그 이상 아무것도 아닙니다."

"거참 위험한 연극을 다 보겠군요."

"이해하지 못하시는군요. 정신과 의사인 메버릭 박사에게 물어보면 설명해 줄 겁니다. 에드거는 사생아입니다. 그는 유명 인사의 아들이라는 허풍으로 부친에 대한 상실감과 보잘것없는 출생 신분에 대한 열등감을 감추려 하죠. 정신의학계에서는 이미 전형적인 사례입니다. 최근에 와선 증세가 많이 호전되었습니다만, 무슨 이유에선지 병이 도지고 말았습니다. 급기야 무슨 신파극에서처럼 절 보고 자기 아버지라며 덤벼든 거죠. 하지만 전 조금도 동요하지 않았습니다. 총을 쏘고 나자 과연 그는 맥없이 주저앉아 울음을 터뜨리더군요. 내일 아침이면 정상으로 돌아오겠지요."

"선생은 그를 고발할 생각이 없다는 말씀입니까?"

"절대 그러지 않을 겁니다. 그 청년을 위해서도 말입니다."

"솔직히 말씀드리면, 새러콜드 씨. 저는 그를 격리시켜야 한다고 생각합니다. 아무튼 내키는 대로 마구 권총을 쏘아대는 사람 아닙니까? 사회성이 있는 사람이라면 그래선 안 되는 거 아닙니까?"

루이스는 완강했다.

"그 문제에 대해서는 메버릭 박사와 이야기해 보시지요. 전문가적 관점에서 의견을 드릴 겁니다. 그러나 이건 확실합니다. 걸브랜드슨을 쏜 건 절대 불쌍한 에드거가 아닙니다. 그때 그는 절 위협하며 이 방 안에 있었으니까요."

"제가 말씀드리려는 게 바로 그 점입니다, 새러콜드 씨. 저흰 집 외부를 검사해 보았습니다. 그런데 외부인 중 누구라도 걸브랜드슨 씨의 방에 들어가 그를 쏠 수 있는 구조였거든요. 손님 방의 테라스 쪽 문은 늘 열려 있었다니 말이죠. 하지만 집안 사람이 그랬을 가능성은 희박합니다. 아까 선생이 하신 말씀과 함께 생각해 볼 문제입니다. 그리고 또 누구더라……. 아, 마플 양. 그때 우연히 침실 창문을 내다보고 있던 마플 양만 빼고는 아무도 당신과 크리스천 걸브랜드슨이 집에 들어오기 전 이야기를 나누었다는 사실을 모릅니다. 그렇다면 범인은 당신과 걸브랜드슨이 같이 얘기를 했다는 사실을 모른 채 미리 입을 막고자 그를 죽였을 수 있다는 얘기가 됩니다. 아직 이렇게 단정 짓는 건 이르기도 하고, 살인자가 그를 죽인 이유가 다른 데 있었을지도 모르죠. 듣자 하니 걸브랜드슨 씨는 상당히 부자라면서요?"

"예, 재산이 막대하지요. 아들딸 이외에도 손자들이 많습니다. 그가 죽었으니 다들 재산을 물려받게 되겠군요. 하지만 제가 아는 한 그의 자식들 중 영국 내에 사는 사람은 1명도 없습니다. 더욱이 다들 성품이 올곧고 훌륭하고요. 불순한 흉계를 꾸밀 사람들이 아닙니다."

"걸브랜드슨 씨에게 적은 없었나요?"

"전혀요. 그는 적이 있을 만한 사람이 아니에요."

"결국 이 집안 내 사람의 소행이다 이 말씀이로군요. 이 집 식구 중 누가 그를 죽였을까요?"

루이스 새러콜드가 천천히 대답했다.

"뭐라 확실히 말씀드리진 못하겠군요. 모두가 식구, 하인, 손님이라는 식으로 잘 아는 사이니까요. 하긴 경관님이 보시기엔 다들 범인일 가능성이 충분하겠지만요. 그러나 이것만은 확실합니다. 크리스천이 중앙 홀을 떠나 방으로 가고, 또 내가 거기 있는 동안 하인들을 빼면 전원이 홀에 있었다는 사실 말입니다. 진짜로 단 1명도 그곳을 떠나지 않았습니다."

"단 1명도?"

"예, 그렇습니다."

이 말을 하던 루이스 새러콜드는 기억을 되새기려는 듯 얼굴을 찌푸렸다.

"아, 전깃불이 나가서 월터 허드가 보러 간 적이 있군요."

"그 미국 젊은이 말입니까?"

"예. 하지만 에드거와 내가 이 방에 틀어박힌 이후의 일은 모릅니다."

"좀 더 도움이 될 이야기는 없을까요, 새러콜드 씨?"

루이스 새러콜드는 머리를 내저었다.

"없습니다. 도와 드리지 못해 죄송합니다. 그……. 너무나 황당한 사건이어서요."

커리 경감은 한숨을 쉬었다.

"걸브랜드슨 씨는 소형 자동 권총으로 사살당했습니다. 이 집 사람 중 그런 무기를 가진 사람을 아십니까?"

"모르겠군요. 짐작도 안 가네요."

커리 경감은 다시 한번 한숨을 쉬었다.

"사람들 전원에게 잠자리에 들라고 전해 주십시오. 나머지는 내일 만나 보겠습니다."

새러콜드가 방을 떠나고, 커리 경감은 레이크 경사에게 말을 걸었다.

"자넨 어떻게 보았나?"

레이크 경사가 대답했다.

"그는 범인을 알고 있습니다. 그게 아니라 해도, 적어도 누가 범인인지 안다고 스스로 믿고 있는 것 같습니다."

"그래. 나도 동의하네. 그리고 그는 그 사실을 불쾌해하고 있지……."

11장

I

다음 날 아침, 지나는 아침을 먹으러 계단을 내려오는 마플 양을 발견하고 속사포 같은 말을 쏟아내었다.

"경찰이 다시 왔지 뭐예요. 이번엔 서재에 있어요. 월리는 경찰들을 보고 홀딱 반한 모양이고요. 침착하고 냉정한 모습이 멋지다나 뭐라나. 이번 일로 엄청 흥분한 것 같다니까요. 난 전혀 아닌데. 끔찍하잖아요? 왜 이렇게나 심란한지 저도 모르겠어요. 제가 이탈리아인의 피를 절반 물려받았기 때문일까요?"

"그럴 수 있죠. 감정을 솔직히 드러내는 아가씨 성격은 핏줄 때문일 수도 있어요."

마플 양은 이렇게 대답하며 살짝 미소를 띠었다.

"졸리는 화가 머리끝까지 나 있어요."

지나는 마플 양의 팔을 붙잡고 식당으로 향하면서 말을 계속했다.

"경찰이 마음대로 여길 휘젓는 데다, 다른 식구들과는 달리 자신이 '관리'할 수 없는 사람이니까요. 다만 알렉스와 스티븐은 아무 생각이 없는 것 같더라고요."

지나는 흥분해서 말을 이었다. 식당에 들어가자 마침 두 형제는 아침을 막 다 먹은 참인 듯 했다. 알렉스가 말을 걸었다.

"안녕, 우리 지나. 마플 양께서도 안녕히 주무셨어요? 그나저나 지나는 언제나처럼 쌀쌀맞은걸. 난 근심이 돼 죽겠는데 말이야. 당신 외숙부 크리스천이란 사람을 거의 모른다는 사실을 빼면 내가 바로 유력한 용의자라고. 당신이 내 처지를 이해해 준다면 좋을 텐데."

"왜 그렇게 되는데요?"

"왜긴. 내가 사건 발생 시각에 차를 타고 여기 도착했으니 그렇지. 그 시간 상황을 경찰들이 들쑤시고 있다니까. 경찰들 말로는 내가 입구에서 집에 들어오기까지 너무 오랜 시간이 걸렸다는 거야. 내가 자동차에서 내린 다음 테라스로 달려가 크리스천의 방 창문을 통해 숨어들어 범행을 저지르고 돌아올 충분한 시간이 된다는 식이지."

"그럼 실제로는 그동안 뭘 했는데요?"

"나는 아가씨들은 어려서부터 그런 우아하지 못한 질문은 삼가도록 교육받는다고 생각했는데, 아닌가? 난 몇 분 동안 자동차 전조등을 바라보며 안개 연출 효과에 대해 고심하고 있었지. 이번의 신작 발레 「라임하우스」에 써먹을 수 있을까 생각하면서."

"그럼 경찰한테 그대로 얘기하면 되겠네요!"

"그야 그렇지. 하지만 경찰들이 어떤 사람인지 당신도 알잖아. '감사합니다.'라고 깍듯이 말하고서 손으로는 몽땅 수첩에 적어 넣는 사람들이야. 그러니 그들이 무슨 생각을 하고 있는지 어찌 알겠어? 저 사람들 의심이 좀 많구나 하는 것밖엔."

"알렉스 형이 경찰의 표적이 되었다니 재밌는걸. 반면 난 완전히 깨끗해! 지난밤 홀을 떠난 적이 없거든."

스티븐이 엷게 잔인한 미소를 띠면서 말했다.

지나가 소리쳤다.

"범인이 우리 중에 있을 리가 없어요!"

그녀의 짙은 눈은 불안함으로 크게 팽창되어 있었다.

알렉스가 자기 몫의 마멀레이드를 듬뿍 바르며 입을 열었다.

"그렇다고 지나가던 뜨내기 부랑자 짓이라는 말은 하지 마. 진부해 빠진 얘기니까."

벨레버 양이 식당 문에 나타났다.

"마플 양, 아침을 다 드시고 나시면 서재에 가지 않으시겠어요?"

"또 마플 양부터네요. 저희들 모두를 제치고요."

지나는 조금 기분이 상한 것 같았다.

"잠깐, 이게 무슨 소리지?"

알렉스의 말에 스티븐은 고개를 갸우뚱했다.

"난 아무 소리도 못 들었는데."

"권총 발사음이에요. 경찰들이 크리스천 아저씨가 살해된 방에서 총을 쏘고 있는 거예요. 왜 그러는지 원. 집 밖에서도 총을 쏘고 있네요."

지나가 설명했다.

문이 다시 열리고 이번엔 밀드레드 스트리트가 들어왔다. 그녀는 얼룩무늬 마노 구슬로 장식된 검은 옷을 입고 있었다.

그녀는 아침 인사를 몇 마디 웅얼거리더니 누구의 얼굴도 쳐다보지도 않고 자리에 앉았다. 쉰 목소리로 그녀가 말했다.

"지나, 차를 좀 주겠니? 별로 먹을 만한 게 없구나. 그저 토스트 몇 쪼가리 뿐이잖아."

그녀는 한쪽 손에 든 손수건으로 코와 눈 가장자리를 섬세하게 닦아 내고는 눈을 들어 두 형제를 사납게 바라보았다. 스티븐과 알렉스는 불편함을 느낄 수밖에 없었다. 형제의 목소리가 점차 기어 들어 가나 싶더니, 결국 그들은 자리에서 일어나 떠나 버렸다.

밀드레드 스트리트는 온 세상 사람들에게 하는 얘긴지 마플 양에게 하는 얘긴지 아리송한 말투로 중얼거렸다.

"검은 넥타이 하나 맬 줄 모르다니!"

마플 양이 사과하다시피 말했다.

"설마 살인 사건이 일어날 줄 누가 알았겠어요. 아마 그래서들 그런 걸 거예요."

지나가 숨이 막힌다는 소리를 내자 밀드레드는 그녀를 날카롭게 쏘아 보았다.

"월터는 아침부터 어디 갔니?"

"몰라요. 보지도 못했는걸요."

지나는 얼굴이 빨개져서 죄지은 어린아이처럼 앉아 있었다.

"난 이제 서재에 가 보겠어요."

마플 양은 일어서서 말했다.

II

루이스 새러콜드는 서재 창가에 서 있었다. 방에 그 외의 다른 사람은 없었다. 그는 마플 양에게 몸을 돌리더니 몇 발짝 다가와 그녀의 손을 잡았다.

"충격이 크지 않으셨길 빕니다. 이렇게 가까운 데서 살인이 벌어진 경험은 한 번도 없으셨을 테지요."

마플 양은 자신이 범죄에 매우 친숙하다는 사실을 겸손하게 감추었다. 그저 세인트 메리 미드가 보통 사람들이 믿는 것처럼 그리 평온한 곳은 아니라고만 말했을 뿐이었다.

"시골 마을에서는 아주 추잡한 일이 일어난답니다. 확실히 말씀드릴 수 있어요. 도시에서는 절대 알 수 없는 것들을 관찰할 수 있지요."

루이스 새러콜드는 열심히 듣고 있는 것 같았지만, 실은 반쯤 흘려듣고 있었다.

그가 짧게 말했다.

"부인의 도움이 필요합니다."

"기꺼이 그렇게 하지요, 새러콜드 씨."

"제 아내에 관한 일입니다. 캐롤라인의 안전이 달렸어요. 부인은 그녀를 좋아하시죠?"

"그럼요. 다들 그녀를 좋아하듯이."

"저도 동감입니다만 이번엔 그 생각이 틀렸나 보네요. 커리 경감의 허락 아래 전 부인께 아무도 모르는, 아니 경감 한 사람만 아는 일들을 가르쳐 드릴 생각입니다."

짤막하게, 그는 어젯밤 커리 경감과 나누었던 이야기를 알려 주었다.

마플 양은 겁에 질려 말했다.

"믿을 수가 없어요, 새러콜드 씨. 정말이지……."

"크리스천 걸브랜드슨의 이야기를 들었을 땐 저도 마찬가지 생각이었습니다."

"세상에 캐리 루이즈의 적이 있을 줄은 몰랐어요."

"저도 그걸 믿을 수가 없습니다. 하지만 여기서 뭔가가 느껴지지 않으십니까? 독살……. 그것도 천천히 조금씩 독을 먹이는 방식은 가까운 가족 사이에서만 가능한 수법입니다. 우리 가족 중에 한 사람이 한 일임에 분명합니다."

"사실이 그럴 수도 있지만, 걸브랜드슨 씨가 착각했을 가능성은 없을까요?"

"크리스천은 착각한 게 아닙니다. 워낙 신중한 데다, 근거 없이 망발을 할 성품이 아니거든요. 게다가 경찰이 캐롤라인의 약병과 내용물을 검사해 보았더니 틀림없는 비소가 검출되었습니다. 정확한 분량은 차차 나오겠지만, 현재로서 비소가 검출되었다는 사실만은 명백합니다."

"그렇다면 캐리의 류머티즘이나 걷기가 힘들었던 이유도……."

"예. 다리 경련은 비소 중독의 전형적인 증상이죠. 또한 부인이 오기 전 캐롤라인은 한두 번 극심한 위통을 겪었습니다. 크리스천의 설명을 듣기 전엔 저 역시 꿈에도 생각 못했죠."

그가 말을 멈췄다. 마플 양이 부드럽게 말했다.

"역시, 루스가 맞았어!"

"루스라뇨?"

루이스 새러콜드는 놀란 눈치였다. 마플 양의 볼이 빨개졌다.

"제가 말씀 안 드린 게 있어요. 제가 여기 온 건 우연이 아니었답니다. 설명하자면…… 아, 말이 엉망진창이 될까 봐 걱정이네요. 이해해 주세요."

마플 양은 루이스 새러콜드에게 루스 반 라이독 부인이 느꼈던 불길함에 대해 설명했다. 새러콜드가 감상을 말했다.

"정말 신기하군요. 도무지 어찌 된 일인지 모르겠습니다."

"너무 막연한 일이었으니까요. 루스 자신조차 왜 그런 느낌을 받는지 알지 못했어요. 이유가 있긴 했을텐데……. 제 경험상 무슨 일에나 이유는 있기 마련이거든요. 루스는 그걸 '뭔가 잘못됐다'라고밖엔 표현 못했던 것 같지만."

루이스 새러콜드가 우울하게 말했다.

"음, 결국 처형의 감이 옳으셨던 것 같습니다. 그럼 마플 양, 상황을 아시겠지요? 제가 캐리 루이즈에게 이 일들을 털어놓아야 할까요?"

"오, 안 돼요."

괴로운 어조로 재빨리 말한 그녀는 얼굴을 붉히며 루이스를 초조하게 바라보았다. 그는 고개를 끄덕였다.

"저와 생각이 같으시다는 거군요. 크리스천 걸브랜드슨도 그랬습니다. 아내처럼 평범한 여자한테 그렇게 하는 게 과연 괜찮을지 모르겠습니다."

"캐리 루이즈는 평범한 여자가 아니에요. 신념이 있고, 인간 본성에 대한 믿음이 있지요. 이런 나 좀 봐, 말이 이상해져 버렸네. 하지만 누가 그랬는지 알기 전에는……."

"예, 그게 난점이지요. 하지만 마플 양께서도 아시다시피 숨겨서 생기는 위험도 있으니까요……."

"그러던 중에 절 필요로 하셨다는 거군요. 어떻게 도와 드리면 될까요? 그녀를 지켜봐 달라는 말씀이신가요?"

루이스 새러콜드의 말은 간결했다.

"그렇습니다. 제가 믿을 수 있는 사람은 부인밖에 없습니다. 얼핏 보면 모두가 그녀를 위하는 것 같죠. 하지만 그게 진실일까요? 그에 비해 부인과 아내와의 관계는 아주 오래된 것이니까요."

"한데 저 또한 바로 며칠 전에 여기 온 사람이긴 마찬가지죠."

마플 양이 은근한 목소리로 말했다. 새러콜드는 미소를 띠었다.

"맞습니다."

마플 양은 사과하듯 다음 말을 꺼냈다.

"좀 속물적인 질문일지는 모르겠는데요, 캐리 루이즈가 죽어서 이익을 보는 사람은 정확히 누군가요?"

루이스가 고통스럽게 중얼거렸다.

"돈! 모든 게 돈으로 수렴되죠. 그렇지 않습니까?"

"음, 하지만 이 문제야말로 돈 때문일 거라는 생각이 들거든요. 캐리 루이즈는 워낙 상냥하고 매력적인 사람이기 때문에 그녀를 싫어하는 사람이 있다고는 상상할 수 없어요. 적이 없다는 뜻이죠. 그렇다면 범위는 좁아 들어 결국 돈으로 향하게 되는 거지요. 새러콜드 씨가 새삼 설명해 주시지 않아도, 사람들은 돈을 위해서라면 무슨 일이든 하니까요."

"예, 제 생각도 그렇습니다. 당연히 커리 경감도 돈 문제를 궁금해했습니다. 런던에서 오늘 내려올 길포이 씨가 더 자세한 정보를 줄 수 있을 겁니다. '길포이, 길포이, 제임스 앤드 길포이'라고 매우 이름 높은 법률 사무소가 있습니다. 이 길포이 씨의 부친은 우리 창립 이사회 회원이고, 캐롤라인과 에릭 걸브랜드슨의 유언장 작성을 맡기도 했답니다. 그 내용을 간단히 말씀드리면……."

마플 양은 정중히 감사를 표했다.

"부탁드려요. 전 언제나 법률적인 것엔 어두워서요."

"에릭 걸브랜드슨은 소년원 및 여러 조합과 신용 기금, 그리고 그 밖에 여러 자선 단체를 위해 유산을 남겼습니다. 그리고 자기의 친딸 밀드레드와 의붓딸 피파(지나의 어머니입니다.)에게 똑같은 액수로 유산을 물려주었죠. 그 후에 남는 그의 막대한 유산은 신탁 관리

하여 거기서 발생되는 수익은 캐롤라인에게 평생 동안 지급된다는 게 유언장 내용입니다."

"그녀가 죽은 후에는요?"

"그녀가 죽게 되면 걸브랜드슨 집안의 유산은 밀드레드와 피파에게 2등분되어 돌아갑니다. 만약 그 2명이 캐롤라인보다 먼저 죽을 경우엔 둘의 자녀가 받게 되고요."

"그렇다면 실제로는 밀드레드 스트리트와 지나가 상속자라는 말씀이군요."

"예. 그리고 캐롤라인은 자신 명의의 재산 또한 만만치 않게 많습니다. 걸브랜드슨 수준은 아니지만 말입니다. 그녀는 4년 전, 재산의 절반을 이미 제게 넘겨주었습니다. 그녀의 나머지 재산은 1만 파운드를 줄리엣 벨레버에게 주고, 나머지를 정확히 반으로 갈라 알렉스와 스티븐 레스태릭에게 물려주기로 되어 있습니다."

"오, 세상에. 안 좋아요. 무척이나 안 좋군요."

"무슨 말씀이시죠?"

"말씀하신 대로라면 이 집 사람 모두는 금전적인 동기를 갖고 있다는 뜻이 되잖아요."

"그렇습니다. 그래도……. 전 이 사람들이 살인을 저지를 거라고는 상상이 안 됩니다. 전혀요. 밀드레드는 그녀의 친딸입니다. 게다가 지금 생활도 풍족하고요. 지나는 외할머니를 극진히 모십니다. 심성이 착한 데다가 좀 사치스럽긴 해도 탐욕스럽진 않거든요. 또 졸리 벨레버는 캐롤라인을 굉장한 충성심으로 떠받들고 있으며, 레스태릭 형제들은 캐롤라인이 마치 친어머니나 되는 양 아끼고 있어요. 그 형제들에겐 재산이라고 할 것이 거의 없지만, 캐롤라인은 현재 수입 대부분을 그들을 위해 쓰고 있습니다. 특히 알렉스가 하는 일에 말이죠. 그런 사람들 중 유산을 물려받기 위해 의도적으로 아내를 독살하려는 사람이 있다고는 생각할 수 없습니다. 절대로요."

"그리고 지나의 남편이 있지요. 그렇죠?"

"예. 그런데요."

루이스가 우울하게 말했다.

"당신은 그에 대해 잘 모르시는군요. 그는 누가 봐도 무척이나 불행한 젊은이 같더라고요."

루이스는 한숨을 쉬었다.

"월터 허드는 여기와 맞지 않습니다. 그럼요. 그는 우리가 추구하는 목표에 흥미나 공감을 느끼지 않거든요. 하긴 그게 당연하겠지요. 그는 젊습니다. 서툴고요. 그리고 그의 고향은 사람의 가치를 그 사람이 거둔 성공의 정도로 평가하는 곳이었으니."

"반면 여기서는 실패를 숭상하지요."

마플 양의 말에 루이스는 무슨 말이냐는 듯이 그녀를 바라보았다. 마플 양은 약간 얼굴이 붉어지며 알 수 없는 이야기를 했다.

"난 가끔 사람들이 엉뚱한 것을 추구한다는 생각이 들어요······. 제 말은 좋은 혈통에 화목한 가정에서 올바르게 양육된 젊은이들이 관심을 못 받고 있다는 뜻이랍니다. 용기와 배포, 삶에 뛰어들고자 하는 의욕······. 저, 그런 걸 갖춘 청년들이야말로 유사시에 나라가 필요로 하는 사람들 아닐까요."

루이스가 미간을 찌푸리는 바람에 마플 양은 점점 얼굴이 홍당무가 되어서는 앞뒤가 애매한 설명을 서둘렀다.

"……제가 당신과 캐리 루이즈의 그…… 아주 숭고한 사업을 높이 평가하지 않는 것은 아니에요. 정말 훌륭한 자선 사업이지요. 세상엔 자선이 필요하기도 하고요. 당연하지요. 행운을 타고나는 사람이 있는 반면 그렇지 않은 사람이 있으니까요……. 대부분 운 좋은 쪽을 원하긴 하지만요. 그렇지만 전 자선에도 균형 감각이란 게 필요하다고 생각해요. 아, 새러콜드 씨 당신을 두고 한 말은 아니랍니다. 저도 제가 무슨 말을 하는지 모르겠으니까요. 하지만 영국인들은 좀 기묘한 사람들이에요. 심지어 전쟁에서조차 승리보다 패배와 후퇴를 자랑스러워하는 민족이거든요. 외국인들은 됭케르크 철수(2차 세계대전 중 독일군의 포위를 피해 영국군이 대대적인 철수를 감행한 작전 — 옮긴이)를 그다지도 자랑스러워하는 영국인들의 심리를 이해하지 못할 거예요. 아마 외국이라면 그런 일을 다시 입에 담으려 하지도 않을걸요. 하지만 항상 보면 우리 영국인들은 오히려 승리를 거의 부끄러워하다시피 하는 것 같아요. 승리의 기쁨을 누리는 걸 몹시 불편해하고요. 우리 나라 시인들을 좀 보세요!「경기병 여단의 돌격」이나「복수」(둘 모두 앨프리드 테니슨의 시 — 옮긴이)의 내용이 어땠나요? 조금만 생각해 보면 정말이지 기묘한 국민성이라니까요!"

마플 양은 한숨을 돌렸다.

"제 말뜻은 월터 허드 젊은이에겐 여기서 일어나는 일이 몹시 괴상망측하게 보일 거라는 거였답니다."

"그렇습니다. 무슨 말씀이신지 알았습니다. 월터는 전쟁에서 공을 많이 세운 청년이더군요. 그의 용감성엔 의심의 여지가 없습니다."

루이스는 수긍했다.

"하지만 그걸로 사람을 전부 평가해선 안 돼요. 전쟁과 일상 생활은 참으로 멀리 떨어진 것이거든요. 실제로 살인을 하자면······. 음, 용기가 필요하겠지만 아마도 자만심······. 그래요, 자만심만으로도 충분하지요."

마플 양은 솔직히 말했다.

"하지만 월터 허드에게 살인을 저지를 동기가 있다고는 안 보이는데요."

"그러세요? 그는 이곳을 싫어해요. 벗어나길 원하지요. 지나를 떼어 내고 싶어하고요. 그리고 그가 진정으로 원하는 것이 돈이라면, 그전에 저······ 지나가 다른 남자와 깊은 관계를 맺기 전에 그녀에게 자기 몫을 챙기도록 하는 일이 필요하지요."

"다른 남자와의 관계라고요?"

루이스가 놀란 목소리로 말했다. 마플 양은 이 열정적인 사회개혁론자의 둔한 면에 놀라고 말았다.

"제 말 그대로예요. 레스태릭 형제는 2명 다 그녀를 사랑한답니다."

"저런, 설마요."

루이스는 멍하니 말했다.

"스티븐은 우리에게 귀중한 사람입니다. 큰 도움이 되죠. 그는 아이들의 흥미를 모아 단합시켜 줍니다. 지난달엔 아주 훌륭한 공연도 했어요. 배경, 의상, 다 멋졌습니다. 제가 메버릭에게 항상 하는 말인데, 그 아이들이 범죄에 이끌리는 이유는 그들의 삶에 드라마가 부족하기 때문입니다. 자신의 삶을 극적으로 만들고 싶어 하는 것이 아이들의 본성이지요. 예, 예. 메버릭은 또……."

루이스가 말을 멈췄다.

"메버릭 박사에게 커리 경감을 만나 에드거 얘기를 해 보라고 해야겠어요. 하나같이 우스꽝스러운 일뿐이니."

"새러콜드 씨, 에드거 로슨에 대해 잘 아시나요?"

루이스는 자신있게 대답했다.

"속속들이 알고 있지요. 필요한 것은 전부 압니다. 그의 배경, 성장 과정, 극심한 자신감 결핍……."

마플 양이 끼어들어 질문을 했다.

"에드거 로슨이 새러콜드 씨의 부인을 독살할 가능성은 없나요?"

"불가능해요. 겨우 몇 주 전에 여기 왔는데요. 그리고 무엇보다 그럴 이유가 없습니다. 에드거가 왜 내 아내를? 얻는 것이 뭐라고?"

"물질적인 것을 바란 게 아닐 거예요. 뭔가…… 기묘한 이유가 있을지도 모르죠. 그 사람 성격부터가 기묘하잖아요."

"불안정하다는 말씀입니까?"

"그래요. 음, 확신하진 못하지만요. 하지만 그는 온통 잘못되어 있어요."

그것은 그녀의 느낌을 전부 다 표현한 말은 아니었다. 하지만 루이스 새러콜드는 그 말을 액면 그대로 받아들이는 느낌이었다.

그는 한숨을 쉬었다.

"맞습니다. 잘못된 사람이죠. 불쌍한 친구 같으니. 그렇게나 많이 좋아졌는데. 왜 갑자기 예전으로 돌아간 건지 모르겠습니다……."

마플 양이 바짝 몸을 가까이 해 왔다.

"그렇죠. 저도 그게 궁금한 점이에요. 만약……."

그러나 그녀는 커리 경감이 방으로 들어오는 모습을 보고 입을 다물고 말았다.

12장

I

 루이스 새러콜드가 물러가자 커리 경감은 마플 양에게 의미 있는 웃음을 지어 보였다.
 "그래, 새러콜드 씨가 부인께 감시역을 맡아 달라고 부탁했겠지요."
 "예, 맞아요."
 그녀는 미안한 듯한 말투로 이렇게 덧붙였다.
 "다만 제가 폐가 되지나 않을까 하고…….
 "천만에요. 전 그게 굉장히 좋은 제안이라고 생각하는데요. 새러콜드 씨는 부인이 그 일에 적역이라는 것을 알고 계실까요?"
 "무슨 말씀이신지 모르겠네요, 경감님."
 "알겠습니다. 그는 마플 양을 자기 아내의 학교 동창인 온화한 노부인으로만 생각하고 있다는 거군요."
 그는 그녀에게 고개를 흔들어 보였다.

"우리는 부인이 그보다는 조금 더 대단하신 분이라는 사실을 알고 있습니다, 마플 양. 그러시지 않습니까? 범죄야말로 부인의 안마당인데요. 반면 새러콜드 씨는 범죄라면 오직 교화밖에는 떠올릴 줄 모르죠. 아주 초보자인 셈입니다. 앞으로의 활약이 기대되는 반면 이따금씩 짜증 나기도 하지요. 뭐 제가 틀렸거나 구식인 것일 수도 있습니다. 하지만 인생을 막 출발하려는 올바르고 훌륭한 청년이 얼마나 많습니까. 정직함이란 그 자체만으로도 칭송받아 마땅합니다. 그런데 부자들은 가치 있는 젊은이들을 위해선 돈을 푸는 법이 없어요. 음, 제 말에 너무 신경 쓰진 마십시오. 어차피 전 구식이니까요. 그러나 저는 수없이 보아 왔습니다. 모든 게 불리한 환경에서 시작한 소년소녀들……. 불우한 가정, 갖가지 불운, 여러 장애에도 불구하고 그것을 꿋꿋이 이겨 낸 굳센 아이들을 말입니다. 그런 애들이야말로 제 유산이라도 기꺼이 물려주고 싶은 아이들이랍니다. 하긴 물려주고 말고 할 재산도 없지만서도. 제겐 연금과 조그만 정원밖엔 없지요."

그는 마플 양에게 고개를 끄덕였다.

"블래커 총경이 부인에 관한 이야기를 해 주셨습니다. 인간의 사악한 본성에 대해 조예가 매우 깊은 분이시라면서요. 그러니 부인의 고견을 들려 주셨으면 합니다. 이번 사건에선 누가 악당일까요? 그 미군 출신 남편?"

"그렇다면…… 모두에게 아주 편리한 설명이 되겠지요."

커리 경감은 혼자서 씩 웃었다. 그가 회상조로 말했다.

"저도 미국 군인에게 여자 친구를 빼앗긴 적이 있습니다. 미군에 대해 편견을 가지고 있을 만도 하지요. 그는 태도부터 좀 수상하니까요. 자, 그렇다면 다시 허심탄회하게 문제를 바라봅시다. 새러콜드 부인을 비밀리에, 규칙적으로 독살하고 있는 사람은 누구일까요?"

마플 양은 공정함을 유지하며 말했다.

"글쎄요. 이럴 때 사람들은 보통 남편을 의심하지요. 거꾸로 된 상황에선 아내 쪽이고요. 인간 본성이 그런가 봐요. 독살 사건에선 대개 그게 첫 출발 아니던가요?"

"구구절절 맞는 말씀이십니다."

하지만 곧 마플 양은 고개를 저었다.

"하지만 이번 사건에서는…… 솔직히 봐서 아니에요. 새러콜드 씨를 의심할 순 없어요. 경감님도 보셨다시피 그 사람은 아내를 진정으로 위하고 있거든요. 물론 그런 척 연기하는 것일 수도 있지만, 제 눈엔 그게 연기로 보이지 않아요. 요란함은 없어도 그 사랑은 진짜일 거예요. 그는 그녀를 사랑해요. 전 그가 아내에게 독을 먹이지 않았다고 확신에 가깝게 얘기할 수 있어요."

"그가 독살을 저지를 동기가 없다는 점에 있어서도 두말할 나위가 없습니다. 아내의 재산을 이미 넘겨받았는걸요."

"물론 그 신사가 자기 아내를 없애려 했다면 다른 이유도 있겠지요. 예를 들어 젊은 여자와 사랑에 빠졌다거나. 하지만 이번 일에서 그런 낌새는 전혀 없었어요. 새러콜드 씨는 연애 중인 사람이 할 법한 행동은 단 한 번도 하지 않았답니다. 유감이지만……."

마플 양은 이렇게 말하고는 진정 아깝다는 어조로 덧붙였다.

"그 사람은 제외시킬 수밖에 없겠네요."

경감이 미소지었다.

"저도 유감입니다. 그렇지만 애초에 현실적으로 그가 걸브랜드슨을 죽이는 것은 불가능합니다. 저는 2개의 범죄가 틀림없이 하나로 얽혀 있으리라고 생각하는데요, 새러콜드 부인을 독살하려는 범인이 자기 죄를 감추기 위해 걸브랜드슨도 죽인 겁니다. 우리가 주력해야 하는 건 어젯밤 걸브랜드슨을 죽일 수 있는 기회를 가진 사람을 찾는 데 있습니다. 그리고 제1용의자는 사람은 말할 필요도 없이 월터 허드란 젊은이지요. 독서등을 켜서 전기가 나가게 한 사람이 그이니까요. 그래서 그는 홀을 떠나 퓨즈함에 갈 수 있는 기회를 얻었습니다. 퓨즈함은 중앙 복도로 나가는 주방 입구에 있습니다. 그런데 그가 홀을 떠나 있는 사이 총성이 들렸으니, 그를 범죄 용의자 중 1번으로 꼽는 것도 당연하지요."

"그럼 두 번째 사람은요?"

"제2용의자는 알렉스 레스태릭입니다. 차고와 저택 사이에 차를 세우고 혼자 있었던 사람. 그는 저택으로 들어오기까지 오랜 틈을 들였다죠."

"다른 용의자가 또 있나요?"

마플 양은 열성적으로 몸을 앞으로 기울이며, 잊지 않고 다음 말을 덧붙였다.

"이렇게 다 얘기해 주시니 정말 친절하세요."

"친절이 아닙니다. 부인의 도움이 필요하니까요. 부인은 지금 '다른 용의자가 또 있나요?'라고 하셨는데, 그게 제가 부탁드리고자 하는 지점입니다. 부인은 어제 그곳, 즉 홀에 계셨으니 누가 자리를 떴는지 제게 말해 주실 수 있을 겁니다."

"예, 예. 말해 드려야 마땅하죠······. 그게 그런데 가능할는지······ 상황이 어땠는지 아시죠?"

"부인께선 새러콜드 씨의 연구실 안에서 벌어졌던 소동에만 신경을 쓰고 계셨다는 말씀이죠?"

마플 양은 열심히 고개를 끄덕였다.

"예, 우린 다들 너무 놀라 있었거든요. 로슨 씨는 정말······ 발광한 것처럼 보였어요. (실제로 그랬지요.) 아주 침착해 보이는 새러콜드 부인만 빼놓고 우리 모두 새러콜드 씨에게 무슨 변이 생기지 않을까 마음을 졸이고 있었지요. 로슨 씨는 온갖 끔찍한 욕설을 퍼부었는데, 그 말들이 아주 또렷하게 들려왔답니다······. 그리고 집에 있는 불이 거의 모두 나간 바람에 다른 누구를 신경 쓸 수가 없었어요."

"한마디로 부인 말씀은 그 소동 중간에는 누구나 홀을 몰래 빠져 나가 복도를 통과하고, 걸브랜드슨 씨를 쏘아 죽이고 감쪽같이 돌아올 수 있었다는 뜻입니까?"

"그럴 수 있었다고 봐요······."

"그렇다면 그 시간 내내 홀에 남아 있었다고 확신하는 사람은 누구입니까?"

마플 양은 곰곰이 생각했다.

"새러콜드 부인은 분명히 있었어요. 내가 그녀를 보고 있었으니까. 그녀는 연구실 문 바로 가까이에 앉아 있었는데, 그 자리에서 조금도 움직이지 않았어요. 아까 말씀드렸지만 그녀가 워낙 평온해 보여서 난 무척 놀랐지요."

"다른 사람들은 어떤가요?"

"벨레버 양은 나갔다 온 적이 있어요. 하지만 이건 거의 확실한데 그녀가 나간 시각은 총소리가 들린 다음이었답니다. 스트리트 부인은…… 잘 모르겠네요. 그녀는 제 뒤에 앉아 있었어요. 멀리 떨어져 창가에 지나가 앉아 있었고요. 지나는 죽 자리를 지켰던 것 같은데 확실친 않아요. 스티븐은 피아노 의자에 있었어요. 그는 언쟁이 심해지는 것을 보고 연주를 멈췄지요."

"총소리를 들은 시각에 집착하면 잘못될 수 있습니다. 그런 건 옛날 옛적부터 많이 쓰인 속임수거든요. 가짜 총성을 울려 잘못된 범행 시각을 각인시키는 수법입니다. 만약 벨레버 양이 그런 식의 속임수를 썼다면(너무 과감한 추정일진 몰라도 또 모르잖습니까), 총소리가 울린 후 그녀는 당당히 홀을 나갈 수 있습니다. 예, 총소리에 얽매여선 안 됩니다. 다시 말해 시간의 경계선은 크리스천 걸브랜드슨이 홀을 나간 순간부터 벨레버 양이 그의 시체를 발견할 때까지의 구간입니다. 그러므로 우리는 그 시간 동안 범행 기회가 없었던 사람들을 제외시켜 가면 되는 거지요. 그렇다면 지금까지는 연구실의 루이스 새러콜드와 에드거 로슨, 또 홀에 있던 새러콜드 부인만이 빠져나가는군요. 물론 새러콜드 씨와 로슨 젊은이 사이에 엉망진창 소란이 있던 같은 날 밤, 걸브랜드슨이 살해되었다는 건 아주 불행한 일이라 하겠습니다."

"불행한 것일 뿐일까요?"

마플 양이 중얼거렸다.

"예? 무슨 말씀이십니까?"

"제겐…… 왠지 꾸민 일 같아서요."

"그렇게 느끼십니까?"

"저, 에드거 로슨이 그렇게 갑자기 돌변한 것을 두고 다들 이상하다고 생각하고 있답니다. 전문 용어로 뭐라고 하는지는 모르겠지만 실제로 그 젊은이는 이상한 콤플렉스가 있어요. 아버지를 모르고 자란 그는 종종 자기 아버지가 윈스턴 처칠 경이니 몽고메리 장군이라느니 헛소리를 하거든요. 불안한 그의 정신 상태를 보면 이해가 가지요. 그냥 아무나 유명한 사람을 갖다 붙이는 거예요. 그런데 그런 그에게 누군가 루이스 새러콜드가 너의 진짜 아버지다, 그가 당신을 해치려 한다 하는 암시를 주었다고 해 보세요. 스토니게이츠 저택을 다스릴 진짜 주인은 바로 너라면서요. 정신력이 허약한 그가 그 말을 덥석 믿고는 조만간 광란에 빠질 것이란 사실을 미리 예상한 거죠. 얼마나 훌륭한 눈속임이에요? 모두들 이내 벌어질 험악한 소동에 정신이 팔릴 테니까요. 게다가 그 젊은이에게 총까지 쥐여 줬다면 금상첨화죠."

"음, 그렇군요. 월터 허드의 권총이었습니다."

"네, 저도 그 점을 생각했답니다. 하지만 아시다시피 월터는 좀처럼 속을 터놓지 않는 데다가 우울하고 무뚝뚝하니까요. 하지만 우둔한 사람 같지는 않아요."

"그건 월터 허드는 아니라고 생각하신다는?"

"범인이 월터라면 모두가 안도의 한숨을 내쉬겠지요. 안된 말이지만, 그는 외부인이니까요."

"그의 아내는 어떻습니까? 그녀도 안심할까요?"

마플 양은 대답하지 않았다. 그녀는 자신이 여기에 온 첫날 지나와 스티븐 레스태릭이 함께 있던 광경을 떠올렸다. 그녀는 이어 처음 도착하자마자 곧장 지나를 바라보던 알렉스 레스태릭의 눈길을 생각했다. 지나 자신의 태도는 어떠했던가?

II

2시간 후 커리 경감은 의자 등받이를 뒤로 쭉 젖히며 한숨을 쉬었다.

"음, 이제 어느 정도 정리가 끝난 셈일까."

레이크 경사도 동의했다.

"하인들은 깨끗합니다. 문제의 시간 동안 모두들 함께 있었다고 하네요. 전부 여기서 먹고 자는 사람들입니다."

커리 경감이 끄덕거렸다. 그는 정신적 피로에 시달리고 있었다. 그는 심리치료사, 교사들을 면담했으며 그가 속으로 '꼬마 죄수 둘'

이라고 부르는, 그날 밤 가족 만찬에 초대받았던 아이들을 만나 보았다. 아이들의 이야기는 구체적이었고 모순점이 없었다. 그들의 행동과 습관은 단체 생활에 맞추어 재단돼 있었다. 개인 행동이 들어갈 여지는 없는 소년원 생활은 아이들에게 절대적인 알리바이가 있음을 뜻했다. 커리 경감은 마지막으로 이 소년원의 책임자라고 들은 메버릭 박사를 부르기로 했다.

"이제 곧 그가 올 거네, 레이크."

젊은 의사가 요란하게 방으로 들어섰다. 단정하고 맵시 있는 모습의 그는 코안경 너머로 조금 비인간적인 느낌을 풍기고 있었다.

메버릭은 직원들의 증언을 다시 확인해 주었고, 커리 경감의 지적에 대해서도 찬성의 뜻을 밝혔다. 소년원이라는 난공불락의 요새에는 허술한 균열이나 뒷구멍이 전혀 없었다. 주위를 감싼 열렬한 의학적 공기 때문에 커리 경감은 소년들을 이제 '어린 환자'들이라고 부르고 싶어졌다. 그리고 크리스천 걸브랜드슨의 죽음은 그 아이들과 전혀 관련 없는 듯했다.

"환자들은 어디까지나 환자입니다, 경감님."

메버릭 박사는 희미한 미소를 지었다. 그것은 우월감에서 나온 미소였다. 그걸 보고 화가 나지 않았다면 커리 경감은 아마 인간을 초월한 성인군자라고 해야 마땅할 것이다.

하지만 그는 직업적으로 말했다.

"이제 선생의 행적을 말씀해 주시겠습니까, 메버릭 박사? 설명할 수 있으신가요?"

"물론이죠. 경감님 편하시라고 대략적인 시간까지 적어 왔습니다."

메버릭 박사가 홀을 떠난 것은 9시 15분이었다. 레이시 씨와 바움가튼 박사와 함께였다고 했다. 그들은 바움가튼 박사의 사무실로 가서 치료 과정에 대해 이런저런 논의를 하고 있었는데, 벨레버 양이 갑자기 뛰어 들어와 메버릭 박사를 홀로 불렀다는 것이었다. 그게 약 9시 30분이었다. 메버릭 박사는 즉시 홀로 갔고, 곧 에드거 로슨이 탈진 상태에 빠져 있는 것을 발견했다고 했다.

커리 경감이 꿈틀했다.

"잠깐만요, 박사. 방금 말하신 이 젊은이……. 정말로 정신적인 문제가 있는 게 맞습니까?"

메버릭 박사가 예의 우월감 섞인 미소를 다시 지었다.

"우리는 모두 정신에 문제가 있지요, 커리 경감님."

무슨 바보 같은 소리야. 경감은 생각했다. 그는 자신이 정신병자가 아님을 아주 잘 알고 있었다. 메버릭 박사는 어떨지 몰라도 말이다!

"그는 자기 통제력이 있었습니까? 자신이 뭘 하는지 알았을까요?"

"아주 잘 알았을 겁니다."

"그렇다면 그가 새러콜드 씨에게 총을 발사한 건 의도적인 살인 행위로군요."

"아니, 아닙니다, 커리 경감님. 그런 식으로 생각할 게 아닙니다."

"이봐요, 메버릭 박사님. 전 벽에 총알 구멍이 2개 난 것을 봤어요. 정말로 위험하게시리 새러콜드 씨의 머리 바로 옆에 나 있었단 말입니다."

"그렇겠지요. 하지만 로슨에겐 새러콜드 씨를 죽이거나 해치려는 의도가 없었습니다. 그는 새러콜드 씨를 아주 좋아하는걸요."

"사실을 바라보는 방식이 아주 독특하시군요."

메버릭 박사가 다시 씩 웃었다. 커리 경감은 그 미소가 아주 고약하다고 느꼈다.

"인간의 행동은 모두 의도된 것입니다. 이를테면 경감님이 어떤 사람의 이름이나 얼굴을 '무심결에' 잊었다면, 그건 당신이 그 사람을 잊길 원했다는 뜻입니다."

커리 경감은 미심쩍은 눈치였다.

"경감님이 말실수를 했다면? 그것 역시 의미를 갖고 있는 겁니다. 에드거 로슨은 새러콜드 씨의 바로 몇 발짝 앞에 서 있었어요. 쉽게 그를 쏴 죽일 수 있는 거리죠. 하지만 그는 맞히지 못했습니다. 왜 그랬을까요? 그는 새러콜드 씨를 잃고 싶지 않았던 겁니다. 그렇게 간단한 일이라고요. 새러콜드 씨는 위험했던 적이 없습니다. 또한 새러콜드 씨 자신도 그 사실을 아주 잘 알고 있었지요. 그는 에드거의 행동이 무얼 의미하는지를, 말하자면 이건 다 그의 어린 시절 보호와 애정이 결핍된 데서 나온 반항과 분노의 표출이라는 걸 이해했던 겁니다."

"그 젊은이를 만나 보고 싶군요."

"그렇게 하십시오. 지난밤의 폭주는 그에게 일종의 카타르시스를 주었나 봅니다. 오늘은 훨씬 나아졌어요. 새러콜드 씨도 무척 기뻐하실 겁니다."

커리 경감은 그를 멀뚱히 바라보았다. 하지만 메버릭 박사는 언제나처럼 진지했다. 커리 경감은 한숨을 쉬고 말했다.

"비소를 갖고 계십니까?"

"비소?"

그 질문이 메버릭 박사를 놀라게 한 것 같았다. 전혀 예상하지 못했던 말이라는 반응이었다.

"아주 흥미로운 질문이네요. 왜 하필이면 비소입니까?"

"부디 그냥 질문에 대답해 주시죠."

"아닙니다. 제 물품 중에 비소는 조금도 없습니다."

"하지만 약을 갖고 계시긴 하죠?"

"물론이지요. 진정제, 모르핀, 수면제 같은 아주 흔한 것들입니다."

"새러콜드 부인도 진찰하십니까?"

"아니요. 마켓 킨들의 군터 선생이 그 집안의 주치의입니다. 의학 학위를 갖고 있긴 하지만, 전 순수하게 정신 의학자로서 활동하고 있습니다."

"알겠습니다. 아무튼 감사합니다, 메버릭 박사님."

메버릭 박사가 나가고, 커리 경감은 레이크 경사에게 정신 의학자 때문에 뒷목이 아플 지경이라며 투덜거렸다.

"이제 식구들을 보는 거야. 월터 허드를 먼저 만나 봐야겠군."

III

월터 허드의 태도는 조심스러웠다. 신중하게 경관들을 가늠해 보는 표정이었다. 하지만 아주 협조적인 자세를 유지했다. 그는 스토니게이츠 저택의 전기 배선엔 문제가 많고 무척이나 구식이라는 얘기부터 꺼냈다. 요즘 미국에선 그런 방식을 찾아볼 수도 없다는 것이었다.

커리 경감은 희미한 미소를 띠고 말했다.

"이 집의 설비들은 아마 돌아가신 에릭 걸브랜드슨 씨 시절, 그러니까 전기를 새로운 발명쯤으로 여기던 시대에 설치된 게 분명합니다."

"저도 그렇게 말씀드리려 했습니다. 고리타분한 영국 봉건주의는 도통 시대를 따라잡질 못한다니까요."

중앙 홀의 전등이 연결된 퓨즈가 나갔기 때문에 그는 퓨즈함을 보러 갔고, 수리를 마치고 돌아왔다는 설명이 이어졌다.

"얼마나 자리를 떠 계셨습니까?"

"어째 확실히 알 수가 없군요. 퓨즈함이 아주 이상한 곳에 있었거든요. 사다리와 촛불을 찾아야 했으니……. 한 10분 정도 걸렸으려나. 아니, 15분쯤?"

"총소리를 들으셨습니까?"

"저런, 아뇨. 그 비슷한 것도 못 들었습니다. 주방으로 들어가는 통로는 이중문으로 되어 있는 데다, 그중 하나는 펠트 천 같은 걸로 씌워져 있거든요."

"알겠습니다. 그러면 홀에 돌아오고 나서 보신 광경을 설명해 주십시오."

"사람들이 다들 새러콜드 씨의 연구실 문 주위에 몰려 있더군요. 스트리트 부인이 새러콜드 씨가 총에 맞았다고 얘기해 주었습니다. 하지만 사실은 그렇지 않았죠. 새러콜드 씨는 아무렇지도 않았습니다. 총알이 빗나갔으니까."

"당신은 리볼버 권총을 알아보았습니까?"

"그렇고 말고요! 내 것이었는걸요."

"마지막으로 그걸 언제 보셨습니까?"

"이삼 일 전이었습니다."

"어디에 보관하시는데요?"

"제 방의 서랍 안에요."

"그게 거기 있다는 사실을 아는 사람은 누구입니까?"

"전 이 집의 누가 뭘 아는지 도통 모르겠습니다."

"그 말은 무슨 뜻입니까, 허드 씨?"

"어휴, 다들 미치광이라는 뜻이죠!"

"홀로 돌아오셨을 때 모두 거기 있었습니까?"

"모두라니, 무슨 뜻이시죠?"

"퓨즈를 고치러 나가셨을 때 있었던 사람들이 그대로 있었냐는 말이지요."

"지나는 있었습니다……. 그리고 그 백발 노부인도 있었고. 또 벨레버 양도요. 확실치는 않지만 이상 말씀드린 사람들은 있었던 것 같군요."

"요 전날 걸브랜드슨 씨의 방문은 갑자기 이루어진 거죠?"

"그랬을 겁니다. 평소의 일정대로가 아니었어요."

"그의 방문을 달갑지 않게 여긴 사람이 있었습니까?"

월터 허드는 대답 전에 잠시 망설이는 모습이었다.

"음, 아뇨. 없었습니다."

그의 태도에 다시금 조심스러움이 묻어났다.

"그가 왜 왔는지 짐작 가는 게 있으십니까?"

"그들의 '소중한' 걸브랜드슨 협회에 대한 일이 아니었을까요. 여기서 하는 모든 일들은 미친 짓이에요."

"미국에도 이와 비슷한 단체들은 있을 텐데요."

"하지만 계획을 세워 체계적인 활동을 하는 곳과 여기의 '인간적인 접근'을 단순 비교하면 안 되죠. 저도 군대에서 정신 의학자들을 많이 보았습니다. 여기엔 그런 사람들이 넘쳐나요. 어린 불량배들에게 갈대 바구니 만드는 법이나 파이프 걸이를 조각하는 방법 따위를 가르친다니! 애들 장난을 말이에요! 계집애들이나 할 법한 일 아닙니까?"

커리 경감은 이 비난에 아무 말도 하지 않았다. 속으로 동감하고 있는 것이 분명했다.

그는 월터를 주의 깊게 바라보며 말했다.

"그렇다면 당신은 누가 걸브랜드슨 씨를 죽였는지에 대해선 아무것도 모른다는 말이죠?"

"소년원에서 나쁜 짓을 배운 어떤 교활한 꼬마 짓이겠지요."

"아니요. 허드 씨, 아이들은 아닙니다. 소년원은 꽤나 자유로운 분위기인 것 같지만 그래도 규율에 의해 확실히 통제받고 있으니까요. 어두워진 후에는 누구도 그곳을 나올 수 없어요. 하물며 살인은 도저히 불가능합니다."

"그렇다고 걔들을 그냥 넘기다니요. 뭐, 경감님이 범인을 가까운 가족 중에서 찾고 싶어 하신다면야. 그렇다면 제일 확률 높은 사람은 알렉스 레스태릭이겠군요."

"왜 그렇게 생각하시죠?"

"알렉스 레스태릭에겐 기회가 있었어요. 차에서 내려 혼자서 걸어왔으니까요."

"크리스천 걸브랜드슨을 죽여야 할 이유는요?"

월터는 어깨를 으쓱했다.

"저는 결국 외부인입니다. 가족끼리 무슨 일이 있는지 알 수가 없죠. 아마 그 노인네가 알렉스에 대한 나쁜 말을 듣고 와서 새러콜드 집안사람들에게 떠벌이려 했는지도요."

"그랬으면 어떤 일이 생겼을까요?"

"돈줄을 끊었겠지요. 그는 이 집안의 돈을 끌어 쓰고 있습니다. 그것도 꽤나 많이 말이죠."

"그…… 연극 일에 말씀이지요?"

"그가 그렇게 말했습니까?"

"그렇다면 다른 쓰임새가 있었다는 뜻입니까?"

월터 허드는 다시 한번 어깨를 으쓱했다.
"잘 모르겠습니다."

13장

I

알렉스 레스태릭은 말주변이 좋았다. 그는 말할 때 여러 몸짓을 섞으며 얘기했다.

"압니다, 알아! 저야말로 용의자에 딱 어울리죠. 이곳으로 혼자서 차를 타고 왔으니까요. 그때 불시에 창조적 영감이 솟구쳤던 겁니다. 이해하시려나 모르겠네요. 가능하시겠어요?"

"노력해 보겠습니다."

커리 경감은 심드렁하게 대꾸했다.

"세상엔 그런 일이 있어요! 때와 장소를 정해 두지 않고 불시에 찾아옵니다. 어떤 효과에 대한 아이디어가 솟아나는 거예요……. 그러면 세상 나머지는 다 바람 속으로 사라지고 말죠. 난 다음 달에 발레극 「라임하우스」를 준비 중입니다. 그런데 어젯밤 여기에 차를 세웠을 때 갑자기 멋진 무대 장치에 대한 아이디어가 떠올랐지 뭡니까. 완벽한 조명 장치의 모습이 말입니다. 안개 속을 뚫고 나오는 전조등 조명……. 거기에 높다란 빌딩 무리의 모습이 침침하게 비치고요. 모든 게 딱 좋았어요! 총소리, 뛰어가는 발소리……. 그리고 쉭쉭 소리를 내는 전기 엔진 소리……. 그것들이 템스 강을 오가는 뱃소리처럼 어우러져 들려왔지요. 난 고민했습니다. 이렇게 해야겠어! 하지만 어떻게 하면 이것과 똑같은 음향 효과를 얻을 수 있을까? 그러다가…….”

커리 경감이 끼어들었다.

“총소리를 들으셨다고요? 어디서요?”

“안개 건너편에서였죠, 경감님.”

알렉스는 손을 공중에 휘저었다. 관리가 잘된, 매끈한 손이었다.

“안개 건너편에서였다고요. 바로 그게 또 멋진 연출이었다는 겁니다.”

“뭔가 잘못되었다는 생각은 못 해 보셨습니까?”

“잘못되다뇨? 왜요?”

“총소리라는 게 그렇게 흔히 들리는 겁니까?”

“어허, 이해 못 하실 줄 알았습니다! 총소리는 내가 만든 장면에 완벽히 어울리는 요소였습니다. 난 총소리를 원했습니다. 위험이나 마약……. 그런 정신 나간 짓거리들을요. 그게 진짜로 뭐였든 간에 내가 상관할 필요가 있습니까? 도로 위의 화물차에서 들려온 오작동 소리였을지도? 토끼를 쫓는 밀렵꾼의 총소리였으면 또 어떻습니까?”

“이 근처에서는 토끼를 잡을 때 대부분 덫을 씁니다.”

"그러면 애들이 불장난하는 소리라면 어때요? 난 그게 진짜 총소리라고는 생각조차 하지 않았습니다. 「라임하우스」 발레에 푹 빠져 있었으니까. 아니, 극장의 관객석에 앉아 연극에 푹 빠져 있었다고 해야 옳겠군요."

"총소리는 몇 번 들렸습니까?"

알렉스는 무심히 대답했다.

"모릅니다. 두세 번이었던 것 같은데. 그중 둘의 간격은 아주 짧았던 걸로 기억합니다."

커리 경감은 고개를 끄덕였다.

"그리고 뛰어가는 발소리라고 하신 걸로 아는데……. 그건 무엇이었을까요?"

"안개 건너편에서 나는 소리였다고 했지 않습니까. 집 근처 어디쯤에서 났던 것 같아요."

커리 경감이 부드럽게 말했다.

"그렇다면 크리스천 걸브랜드슨을 살해한 자는 외부에서 왔다는 의미로군요."

"물론입니다. 다른 여지가 있습니까? 살인자가 집 안에 있을 줄 아셨습니까?"

여전히 매우 부드럽게, 커리 경감이 말했다.

"우리는 모든 것을 고려해야 합니다."

알렉스 레스태릭도 너그러운 목소리로 말했다.

"그러실 테죠. 그나저나 경감님, 경찰이란 직업은 정말 영혼을 갉

아먹는 일이겠군요. 온갖 시간과 장소에 대한 시시콜콜한 세부 사항을 모두 신경 써야 하니까요. 그래서 결국 남는 게 뭡니까? 그런다고 불쌍한 크리스첸 걸브랜드슨 씨가 살아 돌아오기라도 한답니까?"

"범인을 사로잡는 것만으로도 꽤 큰 만족을 얻을 수 있거든요, 레스태릭 씨."

"서부 영화 같은 말씀을 하시는군요!"

"당신은 걸브랜드슨 씨를 잘 알았습니까?"

"그를 살해할 정도로 잘 알지는 못했습니다, 경감님. 어릴 적 내가 여기 살기 시작한 이래 때때로 만나긴 했죠. 그는 가끔씩 모습을 비추는 정도였습니다. 사업적으로는 상사 중 한 사람이었고요. 난 그런 유형의 사람에겐 관심이 없어요. 물론 그 사람이 소장한 조각품들은 훌륭했지만요. 아마 토르발센(덴마크의 조각가. 19세기 전반 유럽 신고전주의 대표자 중 하나 — 옮긴이)이었을 텐데……."

알렉스는 어깨를 으쓱했다.

"그게 말해 주는 건 하나뿐이죠. 그렇지 않습니까? 어이없이 돈만 많은 사람이라는 것!"

커리 경감은 마치 명상하듯 그의 눈을 바라보았다.

"레스태릭 씨, 독극물에 관심이 있으십니까?"

"독이요? 세상에, 그가 총에 맞아 죽기 전에 이미 독살되었다는 말씀은 아니겠죠? 미치광이 탐정 소설에서나 볼 법한 얘긴데요."

"그는 독살되지 않았습니다. 제 질문에 아직 대답을 안 해 주셨군요."

"독은 확실히 매력 있는 존재지요……. 리볼버 권총이나 다른 조잡한 흉기 같은 야만성이 없어요. 하지만 내게 그 분야에 대한 특별한 지식은 없습니다. 그걸 물어보신 거라면 말입니다."

"비소를 가지고 있었던 적은 없으셨습니까?"

"쇼가 끝난 후 건네는 샌드위치 속에 넣으려고 말입니까? 꽤 낭만적인 장면인데요? 혹시 로즈 길던이라는 극단 아십니까? 자기들이 꽤나 이름 날린다고 믿고 있는 치들이죠……! 아무튼 간에 그에 대한 제 대답은 '아니요.'입니다. 비소라니, 생각해 본 적조차 없습니다. 그리고 보니 누군가 제초제나 파리잡이 끈끈이에서 비소를 추출해 낼 수 있다고 하는 말을 들었군요."

"여기엔 얼마나 자주 내려오십니까, 레스태릭 씨?"

"경우에 따라 다릅니다. 어쩔 때는 몇 주 이상 못 오기도 하지요. 그래도 주말엔 가급적 오려고 노력합니다. 나는 스토니게이츠 저택을 진정 집으로 생각하고 있으니까요."

"새러콜드 부인이 그렇게 생각하라고 하셨나 보죠?"

"새러콜드 부인께 내가 받은 애정은 그 무엇으로도 갚을 수 없는 것입니다. 동정, 이해, 사랑……."

"그리고 제가 알기로는 꽤나 상당한 금액의 돈도 말이지요……."

알렉스는 약간 역겹다는 표정을 지었다.

"부인은 절 아들처럼 대하십니다. 제 작업을 신뢰하시고요."

"새러콜드 부인이 자기 유언장에 대해 언급하신 적이 있습니까?"

"물론이지요. 그런데 경감님, 이런 질문들을 하시는 의도가 뭡니까? 새러콜드 부인께 무슨 변이라도 생긴 건 아닐 텐데요."

"그래서야 안 될 일이죠."

커리 경감이 우울하게 말했다.

"그건 또 무슨 말씀입니까?"

"뭔지 모르신다면 그게 더 좋은 일입니다. 하지만 알고 계시다면…… 당신에게 하는 경고라고 받아들여 주십시오."

알렉스가 떠나자 레이크 경사가 입을 열었다.

"속 빈 강정이라는 말을 하실 테죠?"

커리 경감은 고개를 흔들었다.

"말하기 어려워. 진짜 창조적 재능이 있을 수도 있지. 시시하게 살면서 말만 거창한 인종일지도 모르고, 누가 알겠나. 하지만 달려가는 발소리를 들었다고? 그건 분명 저자가 둘러댄 거짓말일 거야."

"그렇게 생각하시는 이유라도?"

"이유는 분명히 있어. 아직 그게 뭔지 몰라서 그렇지. 하지만 우린 그 이유를 찾아낼 거야."

"경감님, 정말로 교활한 꼬마 하나가 소년원을 몰래 빠져나와 저지른 짓일지도 모릅니다. 애들 중엔 분명 좀도둑 출신도 있을 거고요. 그래서……."

"그 가능성도 생각해 보기로 하세. 아주 편리한 설명이지. 하지만 레이크, 그게 진실이라면 난 새로 산 모자를 통째로 씹어 먹어 보이겠네."

II

"난 피아노 앞에 앉아 있었습니다."

스티븐 레스태릭이 말했다.

"그 일이 벌어졌을 때 조심조심 건반을 치고 있었지요. 루이스와 에드거 사이에 일어났던 소동 말입니다."

"그 일을 두고 어떻게 생각하셨습니까?"

"음, 솔직히 말해서 그리 대수롭지 않게 여겼던 것 같습니다. 그 불쌍한 거렁뱅이에겐 원래 위험한 구석이 있긴 하지만, 그는 진짜로 미친 게 아닙니다. 평소에 바보짓을 해 둔 것도 다 연막을 피우기 위함이었죠. 결과적으로 그는 자기 본색을 드러낸 셈입니다. 특히 지나에게로요. 당연하죠."

"지나? 허드 부인을 말하는 겁니까? 에드거가 그녀에게 무슨 본색을 드러냈다는 거죠?"

"그녀는 여자이지 않습니까. 그것도 아주 아름다운 여자. 그녀는 그를 비웃곤 했거든요. 지나는 절반이 이탈리아인입니다. 아시겠지만 이탈리아 사람들은 무의식적으로 잔인하지 않습니까. 그들은 늙은이나 못생긴 사람, 특이한 사람에겐 가차 없지요. 손가락질까지 해 가며 비웃기 일쑤입니다. 그게 지나가 한 일이었어요. 그녀는 에드거를 경멸했지요. 에드거는 유치하고 거만한 반면 근본적으로 스스로에게 자신이 없어요. 남들보다 잘났다고 허세를 떨지만 결국 웃음거리가 될 뿐이죠. 지나는 그 불쌍한 친구의 괴로움 따윈 안중에도 없었을 겁니다."

"에드거 로슨이 허드 부인을 사랑했다는 얘기를 하시는 겁니까?"

스티븐은 경쾌하게 대답했다.

"예, 그렇습니다. 정도의 차이는 있겠지만, 사실 우리 모두가 그렇답니다! 그녀도 그걸 즐기고요."

"그녀의 남편은 어떻게 생각합니까?"

"사람이 영 둔해서 탈이지만, 그 역시 괴로워하고 있어요. 불쌍한 친구 같으니. 아시잖아요, 영원한 건 없습니다. 그 부부의 결혼 생활은 조만간 깨지고 말 겁니다. 이런 것도 다 전쟁이 낳은 결과물이죠."

"아주 흥미롭군요. 하지만 어느새 너무 주제를 벗어난 것 같습니다. 크리스천 걸브랜드슨 씨의 죽음 얘기를 하고 있었는데요."

"그렇군요. 하지만 그 사건에 대해선 말씀 드릴 게 전혀 없습니다. 전 피아노 앞에 앉아 있다가 졸리가 녹슨 열쇠를 들고 돌아와 연구실 문을 열 때까지 그 장소를 떠나지 않았으니까요."

"피아노 앞에 계셨다고요……. 계속 연주를 하셨습니까?"

"루이스 씨의 연구실 속에서 생사를 건 싸움이 벌어지는 와중에 제가 그윽하게 반주라도 넣었을까 봐서요? 말도 안 되죠. 난 언쟁이 커지자 연주를 멈췄습니다. 커다란 비극이 일어날까 봐 불안했던 것은 아닙니다. 루이스는 뭐랄까…… 박력 넘치는 눈빛을 가진 사람이거든요. 그는 그저 노려보는 것만으로도 에드거를 쉽게 굴복시켰을 겁니다."

"하지만 에드거 로슨은 그에게 총 2발을 쐈죠."

스티븐은 고개를 부드럽게 가로저었다.

"연극적인 몸짓이었을 뿐이에요. 자기 연기에 도취된 겁니다. 내 친어머니가 즐겨 그러셨는데. 어머니는 내가 4살 때 세상을 뜨셨습니다. 누군가와 함께 도망쳤다는 소문도 있지요. 아무튼 뭐 맘에 안 드는 일이 있을 때면 권총을 뽑아 미친 듯이 쏘아 대셨던 어머니의 모습이 기억납니다. 한번은 나이트클럽에서 그 소동을 벌이셨어요. 벽에 총알 자국이 주루룩 나 있던 모양하고는! 총 솜씨가 아주 대단하셨더랍니다. 정말 난리도 아니었어요. 어머니는 러시아 댄서 출신이셨습니다."

"과연 그렇군요. 레스태릭 씨, 어젯밤 당신이 홀 안에 있는 동안 자리를 뜬 사람이 누구인지 알려 주실 수 있습니까? 문제되는 그 시간 중에 말입니다."

"월리가 그랬습니다. 전깃불을 고치러 나갔어요. 또 연구실 열쇠를 찾으러 떠난 줄리엣 벨레버도 있고요. 하지만 내가 아는 한 그 외에 자리를 뜬 사람은 없습니다."

"만약 누가 자리를 비웠다면 눈치챌 수 있으셨을까요?"

스티븐은 생각하는 모습이었다.

"아마 알 수 없었을걸요. 살금살금 살짝 나갔다가 돌아온다면 말이죠. 홀이 워낙 어두웠고 우리 모두는 요란스러운 저쪽 싸움에 귀를 기울이고 있었으니까요."

"그 시간 중 확실히 자리를 지켰다고 믿는 사람은 누구누구입니까?"

"새러콜드 부인. 당연하지요. 그리고 지나입니다. 그 둘은 단언할 수 있습니다."

"감사합니다, 레스태릭 씨."

스티븐은 문으로 향했다. 하지만 그 순간 그는 잠시 머뭇거리다가 다시 돌아왔다.

"그런데 그건 무슨 얘기입니까? 비소가 어쨌다고요?"

"비소 얘기를 누가 하던가요?"

"형이요."

"아⋯⋯. 그랬군요."

스티븐이 말했다.

"누가 새러콜드 부인에게 비소를 먹이고 있던 겁니까?"

"왜 하필 새러콜드 부인을 언급하시는 겁니까?"

"비소 중독의 증상들에 관해 읽은 적이 있습니다. 말초신경증이라죠? 그렇다면 최근 그분이 겪고 있는 증상과 대략 일치합니다. 거기에 루이스 씨가 어젯밤 부인이 먹으려던 보약을 빼앗은 일도 있었으니⋯⋯. 이런 일이 벌어지고 있다는 게 다 사실입니까?

"수사 중인 사안입니다."

커리 경감은 최대한 공적인 태도를 유지하며 답했다.

"그녀도 이 사실을 알고 있나요?"

"새러콜드 씨는 부인이 절대로⋯⋯ 충격을 받지 않도록 조심하시는 것 같았습니다."

"충격을 받는다는 건 올바른 표현이 아닙니다, 경감님. 새러콜드 부인은 충격을 받을 줄 모르는 사람이거든요⋯⋯. 그게 크리스천 걸브랜드슨의 죽음 뒤에 숨은 진실입니까? 그가 부인이 천천히 독살당하고 있다는 것을 알아서? 하지만 어떻게 알았다죠? 무엇 하나 말이 되는 게 없습니다. 도무지 이해가 안 되네요."

"레스태릭 씨도 많이 놀라신 모양이군요."

"그렇습니다. 알렉스 형이 처음 이 말을 했을 때, 도저히 믿을 수가 없었습니다."

"그럼 당신 의견으로는 새러콜드 부인에게 독을 먹일 만한 사람이 누구라고 보십니까?"

스티븐 레스태릭의 잘생긴 얼굴에 잠시 동안 미소가 흘렀다.

"범상한 사람은 아니겠죠. 남편은 제외해야 할 겁니다. 루이스 새러콜드 씨는 그걸로 얻을 게 없어요. 거기다 그 양반은 자기 부인을 숭배하고 있거든요. 아내 손가락에 작은 상처가 나는 것만으로도 난리를 피우는 사람입니다."

"그렇다면 누구일까요? 생각나시는 게 있습니까?"

"아, 그럼요. 확신을 갖고 얘기할 수 있습니다."

"그럼 말해 주십시오."

스티븐은 고개를 가로저었다.

"다른 뜻이 아니라 심리학적인 확신이라는 의미였습니다. 증거고 뭐고 없어요. 아마 경감님은 제 말에 동의하지 않으실 겁니다."

스티븐 레스태릭은 담담한 모습 그대로 나가버렸다.

커리 경감은 자기 앞의 종이에 고양이를 몇 마리 그렸다. 그는 세 가지를 생각하고 있었다. 첫째, 스티븐 레스태릭은 스스로를 상당한 거물로 생각하고 있다. 둘째, 스티븐 레스태릭과 그의 형은 공동 전선을 펼치고 있다. 셋째, 스티븐 레스태릭은 잘생긴 남자인 반면 월터 허드는 평범한 남자이다.

이윽고 그의 머릿속에 다른 2가지 의문이 떠올랐다. 스티븐이 말한 '심리학적으로 말해서'라는 건 무엇일까? 그리고 스티븐이 피아노 앞에 앉은 채로 지나를 지켜보는 게 가능했을까? 필시 아닐 것 같았다.

III

고딕식 우울함이 깔린 서재 안에 지나는 기묘한 빛을 채워 주었다. 호기심에 차 "어떤 일이시죠?"라고 묻는 이 찬란하게 빛나는 아가씨를 보고는 커리 경감조차 몸을 앞으로 기울이며 눈을 꿈벅일 정도였으니까.

경감은 그녀의 주홍빛 셔츠와 진초록색 바지를 보며 건조하게 말했다.

"허드 부인, 상복을 입고 있지 않으시군요."

"상복이 있어야 입죠. 이럴 때면 사람들이 거뭇거뭇한 옷을 입고 그 위에 진주 장식을 걸친 채로 돌아다닌다는 것은 알고 있어요. 하지만 전 그러지 않아요. 검은색이 싫거든요. 무시무시하잖아요? 경비원, 가정부들이나 입는 색깔이라고요. 또 크리스천 걸브랜드슨 외숙부는 사실 제 진짜 친척도 아니고, 외할머니의 양아들일 뿐이니까요."

"그를 잘 모르신다는 말씀으로 이해해도 되겠습니까?"

지나는 맞다는 뜻으로 고개를 끄덕였다.

"어렸을 때 서너 번 그분이 오신 일이 있어요. 하지만 전쟁 중 저는 미국으로 가 버렸고, 이제 반 년 전에 막 여기로 돌아온 참이니까요."

"여기엔 완전히 눌러살려고 건너오신 겁니까, 아니면 그냥 방문일 뿐입니까?"

"그건 잘 생각해 보지 않았군요."

"당신은 어젯밤, 걸브랜드슨 씨가 자기 방을 향해 갔던 그때 홀에 계셨죠?

"예. 그분은 잘 자라는 인사를 하고 자기 방으로 떠나더랬죠. 외할머니가 뭐 필요한 거 없냐고 물어보시니까 그런 건 없다고, 졸리가 다 알아서 잘 해 놓았다고 하시더군요. 정확히 이렇게 얘기했는지는 몰라도 어쨌든 그런 얘기였어요. 그리고 편지를 써야 할 일이 있다고 하시던데요."

"그러고서는요?"

지나는 루이스와 에드거 로슨 사이에 벌어졌던 상황에 대해 설명했다. 커리 경감이 지금껏 여러 차례에 걸쳐 되풀이해 들었던 것과 같은 내용이었지만, 지나의 입으로 들으니 거기엔 새로운 색채와 향취가 곁들여지는 것만 같았다. 그것은 하나의 드라마였다.

"그건 월터의 권총이었어요. 어수룩한 에드거가 월터의 방에 들어가 그걸 훔쳐 낼 배짱이 있었다니 놀랄 일이죠. 배짱 따위는 없는 남자인 줄 알았는데."

"그 두 사람이 연구실로 들어가고 에드거 로슨이 문을 잠갔을 때 놀라셨습니까?"

지나는 큰 갈색 눈을 더 크게 뜨며 말했다.

"오, 아니에요. 도리어 재미있었는걸요. 그 남자가 하는 짓이 너무 어설프고 어느 한편으로는 희한하게 극적이라서요. 에드거가 하면 모든 게 우스꽝스럽죠. 그 소동을 심각하게 생각한 사람은 아무도 없었을 거예요. 한순간도요."

"하지만 그가 결국 권총을 쏘았지 않습니까?"

"그렇죠. 그땐 우리들조차 그가 루이스를 진짜로 쏴 버렸구나 하는 생각이었죠."

"그 순간에도 여전히 재미있으셨습니까?"

커리 경감은 거침없이 질문을 던졌다.

"천만에요. 그땐 저도 겁에 질렸어요. 모두가 마찬가지였답니다. 외할머니만 빼고요. 눈 하나 깜빡하지 않으시더라고요."

"아주 이상한 일이네요."

"그렇지도 않아요. 외할머니는 그런 분이시거든요. 이 세상 기준으로 판단하면 안 되죠. 세상엔 나쁜 일이 일어날 수 있다는 것을 믿지 못하신다고 할까요, 너무 귀여우시죠."

"그 소동이 있던 중, 홀에 있던 사람은 누구였습니까?"

"사람들은 전부 남아 있었어요. 물론 크리스천 씨는 빼고요."
"전부는 아닙니다, 허드 부인. 사람들은 들락날락했어요."
"그랬다고요?"
지나는 희미하게 물었다.
"예를 들어 부인의 남편만 해도 전기를 고치러 갔다 오시지 않았습니까."
"그렇군요. 월리는 뭘 고치는 데는 선수니까요."
"그가 자리를 비운 와중에 총소리가 들렸던 것으로 알고 있습니다. 그런데 사람들은 모두 그걸 정원에서 들려온 소리로 생각했다죠?"
"잘 기억나지 않네요……. 아, 그래요. 다시 불이 들어오고 월리가 돌아온 직후에 총소리가 났어요."
"홀을 떠난 다른 사람은 없습니까?"
"없다고 생각해요. 기억나진 않지만."
"허드 부인, 당신은 앉아 있었습니까?"
"창가에 앉아 있었죠."
"서재로 가는 문 옆에 있는?"
"예."
"홀을 전혀 떠나진 않으셨고요?"
"떠나요? 그렇게 흥분한 상태에서? 절대 아니죠."
지나는 분개한 듯이 말했다.
"사람들은 어디에 앉아 있었습니까?"
"대개는 벽난로 주위에 앉아 있었던 것 같아요. 밀드레드 이모는 뜨개질을 하고 계셨고, 제인 아주머니…… 그러니까 마플 양도 마찬가지였네요. 그리고 외할머니는 그냥 앉아 계셨어요."

"스티븐 레스태릭 씨는요?"

"스티븐? 그는 처음엔 피아노를 치고 있었어요. 그 후에 어디로 갔는지는 몰라요."

"벨레버 양은?"

"늘 그렇듯 안절부절못하고 있었지요. 원체 가만 있질 못하는 사람이에요. 열쇠인지 뭔지를 찾고 있었는데."

그녀가 갑자기 덧붙였다.

"외할머니의 약에 무슨 문제가 있는 거죠? 약을 조제한 사람이 실수라도 했나요?"

"왜 그런 생각을 하십니까?"

"약병이 없어졌거든요. 그래서 졸리가 그걸 찾으려고 미친 듯이 돌아다니고 있어요. 온갖 부산을 떨어 가면서. 알렉스 말로는 경찰이 가져갔을 거라는데, 그러신가요?"

커리 경감은 질문에 대답하지 않고 이렇게 말했다.

"벨레버 양이 당황하고 있다고 하셨습니까?"

지나는 무심히 말했다.

"오! 졸리는 언제나 정신없어요. 소란 피우길 즐기지요. 가끔은 외할머니가 그 꼴을 어떻게 참아 내시는지 알 수가 없어요."

"허드 부인, 마지막으로 질문입니다. 누가 크리스천 걸브랜드슨을 죽였는지, 왜 그랬는지 짐작되는 바가 있으십니까?"

"불량 소년 중 하나가 그랬다고 생각해요. 진짜 범죄자라면 더 용의주도했을 테니까요. 이렇게 공연히, 재미로 사람을 해치는 게 아니라 돈이나 보석을 노린 범죄였을 테고요. 하지만 이 비행 청소년들은 정신적으로 문제가 있잖아요? 걔들이라면 그저 재미로 그럴 수 있다고 생각지 않으세요? 크리스천 씨가 재미 외에 다른 이유로 죽었다고 생각되지 않아요. '재미'라고 표현한 것을 양해해 주셨으면 해요. 아무튼……."

"살인을 할 동기가 없다는 말씀이십니까?"

지나가 반가운 듯이 말했다.

"예, 바로 그거예요. 크리스천 외숙부는 뭘 도둑맞은 게 없어요. 그렇지 않나요?"

"그러나 아시겠지만 허드 부인, 소년원 건물은 굳게 잠겨 통제되고 있습니다. 허가 없이는 아무도 빠져나올 수 없어요."

지나는 깔깔 웃었다.

"모르시는군요. 그 애들은 어디든 빠져나갈 수 있어요! 난 걔들에게서 여러 가지 범죄 기술을 배웠답니다."

"활발한 여자군요."

지나가 떠나고 레이크 경사가 말했다.

"자세히 살펴본 건 지금이 처음입니다. 매력적이네요. 이국적인 면도 있고. 동의하시죠?"

커리 경감은 부하를 차갑게 흘겨보았다. 레이크 경사는 다급히 표현을 바꾸었다.

"명랑한 여자란 뜻이었습니다. 이번 일을 재미있어하는 모양이에요."

"스티븐 레스태릭은 그녀의 결혼 생활이 곧 깨질 거라고 하던데, 그게 사실이건 아니건 간에 난 그녀가 실수했다는 걸 알았네. 총소리가 나기 전에 월터 허드가 돌아왔다고 한 것 말이야."

"다른 사람들 증언과는 다르군요."

"맞아."

"그녀는 벨레버 양이 열쇠를 찾으러 홀을 나갔다는 말도 안 했습니다."

"안 했지."

경감은 생각에 잠겨 말했다.

"그런 말은 하지 않았어……."

14장

I

밀드레드 스트리트는 지나 허드보다는 훨씬 서재에 어울리는 사람이었다. 스트리트 부인에게는 눈에 띄는 개성이랄 게 없었다. 그녀는 얼룩 마노 브로치가 달린 검은 옷을 입고 있었고, 꼼꼼히 정리된 회색 머리 위에 그물망을 쓰고 있었다.

'그야말로 영국 대성당 참사회 위원의 미망인이 갖추어야 할 모습 그대로군.'

커리 경감은 이렇게 생각했다. 현실에서 정확히 그런 외양을 갖춘 사람은 극히 드물었기에 오히려 이상하다는 느낌이었다.

굳게 다문 그녀의 입술 사이에는 고행을 하는 수도승 같은 분위기마저 감돌았다. 그녀는 온몸으로 기독교적인 인내를 표현하고 있었다. 기독교적인 용기도 엿보였다. 하지만 거기에 기독교적인 자비는 없을 것이라는 게 커리 경감의 의견이었다.

스트리트 부인은 기분이 언짢은 게 분명했다.

"경감님, 언제 보자는 식으로 미리 알려 주셨어야죠. 덕분에 아침 내내 꼼짝 없이 기다려야만 했잖아요."

부인의 자존심이 상한 모양이라고 짐작한 커리 경감은 상대방 마음속의 불을 재빨리 끄기로 했다.

"정말 죄송합니다, 스트리트 부인. 하지만 저희의 일 처리 방식에 대해 잘 모르셔서 하는 말씀입니다. 우리는 소위, '덜 중요한 증인' 부터 부르는 게 보통입니다. 판단력이 뛰어나서 믿고 의지할 수 있는 증인을 마지막으로 남겨 놓는 거지요. 그때까지 다른 사람들이 한 말을 다시 한번 돌아볼 수 있는 안목을 가지신 분 말입니다."

스트리트 부인의 얼굴이 눈에 띄게 풀어졌다.

"오, 그렇군요. 전 그런 줄도 모르고……."

"부인은 성숙한 판단력을 갖춘 분입니다. 세상 보는 눈이 뛰어나시지요. 그리고 이곳은 부인의 집이기도 합니다. 저희는 부인을 명실상부한 집주인이자 이곳 사람들에 관해 평가해 주실 수 있는 분으로 생각하고 있습니다."

"물론 그렇지요."

"그런 만큼 크리스천 걸브랜드슨을 죽인 사람이 누구냐는 질문을 드려도 훌륭한 답변을 주시겠지요?"

"하지만 거기에 의문의 여지가 있나요? 오라버니를 죽인 게 누구일지는 너무 뻔하잖아요?"

커리 경감은 의자에 등을 기대고 손가락으로 자신의 깔끔한 콧수염을 늘여 폈다.

"음……. 신중해야 할 필요가 있으니까요. 그런데 부인은 뻔하다고 생각하시나요?"

"물론이죠. 불쌍한 지나……. 범인은 그 애의 남편, 그 끔찍한 미국인 아니겠어요? 유일한 이방인이죠. 그에 관해 우린 아무것도 아는 게 없어요. 필시 미국에서 흉악한 갱단 소속이었던 게 아닐까요."

"하지만 그렇다고 해도 그게 크리스첸 걸브랜드슨을 죽일 이유는 되지 못합니다. 그렇지 않습니까? 도대체 무엇 때문에?"

"크리스첸 오라버니가 그에 관해 뭔가 낌새를 챘기 때문이지 않을까요. 전에 이곳을 방문한 지 얼마 지나지 않았는데 다시 온 게 그 증거지요."

"확신하십니까, 스트리트 부인?"

"다시 한번 말씀드리지만, 뻔한 일이라고요. 오라버니는 신용 기금 일로 찾아온 척했지만 제 눈을 속일 순 없지요. 바로 한 달 전에 똑같은 이유로 여기에 왔었는데 말이에요. 그사이에 별다른 일이 생긴 것도 아니었어요. 그렇다면 오라버니가 여기에 온 것은 사적인 이유에서라는 뜻이 되죠. 지난 방문에서 월터를 보고 뭔가 눈치챘을지도 몰라요. 미국에 그의 신원 조회를 의뢰했을 수도 있겠네요. 세상 곳곳에 아는 사람이 많으니까요. 그러다가 정말로 위험한 뭔가를 알아낸 거예요. 지나는 정말 멍청한 애라니까! 항상 그랬지요. 어디서 굴러다녔을지 모르는 정체불명의 남자랑 결혼하다니 정말 그 애다운 일이에요. 늘 남자라면 사족을 못 쓰니까 그렇지! 경찰에 수배된 남자인지, 이미 결혼한 유부남일지, 뒷세계의 악당인지도 모르면서 말예요. 하지만 제 오라버니 크리스천은 그리 만만한 사람이 아니었답니다. 전 오빠가 월터 허드 문제를 해결하기 위해 여기 왔던 거라고 믿어요. 월터의 비밀을 폭로하고 정체를 알리기 위해서! 물론, 그 이유 때문에 월터는 오라버니를 쏜 거예요."

커리 경감은 압지에 그린 고양이 1마리에 유독 커다란 수염을 그려 넣으며 말했다.

"예에……."

"제 말에 찬성하시지 않는군요?"

"음……. 그렇다고 해야 할까요."

"다른 설명이 있을 수 있나요? 크리스천 오빠는 적이 없는 사람이었어요. 월터를 진작 체포하지 않으신 게 이해가 안 가요."

"하지만 스트리트 부인, 아시다시피 그러기 위해선 증거가 필요합니다."

"증거라면 쉽게 얻을 수 있을 텐데요. 미국에 전보 1통만 보내시면……."

"아 네. 우리도 월터 허드 씨를 잘 살펴보려 합니다. 그 점은 안심하셔도 됩니다. 하지만 동기를 밝혀내기 전까진 그다지 할 수 있는 일이 없습니다. 다만 그에게 범죄를 저지를 수 있는 '기회'는 물론 있었다고 봅니다……."

"그는 크리스천 오라버니가 자리를 뜬 후 바로 뒤를 따랐어요. 전깃불이 나갔다는 핑계를 대면서요."

"전기는 실제로 나갔습니다."

"그렇게 조작하는 건 일도 아니었을걸요."

"사실입니다."

"그게 구실이 된 거예요. 크리스천을 따라 방으로 들어가서 그를 살해하고, 퓨즈를 수리한 후 중앙 홀로 돌아오는 거지요."

"월터 씨의 부인은 그가 외부에서 총소리가 나기 전에 돌아왔다고 했는데요."

"세상에, 어림없는 소리! 지나는 자기가 무슨 말을 하는지도 몰라요. 세상에 정직한 이탈리아인이 어디 있나요? 게다가 그 애는 로마 가톨릭이기까지 하니 원."

커리 경감은 종교적인 논쟁은 슬쩍 비켜 가기로 했다.

"부인께선 지나 씨가 남편의 공범이라고 보십니까?"

"아니, 아니에요. 그렇게 생각진 않아요."

그녀는 약간 유감스럽다는 투로 말했다. 그녀가 말을 계속했다.

"그게 혹시 범행 동기의 일부인지도 몰라요. 지나에게 자기 정체를 계속 숨기려고 말이죠. 그 남자에게 있어 지나는 없어서는 안 될 존재였으니까요."

"아주 아름다운 여인이니까요."

"오, 그럼요. 저도 지나는 참 예쁜 아이라고 말해 왔지요. 물론 이탈리아에서는 몹시 흔한 타입이긴 하지만. 하지만 진실을 말하라면, 월터 허드가 노렸던 것은 돈이라고 답하겠어요. 그게 그가 고향을 떠나 와 새러콜드 집안에 눌러앉은 이유이지요."

"지나 허드 부인은 아주 유복한 것으로 알고 있습니다."

"현재로선 아니랍니다. 아버지는 저와 지나의 어머니에게 똑같이 재산을 물려주셨지요. 하지만 지나의 모친이 남편을 따라 국적을 바꾼 게 문제였어요. (지금은 법이 개정된 것으로 알고 있지만요.) 그 사이엔 전쟁도 있었고, 남자 쪽이 파시스트였던 것 때문에 지나에게 돌아간 것은 별로 없었답니다. 그러자 미국에 계신 지나의 이모할머니 반 라이독 부인이 그 애가 사 달라는 것을 다 사 주는 통에 돈깨나 쓰셨고, 어머니는 어머니대로 지나의 버릇을 망쳐 버리고 마셨답니다. 그러니 월터의 입장에서는 우리 어머니가 돌아가시기 전까지는 그다지 기대할 수 있는 재산이 없어요. 그때가 되면 그야말로 막대한 유산이 굴러들어 오겠지만."

"그리고 부인께도 말이죠, 스트리트 부인."

밀드레드 스트리트의 뺨이 살짝 붉어졌다.

"예, 저에게도 말이죠. 남편과 저는 조용한 삶을 살았어요. 그이는 책에 들이는 돈 외엔 매우 검소했답니다. 남편은 위대한 학자였어요. 제 재산은 거의 2배로 불어났지요. 쏨쏨이가 크지 않은 제겐 과분할 정도였어요. 하지만 돈이란 모름지기 남을 위해 써야 하는 거니까요. 나중에 제게 많은 재산이 생긴다면, 전 그걸 하느님이 제게 맡기신 돈으로 생각할 거랍니다."

"다른 기관에 신탁하신다는 말씀인지요? 그건 어디까지나 부인 돈인데요."

커리 경감은 일부러 잘 이해가 안 간다는 듯이 말했다.

"오, 그럼요. 그렇긴 하죠. 그 돈은 제 것인 셈이죠, 전부요."

상대가 말한 마지막 한 단어가 커리 경감의 머릿속에서 또렷이 울렸다. 스트리트 부인은 그를 보고 있지 않았다. 그녀의 눈에서는 빛이 났고, 길고 얇은 입술엔 승리감에 젖은 미소가 떠올랐다.

커리 경감은 신중하게 물었다.

"그렇다면 부인이 보시기에…… 물론 보는 관점은 다양할 수 있 겠습니다만, 월터 허드는 새러콜드 부인이 돌아가시고 나서 자기 부인에게 돌아올 유산을 노리고 있다는 거군요. 그런데, 새러콜드 부인은 체력이 그다지 강한 분이 아니시죠?"

"어머니는 늘 섬세한 분이셨어요."

"과연 그러시더군요. 하지만 섬세한 사람들은 종종 건강을 과시 하는 다른 사람들만큼이나, 또는 그보다도 더 오래 살곤 한답니다."

"예, 그런 것도 같아요."

"부인께선 모친의 건강이 최근 갑자기 안 좋아졌다고 느끼신 적 없으십니까?"

"어머니는 류머티즘으로 고생하고 계세요. 하지만 나이가 들면 어딘가 고장 나기 마련이잖아요. 어차피 피할 수 없는 일 때문에 소 란 피우는 사람을 보면 짜증이 나요."

"새러콜드 부인이 엄살을 부리셨습니까?"

밀드레드 스트리트는 잠시 침묵했지만, 결국 입을 열었다.

"직접 소란을 피운 적은 없으시죠. 하지만 소란의 원인이 되는 것 에는 익숙해져 있으시답니다. 의붓아버지는 어머니의 건강에 너무 과민하시죠. 게다가 벨레버 양은 거의 우스꽝스러울 정도로 난리를 피우고요. 어떻게 보면 벨레버 양이야말로 이 집에 나쁜 영향을 주고 있다고 해야죠. 그녀가 이 집에 온 건 아주 오래전이에요. 벨레버 양이 어머니께 바치는 헌신은 존경스러울 정도지만, 때론 악영향을 준다는 생각이 들어요. 그녀는 문자 그대로 어머니를 지배하고 있어요. 이 집 전체에서 일어나는 모든 일을 도맡는 것도 물론이지요. 의붓아버지도 가끔은 그것에 짜증이 나시는 모양이에요. 아버지가 그녀를 쫓아낸다고 해도 전 놀라지 않을걸요. 인간 관계의 요령이란 게 없는 여자니까요. 아무튼 의붓아버지는 그저 자기 아내가 폭군 여자에게 짓눌려 있는 모습만 볼 뿐이지요."

커리 경감은 점잖게 고개를 끄덕였다.

"예, 예……. 알겠습니다."

그는 스트리트 부인에게 신중한 눈길을 던졌다.

"한 가지 도저히 이해가 안 가는 것이 있습니다. 이 집에서 레스태릭 형제가 차지하는 위치는 무엇인가요?"

"어리석은 인정 때문에 생긴 또 하나의 실수지요. 그 형제의 아버지는 돈을 노리고 어머니와 결혼했어요. 그리고 2년 후 그 남자는 천박한 유고슬라비아 여가수와 함께 도망을 갔지요. 정말 최저의 남자라니까요. 그리고 워낙 마음이 무르신 어머니가 남겨진 두 소년을 거두신 거예요. 그 아이들이 휴가 때마다 교양과는 거리가 먼 그 유고슬라비아 여자와 함께 있는 것을 불쌍히 여기셨던 거죠. 거의 입양한 것이나 다름없어요. 그래요! 이 집은 온갖 식객들로 넘쳐

나는 셈이랍니다!"

"알렉스 레스태릭에겐 크리스천 걸브랜드슨을 살해할 수 있는 기회가 있었습니다. 그는 자동차 안에 혼자 있었지요. 현관에서 집까지 차를 타고 오면서 말입니다. 그렇다면 스티븐 쪽은 어떨까요?"

"스티븐은 우리와 함께 홀에 있었어요. 알렉스 레스태릭에 관해서는 동의할 수 없군요. 그는 아주 상스럽고 방탕한 사람 같지만 살인자라고 생각되진 않아요. 게다가 오라버니를 죽여 그가 얻는 게 무엇이겠어요?"

"항상 그 문제로 되돌아오게 되는군요. 그렇지 않습니까?"

커리 경감이 유쾌하게 말했다.

"크리스천 걸브랜드슨은 누구에 대한 무엇을 알았는가? 그럼으로써 그 누군가는 그를 죽여야만 했는가?"

"틀림없다니까요. 월터 허드가 분명해요."

밀드레드가 자신있게 말했지만 경감은 이렇게 대꾸했다.

"집안 사람이 아니라면 그럴지도 모르죠."

그러자 밀드레드가 날카롭게 반응했다.

"무슨 뜻이시죠?"

커리 경감은 느릿하게 대답했다.

"걸브랜드슨 씨는 여기 계셨던 시간 동안 새러콜드 부인의 건강에 매우 신경을 쓰는 모습이었습니다."

밀드레드는 눈살을 찌푸렸다.

"어머니가 연약해 보이시기 때문인지 우리 집안 남자들은 항상 법석을 피웠지요. 어머니는 또 그걸 즐기시는 것 같아요! 혹은 크리스천 오라버니가 줄리엣 벨레버에게서 뭔가를 들었을지도 모르고요.”

“스트리트 부인, 부인께서는 모친의 건강이 걱정되지 않으십니까?”

“물론 걱정하긴 하죠. 난 둔감한 편이고, 물론 어머니도 적은 연세가 아니시니…….”

“그리고 죽음은 모두에게 찾아오지요. 다만 하늘이 주신 수명 이전에 찾아오게 해서는 안 됩니다. 우리는 그런 일을 막아야 하고 말입니다.”

커리 경감의 말은 의미심장했다. 밀드레드 스트리트는 갑자기 반짝 생기를 띠었다.

“오, 그럼요. 사악한 일이죠. 그러나 여기 있는 사람들은 전부 이번 일에 대해 신경도 쓰지 않는답니다. 그럴 필요가 뭐 있겠어요? 크리스천 오라버니와 혈연인 사람은 나 하나뿐인걸요. 어머니께는 그저 나이 많은 의붓아들, 지나에게는 완전히 남인 셈이었으니. 하지만 크리스천은 제 유일한 오빠였어요.”

“이복남매로서 말이죠.”

커리 경감이 고쳐 주었다.

“이복남매……. 그래요. 그래도 나이 차는 있지만 우리 둘 모두 걸브랜드슨 집안 사람이라는 것엔 변함이 없어요.”

커리 경감은 조용히 말했다.

“예, 예. 무슨 말씀이신지 알겠습니다.”

눈물이 고인 채 밀드레드 스트리트는 행진하듯 방을 나갔다.

커리 경감은 레이크 경사를 바라보았다.

"그러니까 저 부인은 월터 허드가 범인임을 확신한다는 소리로군. 다른 사람일 거란 생각은 티끌만큼도 없어 보여."

"그리고 그 생각이 맞는지도 모르죠."

"그럴 만도 해. 윌리는 기회와 동기면에서 썩 잘 들어맞는 인물이거든. 돈을 하루 빨리 손에 넣고 싶었다면 자기 아내의 어머니가 어서 죽어 줘야 하지. 그래서 장모가 먹는 약에 손을 댔는데, 크리스천 걸브랜드슨에게 들키고 말았다……. 현장을 직접 들킨 게 아니더라도 월리의 의도를 희생자가 다른 데서 전해 들었을 수도 있네. 그래, 아주 적절히 들어맞아."

그는 잠시 침묵하다가 다시 말했다.

"그런데 말이야, 밀드레드 스트리트는 돈을 좋아하는 인물일세. 돈을 쓰지는 않지만, 좋아는 하는 사람……! 이유는 모르겠어. 그녀는 수전노일 거야. 그런 기질을 가지고 있다고 할까. 혹은 돈이 주는 권력을 좋아할지도 모르네. 자선을 위한 돈일까? 그녀는 걸브랜드슨의 혈통이야. 자연히 아버지를 흉내 내고 싶어 할 테지."

"콤플렉스일까요?"

레이크 경사가 머리를 긁으며 말했다.

"일단 이 로슨이라는 예측불허 젊은이를 살펴보는 게 좋겠네. 그리고 중앙 홀로 가서 누가 어디에, 그리고 언제 앉아 있었는지를 조사하자고. 아침 동안에만도 꽤 흥미로운 이야기를 한두 개 들은 참이니까 말이야."

II

사람들이 말하는 것만 듣고 누군가를 정확히 상상하기란 정말 어려운 일이다. 적어도 커리 경감의 생각은 그랬다.

그날 아침에만도 에드거 로슨을 두고 많은 사람들이 이런저런 묘사를 해 주었다. 하지만 지금 그를 앞에 두고 커리 경감 자신이 받은 인상은 전혀 다른 것이었다.

에드거는 '기묘'하지도, '위험'하지도, '난폭'하지도 않았으며, 한마디로 '이상함'과는 거리가 먼 사람 같았다. 그는 그저 매우 평범한 젊은이였으며 매우 낙심한 채로 자신 없게 앉아 있는 모습은 유라이어 힙(찰스 디킨스의 『데이비드 코퍼필드』에 등장하는 비굴한 사기꾼 — 옮긴이)을 연상케 했다. 그는 매우 평범한 젊은이의 모습이었지만, 조금 애처로워 보였다.

그는 자신 없이, 시종 사과하는 투로 말했다.

"제가 정말 잘못했다는 것을 잘 압니다. 저도 제게 무슨 일이 일어난 건지 도무지 모르겠습니다. 그 소란을 피우다니 원……. 결국 총을 진짜로 쏘고 말았죠. 저에게 그렇게 친절하게 잘해 주시던 새러콜드 씨에게 말이에요……."

그는 초조하게 손을 비틀었다. 손목뼈가 불거진 애처로운 손이었다.

"만약 그래야 한다면 즉시 경감님 일행을 따라 나서겠습니다. 그래 마땅하죠. 전 제 죄를 인정합니다."

커리 경감은 건조하게 말했다.

"아직 당신은 아무 혐의를 받지 않았습니다. 그러므로 우리가 어떻게 행동해야 한다는 증거도 없는 셈입니다. 새러콜드 씨 말씀을 듣자니 총이 발사된 건 사고라더군요."

"그분이 너그럽게 덮어 주신 것뿐이에요. 새러콜드 씨처럼 좋은 분은 세상에 없죠! 무슨 처벌이든 다 해 주세요. 저는 어서 체포되어 그런 행동을 한 죗값을 치러야 합니다."

"당신이 그렇게 행동한 이유는 무엇이었습니까?"

에드거는 부끄러워하는 모습이었다.

"전 바보짓을 했습니다."

커리 경감은 건조하게 말했다.

"그렇게 보이는군요. 당신은 사람들의 눈앞에서 새러콜드 씨가 당신의 아버지인 걸 알았다고 말했다죠. 사실입니까?"

"아닙니다."

"어째서 그런 생각을 하게 된 겁니까? 누가 그렇게 일러 주던가요?"

"저, 그건 좀 설명드리기 힘든 부분입니다."

커리 경감은 상대를 주의 깊게 바라보았다. 이윽고 경감은 친절하게 입을 열었다.

"애쓰는 것 잘 알고 있습니다. 괜히 더 힘들지 않게 도와 드리죠."

"음, 아실 수 있으련지. 전 어릴 때 정말 어렵게 자랐습니다. 아버지가 없었던 전 다른 아이들의 놀림감이었죠. 사생아 자식이라는 말을 늘상 듣고 자랐어요. 사실이 그랬지만요. 어머니는 거의 항상 취해 있었고 낯선 남자들이 끊임없이 찾아왔습니다. 내 진짜 친아버지는 외국의 선원이었다고 하더군요. 집 안은 언제나 지저분한 게 지옥이 따로 없었습니다. 그러다가 제 머릿속에 갑자기 떠오른 생각이, 아버지는 일개 선원이 아니라 실은 유명 인사일 거라는 것이었습니다. 그리고 거기에 한두 가지 이야기를 덧붙였지요. 처음에는 유치한 공상이었어요. 갓난아기 때 다른 애와 뒤바뀌었을 뿐 나는 사실 어엿한 귀공자라는 식으로요. 그 후 새 학교에 들어간 저는 주위 아이들에게 제 출신에 대한 허풍을 떨기 시작했지요. 아버지가 해군의 제독이라는 식으로요. 나중에는 저조차 그걸 사실로 믿게 되었지요. 나쁘지 않은 기분이었거든요."

그는 잠깐 쉬었다가 말을 계속했다.

"그러고서 좀 더 후에, 저는 몇 가지 다른 시도를 하게 되었습니다. 호텔에 묵는 일이 생기거나 하면 전투기 파일럿이라거나 정보부 요원이라는 허풍을 지어내기 시작한 거예요. 몇 가지 이야기가 뒤섞였습니다. 그러고 나니 거짓말을 그만 둘 수 없게 되었어요. 단, 저는 거짓말로 돈을 벌려 한 적은 없습니다. 그냥 사람들 눈에 좀 더 있어 보이게끔 허세를 부린 것뿐이지요. 부정직하고자 한 의도는 없었습니다. 새러콜드 씨와 메버릭 박사도 설명해 주실 겁니다. 제 마음을 다 알고 계시니까요."

커리 경감은 고개를 끄덕였다. 그는 에드거의 치료 이력과 경찰 기록을 이미 참조하고 온 상태였다.

"새러콜드 씨는 저를 새 사람으로 만들기 위해 여기 데려오셨습니다. 비서가 필요하니 도와 달라고 하셨지요. 저는 실제로 그분을 도와 드렸습니다! 정말 열심히요. 절 비웃은 것은 정작 다른 사람들이었지요. 그들은 항상 나를 비웃었습니다."

"다른 사람이라니? 새러콜드 부인 말입니까?"

"아니요, 새러콜드 부인은 아니에요. 그분은 숙녀이시죠. 언제나 상냥하고 친절하세요. 하지만 지나와 스티븐 레스태릭은 절 쓰레기 대하듯 했어요. 스트리트 부인은 제가 신사가 아니라고 무시했는가 하면, 벨레버 양 또한 마찬가지였죠. 자기가 뭔데? 기껏해야 급료를 받는 고용인 아닌가요?"

커리는 솟아오르는 흥미를 느꼈다.

"그 사람들은 별로 정 많은 사람이 아니었군요?"

에드거는 격하게 말했다.

"제가 사생아이기 때문이에요. 어엿한 아버지가 있었다면 전 그런 취급을 당하지 않았을 겁니다."

"그래서 당신은 유명 인사 몇 명을 아버지 삼은 거고요."

"전 계속 거짓말을 했던 것 같습니다."

얼굴이 붉어진 에드거가 우물거렸다.

"급기야는 새러콜드 씨가 당신의 아버지라고 주장했지요. 왜?"

"그러면 사람들이 곧 저를 함부로 대하지 못할 테니까요. 그분이 제 아버지라면 감히 그렇게 못 하죠."

"그렇군요. 하지만 나중에 당신은 그가 자기를 감시하는 적이라고 했습니다."

"압니다……."

에드거 로슨은 앞머리를 긁적였다.

"모든 게 꼬였지요. 전 의지와는 관계없이 일을 끔찍하게 망쳐 버리는 경우가 있습니다. 그것도 그런 경우였어요."

"또 당신은 월터 허드 씨의 방에서 리볼버 권총을 훔쳤지요?"

에드거는 혼란스러운 듯했다.

"제가 그랬나요? 총을 얻은 게 거기였었나?"

"총이 어디서 났는지 기억 못해요?"

"그걸로 새러콜드 씨를 위협할 생각이었습니다. 놀라게 해 주고 싶었지요. 다 어린애 장난이었습니다."

커리 경감은 참을성 있게 말했다.

"권총은 어떻게 손에 넣었습니까?"

"방금 말씀하셨잖아요……. 월터의 방이라고요."

"정말로 그랬는지 기억합니까?"

"그의 방에서 가져온 게 확실합니다. 다른 식으로는 손에 넣을 방법이 없으니까요. 그렇지 않습니까?"

"모르죠. 누가 당신에게 주었을 수도?"

에드거는 침묵을 지켰다. 얼굴이 텅 비어 있었다.

"그랬소?"

커리 경감이 재차 묻자 에드거는 문득 열띤 목소리로 말했다.

"기억이 안 납니다. 제정신이 아니었거든요. 전 분노에 휩싸여 정원을 걷고 있었지요. 어떤 사람들이 나를 몰래 감시하고, 염탐하고, 뒤를 밟고 있다고 생각했습니다. 그 선량한 백발 할머니까지도……."

왜 그랬는지 지금은 전혀 모르겠어요. 그야말로 미쳐 있었던 것 같습니다. 그때 어디 가서 무슨 짓을 했는지 절반도 기억이 안 납니다!"

"새러콜드 씨가 당신 아버지라고 누가 일러 주었는지는 기억할 수 있겠어요?"

에드거는 다시금 텅 빈 눈길로 경감을 바라보았다. 그는 음울하게 입을 열었다.

"누가 말해 준 게 아니에요. 그저 머릿속에 생각이 들어온 거랍니다."

커리 경감은 한숨을 쉬었다. 불만스러운 기분이었다. 하지만 그는 에드거 로슨에게 더 기대할 수 있는 게 없다는 걸 알고 있었다.

"좋습니다. 앞으로는 조심하세요."

"알겠습니다. 예, 정말로 그러겠습니다."

에드거가 떠나자 커리 경감은 천천히 고개를 저었다.

"정신병자들은 정말 최악이라니까!"

"경감님은 저 작자가 미쳤다고 생각하십니까?"

"예상했던 것보다는 훨씬 덜 미쳤더구먼. 좀 모자란 데다 허세가 강한 거짓말쟁이야……. 하지만 어째 희한한 단순함이 있어. 암시에 걸리기 쉬운 인간형인 게지……."

"누군가가 그를 조종하려 암시를 걸었다고 보세요?"

"허, 물론. 우리의 마플 할머니 말이 맞았어. 약삭빠른 늙은 새같은 사람이라니까. 누가 배후인지 알고 싶어 못 참겠군. 그것만 알면 될 텐데……. 하지만 에드거에게선 들을 수 없을걸세. 가자고, 레이크. 중앙 홀에 가서 사건을 철저히 재구성해 보세나."

III

"잘 들어맞는군."

커리 경감은 피아노 앞에 앉아 있었다. 레이크 경사는 창가 옆 의자에 앉아 호수를 내려다보고 있었다.

커리 경감은 말을 계속했다.

"내가 연구실 문을 향해 피아노 의자에서 반쯤 돌아앉으면 자네 모습은 안 보여."

레이크 경사는 천천히 일어서서 연구실로 향한 문으로 다가갔다.

"방의 이쪽 면은 온통 컴컴했어. 연구실 문 옆에 있는 것 외엔 불이 없었으니까. 그래, 레이크. 자네 걸어가는 게 보이지 않는군. 일단 서재로 들어서면 다른 문을 통해 복도로 나갈 수 있고 말야. 손님 방으로 달려가 걸브랜드슨을 쏘고 서재로 돌아와 지금 자네가 앉아 있는 창문 옆 의자로 복귀하는 데 2분도 안 걸릴걸. 벽난로 옆에 앉은 여자들은 자네 쪽에 모두 등을 돌리고 있었네. 새러콜드 부인은 여기 앉아 있었다지. 벽난로 오른쪽, 연구실 문 옆에 말이야. 모두들 부인은 자리에서 꼼짝하지 않았다며 부인만이 연구실 쪽을 곧장 바라볼 수 있는 위치였다고 증언했어. 그리고 마플 양은 이 자리에 있었네. 새러콜드 부인의 머리 너머로 연구실을 바라보면서. 홀에서 로비로 나가는 문 바로 옆, 아주 어두운 구석이로군. 마플 양 역시 나갔다 돌아오는 게 가능했을 거야. 그래, 가능한 일이지."

커리 경감은 갑자기 씩 웃었다.

"내가 직접 보여 주겠네."

그는 피아노 의자에서 내려와 벽을 따라 옆걸음질로 문을 통해 밖으로 나갔다.

"이렇게 피아노 곁을 떠나는 사람의 모습을 눈치챌 수 있는 사람은 지나 허드뿐일세. 지나가 한 말을 기억하지? '스티븐은 처음부터 피아노 앞에 있었어요. 그다음에 어디 갔는지는 모르겠네요.'라고 한 것."

"그렇다면 범인이 스티븐이라는 말씀이십니까?"

"범인은 아직 몰라. 에드거 로슨이나 루이스 새러콜드, 새러콜드 부인이나 제인 마플 양은 아니지. 하지만 나머지 사람들은······."

그는 한숨을 쉬었다.

"그 미국인일 수도 있지. 퓨즈가 끊어졌다는 그 핑계는 너무 편리한 우연이거든······. 그런데 왠지 난 그 미국 젊은이가 마음에 든단 말이야. 아직 증거는 없으니까."

그는 생각에 잠겨 피아노 옆에 놓인 악보를 흘낏 쳐다보았다.

"힌데미트(1920~30년대에 활동한 독일의 작곡가 — 옮긴이)? 누구지? 한 번도 들어 본 적 없는 사람이군. 쇼스타코비치(1930~50년대 활동한 러시아 작곡가 — 옮긴이)? 이름이 뭐 이래?"

그는 일어서서 구식 피아노 의자를 내려다보더니, 의자 뚜껑을 들어 올렸다.

"여기 구식 물건들이 좀 있군. 헨델의 라르고, 체르니 연습곡. 걸브랜드슨가의 조상들이 쓰던 물건이려나. 「아름다운 정원을 난 알고 있네」……. 이건 내가 소년이었을 때 교구 목사 부인이 자주 불러 주던 노래지."

그는 말을 멈췄다. 손 사이에 누런 악보를 든 채였다. 그 악보들 중 쇼팽의 전주곡 부분 사이에 작은 자동권총이 끼워져 있었던 것이다.

"스티븐 레스태릭이었나요!"

레이크 경사가 기쁨의 탄성을 질렀다.

"섣불리 단정하지 말게."

커리 경감이 주의를 주었다.

"십중팔구 우리 생각대로일 테지만."

15장

I

마플 양은 계단을 올라가 새러콜드 부인의 방문을 두드렸다.

"들어가도 되니, 캐리 루이즈?"

"물론이지, 제인."

캐리 루이즈는 화장대 앞에 앉아 은색 머리칼을 빗고 있었다. 그녀는 어깨 너머로 친구를 돌아보았다.

"경찰이 온 거 맞지? 몇 분 내로 준비될 거야."

"정말 괜찮은 거야?"

"그럼. 졸리가 침대에서 아침 식사를 하라고 어찌나 우기던지. 지나는 내가 죽음 문턱에 있는 사람인 것처럼 살금살금 조심해서 걸어다니고! 사람들은 크리스천의 죽음 같은 비극도 나이 든 사람에겐 별 충격이 아니라는 사실을 모르는 것 같아. 이 나이쯤 되면 세상 일이 어떻게 돌아가는지쯤은 꿰고 있기 마련인데. 이 세상에서 정말로 중요한 것은 극히 드물다는 것도 알고 말이야."

"그렇……지."

마플 양은 좀 의심스럽게 대답했다.

"넌 그렇게 느끼지 않니, 제인? 난 네 생각도 같을 거라고 봤는데."

"크리스천이 살해당했어."

마플 양은 천천히 말했다.

"맞아, 무슨 뜻인지 알겠어. 넌 그 사실이 중요하다고 보는 거지?"

"넌 안 그러니?"

"크리스천이 죽은 건 별달리 놀라운 일이 아니야. 하지만 물론 누가 그를 죽였느냐는 중요하지."

캐리 루이즈는 간단히 대답했다.

"넌 누가 그랬는지 짐작이 가?"

새러콜드 부인은 놀란 듯이 머리를 저었다.

"아니, 전혀 모르겠는걸. 이유조차 모르겠어. 분명 그가 지난번에 여기 왔었던 일과 관계있을 거야. 바로 한 달 전이었지. 특별한 이유가 있지 않고서야 그가 갑자기 올 이유가 없거든. 그게 무엇이었던 간에 일은 거기에서부터 시작된 게 아닐까? 계속 생각해 봤지만 다른 특별한 것은 찾을 수 없었어. 참, 그리고 그때 집에 와 있던 사람들은 지금과 정확히 동일했단다. 알렉스도 런던에서 돌아와 있었고……. 아, 그렇지. 루스 언니도 있었어."

"루스가?"

"비행기를 타고 정기적으로 방문하거든."

"루스……."

마플 양이 다시 중얼거렸다. 그녀의 마음은 심하게 요동쳤다. 크리스천 걸브랜드슨과 루스 반 라이독이라니? 루스는 걱정과 우려 속에 여길 떠났지만 그런 느낌을 받은 이유는 모른다고 했다. 뭔가 잘못되어 있다고만 표현했으니까. 크리스천 걸브랜드슨은 루스가 모르거나 눈치채지 못한 어떤 부분을 발견했는지 모른다. 그는 누군가가 캐리 루이즈를 독살하려 한다고 의심했던 것이다. 그렇다면 크리스천 걸브랜드슨은 어떻게 그것을 알게 되었을까? 눈으로 보았을까? 누구에게 들었나? 루스 역시 같은 것을 보거나 들었지만 그 속에 숨은 진정한 의미를 발견하지 못한 것은 아닐까? 마플 양은 그게 무엇일지가 정말 궁금했다. 한편 그녀의 희미한 육감은 그게 에드거 로슨과는 관계없다고 말하고 있었다. 루스는 그를 언급한 적이 없기 때문이었다.

마플 양은 한숨을 쉬었다.

"너 나한테 뭘 감추고 있구나. 그렇지?"

캐리 루이즈가 물었다. 마플 양은 그 나직한 목소리에 펄쩍 놀랐다.

"왜 그런 소릴 해?"

"내 말 맞잖아. 졸리 빼고 모두가 그래. 루이스도 마찬가지야. 내가 아침을 먹을 때 남편이 들어오더니 아주 이상하게 행동하는 거 있지. 내 커피를 좀 가져가 마시는가 하면 토스트와 마멀레이드까지 조금씩 떼어 먹는 거야. 항상 차만 마시는 데다 마멀레이드를 좋아하지 않는데 전혀 어울리지 않는 일이지. 자기 아침 식사를 먹는 걸

잊어버렸나 하고 넘겨 버렸지만. 그이가 식사를 잊고 지나칠 때가 자주 있잖니. 아주 근심스럽고 정신이 딴 데 팔려 있는 것 같았어."

"그건 살인이……."

마플 양이 말을 꺼내려 하자 캐리 루이즈가 재빨리 끼어들었다.

"오, 알아. 끔찍한 일이지. 예전엔 한 번도 그런 거에 말려든 적이 없는데. 너도 그렇지? 아니니, 제인?"

"음, 그게……. 실은 난 겪은 적이 있는 일이란다."

마플 양은 솔직히 인정했다.

"어쩐지 루스 언니가 그렇게 말하더라."

"전에 여기 왔을 때 루스가 그런 말을 했다고?"

마플 양이 호기심에 차서 말했다.

"아니, 그때는 아닌 것 같아. 확실히 기억은 안 나."

캐리 루이즈는 거의 꿈꾸는 것처럼 애매하게 말했다.

"너 무슨 생각하니, 캐리 루이즈?"

새러콜드 부인은 미소를 지었다. 먼 길을 다녀온 듯한 표정이었다.

"지나를 생각하고 있었어. 또 네가 스티븐 레스태릭에 관해 한 말도 말이야. 지나는 사랑스러운 아이지. 또 월리를 지극히 사랑하고. 그렇다고 확신해."

마플 양은 아무 말도 하지 않았다. 새러콜드 부인은 거의 변명하는 말투로 말했다.

"지나 같은 아가씨들은 좀 도도해지고 싶어 하잖아. 또 젊은이답게 자기가 가진 힘을 확인하고 싶어 하지. 월리 허드가 지나의 결혼 상대로서 우리 성에 안 차는 남자라는 것쯤은 나도 알아. 정상적으로라면 지나가 그를 만날 일도 없었겠지. 하지만 걘 그를 만났고, 사랑에 빠지고 말았어. 자기 일은 자기가 가장 잘 아는 법이잖아?"

"아마 그렇겠지."

"하지만 나는 정말로 지나가 행복하길 원해."

마플 양은 궁금한 눈빛으로 친구를 바라보았다.

"그럼, 누구든 행복할 자격이 있어."

"오, 그럼. 하지만 지나는 아주 특별한 경우야. 우리가 걔의 엄마……. 그러니까 피파를 거뒀을 때 우리는 그걸 꼭 성공해야 할 실험으로 생각했단다. 알잖니, 피파의 어머니는……."

캐리 루이즈는 말을 멈추었다. 마플 양이 물었다.

"피파의 어머니가 누구였는데?"

캐리 루이즈가 말했다.

"에릭과 난 이걸 절대 비밀에 부치기로 약속했는데. 딸인 피파조차 끝내 몰랐고."

"알고 싶어."

새러콜드 부인은 의심스럽게 친구를 쳐다보았다.

"그냥 호기심에서가 아냐. 난 정말로 알 필요가 있어. 절대 새어 나가지 않게 할게."

"넌 항상 비밀을 잘 지켰지, 제인."

캐리 루이즈는 추억하듯 미소지었다.

"갤브레이스 박사……. 지금 크로머의 주교로 있는 사람이야. 그분만은 알고 계신단다. 하지만 다른 사람들은 아무도 몰라. 피파의 어머니는 캐서린 엘스워스였어."

"엘스워스? 자기 남편에게 비소를 먹인 여자 아냐? 떠들썩한 사건이었잖아."

"맞아."

"그 여자는 교수형당했지?"

"그래. 하지만 그녀가 유죄란 게 아주 확실하진 않아. 남편은 비소를 복용하는 버릇이 있는 사람이었거든. 당시 사람들은 그런 행동을 이해하지 못했지."

"그 여자는 파리 잡는 끈끈이를 물에 녹여 비소를 만들었다는 것 같던데."

"하녀의 말대로라면 그래. 다만 우린 그 하녀가 일부러 극히 악의적으로 증언한 거라고 보았단다."

"그나저나 피파가 그 여자의 딸이라고?"

"응. 에릭과 나는 그 아이에게 인생을 새로이 시작할 수 있는 기회를 주기로 했어. 아이들에게 필요한 애정과 정성을 받을 수 있게 말이야. 우리는 성공했단다. 피파는……. 자기 자신을 찾았어! 세상에서 가장 사랑스럽고, 행복한 아이로 자란 거지."

마플 양은 오래도록 잠자코 있었다.

캐리 루이즈는 화장대 쪽으로 돌아앉았다.

"이제 난 준비됐어. 경감인지 뭔지 하는 그 사람한테 내 거실로 와 달라고 말해 줄래? 군말 없이 와 줄 거야."

II

커리 경감은 과연 군말을 하지 않았다. 그는 오히려 새러콜드 부인을 그녀 자신의 영토에서 만나 보게 되어 흡족해 하고 있었다.

그는 부인을 기다리는 동안 호기심에 찬 눈으로 주위를 둘러보았다. 그곳은 그가 평소에 생각하던 '귀부인의 내실'이라는 단어와는 맞지 않는 곳이었다.

거기엔 구식 긴 의자와 함께 등받이가 좀 뒤틀려 불편해 보이는 빅토리아식 의자가 있었다. 의자를 덮은 사라사 천은 매우 낡아 빛이 바래 있었지만 매력적인 수정궁 무늬는 여전했다. 이 저택의 방 중에선 작은 축에 속했지만 그래도 현대식 주택의 거실보다는 넓은 이곳은 작은 탁자와 여러 골동품들, 사진 액자들 때문에 아늑한 느낌을 주었다. 커리 경감은 두 작은 소녀의 모습이 담긴 옛 스냅 사진을 바라보았다. 한 소녀는 가무잡잡하고 활달한 모습이었지만, 다른 한쪽은 못생긴 얼굴에 숱 많은 앞머리 사이로 음울한 시선을 보내고 있었다. 경감이 그날 아침에 보았던 바로 그 표정이었다. 사진에는 '피파와 밀드레드'라는 글씨가 씌여 있는게 보였다. 한편 벽에는 황금색으로 장식된 커다란 흑단 액자로 에릭 걸브랜드슨의 사진이 걸려 있었다. 또 커리 경감은 가늘게 뜬 눈으로 웃음 짓고 있는 잘생긴 젊은 남자의 사진을 발견하고 그를 존 레스태릭이라 짐작했다. 그때 문이 열리고 새러콜드 부인이 들어왔다.

그녀는 하늘하늘하고 속이 비치는 검은 옷을 입고 있었다. 분홍빛으로 약간 상기된 하얀 얼굴은 왕관 같은 은발 아래서 기묘할 정도로 작게 보였다. 거기엔 커리 경감의 마음을 예리하게 찌르는 연약함이 존재했다. 그 순간 그는 아침에 자신이 혼란스러웠던 이유를 전부 이해할 수 있었다. 왜 사람들이 캐롤라인 루이즈 새러콜드를 보호하려 노심초사하는지 너무나 절절히 알 수 있었던 것이다. 동시에 그는 생각했다. 그녀는 소란을 피울 만한 사람이 아니야……

그녀는 경감에게 인사하며 의자를 권했다. 마치 그가 그녀를 배려하는 게 아니라 그녀가 그를 배려하는 것 같은 상황이었다. 그는 질문을 시작했고, 그녀는 주저 없이, 즉시 답변했다. 전기가 나간 것, 에드거 로슨과 남편 사이의 다툼, 그들이 들었던 총소리…….

"그 총소리는 집 안에서 난 게 아니라고 보셨다고요?"

"예. 바깥에서 들려왔다고 생각했어요. 차 배기음이 아닌가 했지요."

"연구실에서 남편분과 로슨이라는 젊은 친구가 언쟁을 벌였을 때, 누군가 홀을 떠나는 걸 느끼신 적이 있습니까?"

"월리는 전기를 수리하러 이미 자리를 뜬 상태였고요, 조금 있다가 벨레버 양이 뭘 가지러 나갔죠. 뭐였는지는 기억이 안 나네요."

"그 외에 홀을 나간 사람은요?"

"아무도 없습니다. 제가 아는 한에선요."

"그런 사람이 있었다면 눈치채셨을까요, 새러콜드 부인?"

그녀는 잠시 생각을 더듬었다.

"아니요. 몰랐을 것 같네요."

"연구실 속에서 일어난 소동에 완전히 정신을 뺏기셨던 거군요?"

"그렇죠."

"그 속에서 무슨 일이 일어날까 봐 걱정하셨습니까?"

"아니, 아니에요. 그렇지는 않아요. 아무 일도 없을 거라고 생각했어요."

"하지만 로슨은 리볼버 권총을 갖고 있었지 않습니까?"

"그렇죠."

"그리고 남편분을 그걸로 협박했고요?"

"예. 하지만 진짜로 그럴 뜻은 없었어요."

그 말을 듣고 커리 경감은 살짝 울화가 치미는 것을 느꼈다. 아, 이 사람도 똑같군!

"그렇게 확신할 수 있는 게 아니었을 텐데요, 새러콜드 부인."

"글쎄요, 전 확신했어요. 제가 생각할 땐 말이에요. 젊은이들은 그런 걸 뭐라고 하더라……. 연극을 한다고 하죠? 제가 느낀 게 바로 그런 거였어요. 에드거는 그저 어린애일 뿐이랍니다. 위급한 상황 속의 영화 속 인물이 된 것처럼 어리석게도 신파적인 공상에 빠진 거예요. 자기를 비극 속의 불우한 주인공처럼 생각하고 있었던 거죠. 전 그가 절대로 권총을 쏘지 않으리라 확신했답니다."

"하지만 그는 진짜로 총을 쏘았습니다, 새러콜드 부인."

캐리 루이즈는 미소지었다.

"아마 사고로 발사된 걸 거예요."

다시 한번 커리 경감은 울컥 화가 치밀었다.

"그건 사고가 아니었습니다. 로슨은 권총을 2발 발사했습니다. 바로 남편분께로요. 총알은 가까스로 그를 빗나갔습니다."

캐리 루이즈는 놀란 표정이었다가 곧 진지한 얼굴이 되었다.

"정말 믿을 수가 없군요. 정말로요."

그녀는 경감이 항의의 뜻으로 입을 벌리자 얼른 가로막았다.

"물론 그렇게 말씀하신다면 믿어야겠지요. 하지만 그래도 전 또 다른 이유가 있을 거라고 봐요. 아마 메버릭 박사가 설명해 주실 거예요."

커리 경감은 혀를 찼다.

"아, 그럼요. 메버릭 박사가 무척이나 잘 설명해 주시겠지요. 메버릭 박사는 모르는 게 없으시니까. 틀림없을 겁니다."

그때 갑자기 새러콜드 부인이 입을 열었다.

"저도 알아요. 여기서 우리들이 하고 있는 일이 경감님께는 어리석고 무의미해 보일 거라는 걸요. 또 정신 의학자들이란 가끔 아주 짜증 나는 존재들이니까요. 그러나 우리는 성과를 거두고 있답니다. 물론 실패도 하긴 하지만, 사이사이 성공도 분명히 존재하지요. 우리가 하는 일은 할 가치가 있는 작업입니다. 믿지 못하실 테지만, 에드거는 실은 우리 남편을 지극히 위하고 있답니다. 그가 바보 같이 우리 남편을 아버지라고 믿고 있는 것도 다 루이스 같은 아버지를 원했기 때문이에요. 그러나 내가 이해할 수 없는 건 왜 그가 갑자기 폭력적이 되었냐는 거지요. 지금까지는 훨씬 괜찮은…… 정말로 정상적인 상태였거든요. 제 눈엔 언제나 정상이었어요."

경감은 반박하지 않고 이렇게 말했다.

"에드거 로슨이 소지하고 있던 총은 부인의 손녀사위 월터 허드의 것이었습니다. 아마 로슨이 그의 방에서 훔쳤겠죠. 그럼 묻겠습니다. 이 무기를 전에 보신 일이 있으신가요?"

이번에 그는 손바닥에 작고 검은 자동권총을 들고 있었다. 캐리 루이즈는 그것을 들여다보았다.

"아니요, 본 적 없는 것 같군요."

"피아노 의자 속에서 발견했습니다. 최근에 발사된 흔적이 있더군요. 전부 꼼꼼히 살펴볼 시간은 없었지만, 이게 분명 걸브랜드슨 씨를 쏜 총인 것 같습니다."

부인은 얼굴을 찌푸렸다.

"피아노 의자에서 발견하셨다고요?"

"아주 오래된 악보 사이에서요. 몇 년 동안 연주한 적이 없는 악보 같았습니다."

"숨겨져 있었다는 거군요?"

"그렇습니다. 어젯밤 누가 피아노 앞에 있었는지 기억하십니까?"

"스티븐 레스태릭이죠."

"그는 연주를 했습니까?"

"예. 그냥 나지막하게요. 낮은 소리가 묘하게 우울하더군요."

"언제 그가 연주를 멈췄습니까, 새러콜드 부인?"

"언제 멈췄느냐고요? 전 몰라요."

"하지만 멈췄지 않습니까? 그 소동 속에서도 계속 연주하고 있지는 않았을 테니."

"그렇죠. 음악 소리는 바로 멈췄어요."

"그가 피아노 의자에서 일어났습니까?"

"모르겠네요. 스티븐이 연구실 앞으로 가서 열쇠로 문을 열 때까지 걔가 뭘 했는지 도통 모르겠어요."

"스티븐 레스태릭이 걸브랜드슨 씨를 쏘아야 할 이유를 상상하실 수 있으십니까?"

"전혀, 아무것도요."

그녀는 심사숙고하며 덧붙였다.

"그가 그런 일을 했다고는 생각지 않아요."

"걸브랜드슨 씨가 그가 감추고 싶어 하는 뭔가를 알았을 수도 있지요."

"제겐 아주 현실성 없는 얘기로 들리는군요."

커리 경감은 이렇게 대답하고 싶은 강렬한 충동을 느꼈다.

'새만큼은 아니겠지만, 하늘을 나는 돼지도 있을지도 모르죠.'

그것은 그의 할머니가 말해 준 속담이었다. 그는 마플 양이라면 이 말을 알 것이라는 생각을 했다.

III

캐리 루이즈는 넓은 계단을 내려왔다. 3명의 사람이 각기 다른 방향에서 그녀를 향해 몰려들었다. 복도 쪽에서는 지나, 서재 쪽에서는 마플 양, 중앙 홀 방향에서는 줄리엣 벨레버였다.

지나가 먼저 입을 열었다. 목소리가 무척이나 흥분해 있었다.

"외할머니! 괜찮으세요? 경찰들이 괴롭히진 않았나요? 고문이라도 받은 건 아니겠죠?"

"무슨 소리니 지나, 무슨 말도 안 되는 소릴 하는구나. 커리 경감은 매력 있고 사려 깊은 사람이더구나."

"당연히 그랬어야죠."

벨레버 양도 말을 시작했다.

"그런데 캐리, 편지와 소포를 모두 가져왔어요. 막 가져다 드리려던 참인데."

"그럼 서재로 가져다 줘요."

4명은 다 함께 서재로 들어섰다. 캐리 루이즈는 앉아서 편지를 뜯었다. 그 수량은 20통, 아니 30통에 육박했다.

캐리 루이즈는 편지를 뜯고 나서 벨레버 양에게 넘겨주었다. 편지들을 분류하던 벨레버 양은 마플 양에게 방법을 설명했다.

"3가지로 분류할 수 있어요. 첫 번째는 아이들의 친척들에게서 온 거예요. 메버릭 박사에게 가져다주지요. 두 번째는 기부를 애걸하는 편지들인데, 제가 직접 처리하고요. 나머지는 개인적인 편지들. 그 편지들에 대한 답장은 카라가 결정해요."

편지를 다 살펴 본 새러콜드 부인은 소포 쪽으로 주의를 돌리고 가위로 포장끈을 잘랐다.

깔끔한 포장지를 열자 곧 노란 리본으로 맨 예쁜 초콜릿 상자가 나타났다.

"누가 오늘이 내 생일인 줄 알았나 보네."

새러콜드 부인은 활짝 미소를 지으며 말했다. 그녀는 리본을 끄르고 상자를 열었다. 그러자 그 안에서 카드가 나타났다. 캐리 루이즈는 살짝 놀라서 바라보았다.

'사랑을 담아, 알렉스로부터.'

그녀는 소리 내어 읽고는 말했다.

"여기에 직접 온 날 우편으로도 초콜릿 상자를 보내다니 참 희한한 일이구나."

마플 양은 마음에 문득 불안감이 솟구쳤다. 그녀는 빨리 말했다.

"잠깐만, 캐리 루이즈. 그거 아직 먹지 마."

새러콜드 부인은 약간 놀란 것 같았다.

"주위 사람들에게 쭉 돌릴 생각이야."

"아니, 그러지 마. 잠깐 알아보고 나서. 지나, 알렉스는 아직 집에 있나요?"

지나는 얼른 대답했다.

"지금 홀에 있을 걸로 생각해요."

그녀는 가로질러 문을 향해 가다니 그를 불렀다. 잠시 후 알렉스 레스태릭이 문가에 나타났다.

"내 사랑하는 마돈나! 좀 어떠세요, 어디 안 좋으신 데는 없죠?"

그는 새러콜드 부인에게 다가와 양쪽 뺨에 키스했다.

"당신이 초콜릿을 보냈죠? 캐리 루이즈가 아주 감사하대요."

마플 양의 말에 알렉스는 놀란 것 같았다.

"무슨 초콜릿이요?"

"이 초콜릿 말이란다."

캐리 루이즈가 말했다.

"한데 전 초콜릿 같은 건 보낸 적이 없는걸요."

"상자 안에 당신이 보낸 카드가 있었는걸요."

벨레버 양이 말했다. 알렉스는 몸을 굽혀 들여다보았다.

"그렇네요. 이상하네. 아주 이상해……. 난 이걸 보낸 적이 없는데."

"정말 특이한 일이네요."

벨레버 양이 말했다.

"이것들 참 맛있어 보이는데요."

지나가 상자 안을 보며 말했다.

"보세요, 외할머니. 가운데엔 외할머니가 좋아하시는 체리술 초콜 릿도 있네요."

마플 양은 부드럽지만 단호하게 친구에게서 상자를 치워 냈다. 한마디 말도 없이 방 밖으로 그것을 가지고 간 그녀는 루이스 새러 콜드를 찾았다. 그가 소년원 건물에 있었기 때문에 조금의 시간이 걸렸다. 이윽고 메버릭 박사의 방에서 그녀는 그를 만날 수 있었다. 마플 양은 상자를 그의 눈앞 테이블에 내려놓았다. 그녀의 짧은 상황 설명 후에, 그의 얼굴이 순식간에 딱딱하게 굳어졌다.

루이스 새러콜드와 박사는 초콜릿을 하나씩 조심스럽게 옮겨 검사를 시작했다. 메버릭 박사가 말했다.

"이쪽으로 치워 놓은 것들은 벌써 누군가의 손을 탄 게 분명해요. 초콜릿 아래 부분 표면이 좀 불규칙한 게 보이시죠? 성분을 분석해 봐야겠습니다."

마플 양이 말했다.

"그래도 믿을 수가 없어요. 하마터면…… 집안 사람들 모두가 독살당할 뻔했잖아요?"

루이스가 고개를 끄덕였다. 그의 얼굴은 아직도 창백한 채로 굳어 있었다.

"그렇습니다. 끔찍한 일이죠. 무차별 독살 기도라니……."

그가 말을 끊었다.

"그런데 이 초콜릿에서는 체리술 냄새가 나는군요. 캐롤라인이 제일 좋아하는 거예요. 그렇다면 범인은 그 사실을 알고 있었다는 얘기가 됩니다."

마플 양이 조용히 말했다.

"예상하시는 대로 만약 독이…… 초콜릿에 들어 있다면 말이죠, 전 캐리 루이즈가 그 사실을 알아야 한다고 생각해요. 그녀를 지킬 필요가 있어요."

루이스 새러콜드가 무겁게 동의했다.

"그렇습니다. 아내도 누가 자신을 죽이려 한다는 걸 알 필요가 있어요. 필시 그녀는 못 믿을 테지만."

16장

I

 "저기, 누나. 이 집에 무시무시한 독살꾼이 있다는 게 사실인가요?"
 지나는 이마로 내려온 머리카락을 쓸어올리다가 이런 속삭임을 듣고 화들짝 뛰어 올랐다. 그녀의 뺨과 바지에는 페인트가 묻어 있었다. 지나와 그녀가 고른 조수 소년들은 다음에 공연할 「황혼의 나일강」의 배경막을 그리느라 바쁜 참이었다.
 그런데 그 조수 소년들 중 1명이 이런 질문을 한 것이었다. 자물쇠 조작에 관해 귀중한 강의를 해 준 적이 있는 어니 소년이었다. 무대 장치 전문가만큼이나 섬세한 손기술을 가진 어니는 이제 연극 조수 일에 지대한 관심을 갖고 있었다. 즐거운 기대로 눈을 구슬처럼 반짝이던 그가 한쪽 눈을 찡긋했다.
 "시설 애들 모두가 알고 있어요. 하지만 누나도 이건 알아 두세요. 우리들 중 누군가가 한 짓은 아니에요. 그런 일은 안 하죠. 하물며 새러콜드 부인을 감히! 아무리 젠킨스 녀석이라도 부인을 해코지할 생각은 못 할 거예요. 하긴 그 할망구라면 부인께 독을 먹이고도 남을지 모르겠네요."

"벨레버 양을 그렇게 말하면 못써."

"미안해요, 누나. 무심코 말이 나왔네요. 그런데 무슨 독이었대요? 스트리키닌? 등을 활처럼 휘며 고통에 몸부림친다는 그 독약인가요? 아니면 프러시아 산(청산가리의 다른 말—옮긴이)이려나?"

"도대체 무슨 말을 하고 있는지 모르겠구나, 어니."

어니는 다시 한번 윙크를 했다.

"다 아시면서. 사람들은 알렉스 씨가 범인이라고 말하고 있어요. 런던에서 초콜릿을 보냈다면서요. 하지만 거짓말이에요. 알렉스 씨는 그런 짓을 할 사람이 아니거든요. 제 말이 맞죠, 누나?"

"당연하지. 그런 사람이 아니야."

"바움가튼 씨 쪽이 오히려 의심스러워요. 체육 시간에 우리를 감독하면서 짓는 표정이 얼마나 무서운데요! 가끔은 머리가 돈 게 아닌가 싶을 때도 있어요."

"군소리 말고 저기 테레빈유 통이나 치워 줘."

그 말에 따르면서도 어니는 이렇게 중얼거렸다.

"인생은 도통 알 수가 없어! 걸브랜드슨 할아버지가 어제 죽었는데, 이제는 정체불명의 독살꾼이라니. 누나 생각엔 범인이 같은 사람 같아요? 걸브랜드슨 씨를 죽인 사람을 내가 알고 있다고 하면 어쩌시겠어요?"

"네가 알 리가 없어."

"하, 내가 모를 거라고요? 난 어제 밖에 있으면서 뭔가를 봤어요."

"밖엔 어떻게 나갔니? 소년원은 7시 점호 후엔 문을 잠그는데."

"점호 같은 소리……. 누나, 난 마음이 내키면 언제고 나갈 수 있어요. 자물쇠는 내게 아무 문제가 안 된다고요. 재미 삼아 밖을 산책하는 게 내 취미인걸요."

"어니, 거짓말은 그만했으면 좋겠구나."

"누가 거짓말을 해요?"

"네가 하고 있잖아. 넌 하지도 않은 일을 꾸미면서 으스대고 있어."

"그렇게 말씀하신다는 말이죠? 그럼 경찰 배지 단 사람들이 여기 왔을 때 어젯밤에 뭘 봤냐고 제게 다시 물어보시죠."

"이런. 뭘 봤는데?"

"아, 알고 싶으세요?"

울컥한 지나가 소년에게 달려들었지만 그는 노련한 전술적 후퇴 동작을 보여 주었다. 그때 스티븐이 극장의 다른 쪽에서 나와 지나가 있는 쪽으로 걸어왔다. 이윽고 지나와 스티븐은 공연의 기술적인 문제를 의논하며 나란히 저택으로 걷기 시작했다.

"애들 사이에 외할머니와 초콜릿 사건 소문이 쫙 퍼진 모양이에요. 소년원 애들요. 도대체 어떻게 알았을까요?"

"시골 소문은 원래 빠르지."

"그리고 알렉스가 보낸 카드에 대해서도 알던데요. 그나저나 스티븐, 알렉스가 직접 여기로 온 줄도 모르고 초콜릿 상자에 알렉스의 카드를 넣어 뒀다니 참 미련한 짓이죠?"

"그렇지. 하지만 형이 여기 오는 걸 어떻게 알았겠어? 형이 여기 올 마음을 먹고 전보를 보낸 건 아주 갑작스러운 일이었잖아. 초콜릿 상자는 그 이전에 발송된 걸 거야. 형이 여기 오지만 않았어도 아주 훌륭한 술수가 되었을 테지. 형은 실제로도 캐롤라인 어머니께 초콜릿을 종종 보내거든."

그는 천천히 말을 계속했다.

"내가 이해할 수 없는 것은 단지……."

지나가 끼어들었다.

"왜 그 누군가는 외할머니를 독살하려 하는가겠죠. 알아요. 납득할 수 없어요! 그렇게 사랑스러운 분을……. 정말로 모두에게서 사랑받는 분이신데."

스티븐은 대답하지 않았다. 지나는 그를 날카롭게 쏘아보았다.

"무슨 생각을 하는지 알 만하군요, 스티브!"

"알다니 뭘?"

"월리를 생각하고 있잖아요. 그가 외할머니를 사랑할 리야 없죠. 하지만 월리는 누굴 독살할 사람이 아니에요. 웃기는 소리."

"조강지처 나셨군!"

"비웃지 마세요."

"비웃을 의도는 아니었어. 난 당신이 진짜로 충실한 아내라고 생각해. 그걸 또 높이 평가하고 있고. 하지만 지나, 당신도 그 결혼을 언제까지나 유지할 순 없어."

"무슨 뜻이에요, 스티브?"

"잘 알고 있잖아. 당신과 월리는 어울리지 않아. 당신네 결혼 생활이 삐그덕대는 이유가 그거지. 그도 알고 있을걸. 파국은 예고 없이 찾아온다고. 막상 그러고 나면 둘 다 훨씬 행복해지겠지만."

"바보 같은 소리 말아요."

스티븐은 웃었다.

"어이, 서로 잘 맞는다거나 월리는 지금 행복하다거나 운운하며 거짓말해 봐야 소용 없어."

"정말, 그 사람의 뭐가 문제인지 알 수가 없어요. 언제나 꿍해서 말도 제대로 안 하고. 어디서부터 다가가야 할지 모르겠다니까요. 왜 그냥 맘 편히 즐기질 못하는 거지? 전엔 우리도 정말 행복하게 지냈는데. 모든 게 행복했죠. 지금은 완전히 딴 사람 같아요. 사람들이 그렇게 변하는 이유가 뭘까요?"

"나도 변했어?"

"아뇨, 내 친애하는 스티브……. 당신은 언제나 스티브였어요. 휴가 때면 내가 당신을 졸졸 쫓아다녔던 거 기억나요?"

"그땐 당신이 얼마나 귀찮았는지. 지나는 천하의 악동 계집애라고 생각했어. 하지만 이제 상황이 바뀌었으니. 이제 당신은 날 내키는 대로 휘두를 수 있어. 그렇지, 지나?"

지나는 재빨리 말했다.

"바보."

그리고 그녀는 급히 화제를 돌렸다.

"당신은 어니가 거짓말을 한다고 생각하세요? 자기가 어젯밤 안개 속을 돌아다녔다는데요. 살인에 대해 알려줄 수 있다느니 하면서. 그게 사실일까요?"

"사실? 당연히 아니지. 녀석이 허풍선이라는 건 당신도 알잖아. 잘난 척 하려고 그러는 거야."

"오, 알아요. 그냥 이상해서……."

그들은 말없이 나란히 걸어서 빠져 나갔다.

II

석양이 저택의 서쪽 면을 비추고 있었다. 커리 경감은 그 광경을 바라보며 물었다.

"이 부근이 어젯밤 당신이 차를 세운 곳입니까?"

알렉스 레스태릭은 약간 생각하는 듯이 뒤로 몸을 기댔다.

"거의 비슷합니다. 그때 안개 때문에 확실히 말할 수가 없군요. 그래도 이곳이 맞는 것 같습니다."

커리 경감은 찬찬히 평가하듯 주변을 돌아보았다.

자갈이 깔린 차도는 완만한 커브를 그리고 있었고, 석남화가 벽을 이룬 이 지점에서 보면 집의 서쪽 면이 테라스와 함께 갑자기 눈에 들어왔다. 그곳엔 주목 울타리와 잔디밭으로 내려오는 계단이 있었다. 차도는 나무숲을 지나 호수와 집 사이를 통과해 저택 동쪽

면에 있는 큰 자갈길까지 이르러서야 끝났다.

"도짓?"

커리 경감이 말했다.

만반의 준비를 하고 있던 도짓 순경은 민첩하게 행동에 들어갔다. 그는 집을 향해 대각선으로 뻗어 있는 잔디밭으로 몸을 날리더니 테라스에 도착해서 저택 옆문을 열고 들어갔다. 잠시 후 창밖으로 보이는 커튼 하나가 거세게 흔들렸다. 그러고 나서 도짓 순경은 정원쪽의 문에 다시 나타나 그들에게로 돌아왔다. 그는 증기 기관의 엔진처럼 숨을 몹시 헐떡대고 있었다.

"2분 42초. 별로 오래 걸리지는 않는군. 그렇죠?"

커리 경감이 손에 쥔 스톱워치의 버튼을 누르며 말했다. 그의 어조는 기분 좋게 태연했다.

"나는 저 순경만큼 빨리 달릴 순 없습니다. 지금 경감님은 제가 했을 법한 행동에 걸리는 시간을 잰 건가요?"

알렉스가 말했다.

"그저 당신에게 살인을 저지를 기회가 있었음을 지적하고 싶었을 뿐입니다. 그게 전부입니다, 레스태릭 씨. 비난할 뜻은 없습니다."

알렉스 레스태릭은 아직도 숨을 몰아쉬는 도짓 순경에게 부드럽게 말을 건넸다.

"지금은 당신만큼 빨리 달릴 수는 없지만, 연습하면 내 쪽이 더 빨라질지도 몰라요."

"제가 지난겨울 천식 기관지염을 앓아서 그렇습니다."

도짓이 말했다.

알렉스는 경감을 돌아보았다.

"이건 심각한 얘긴데요, 날 불쾌하게 하면서 내 반응을 보는 게 경감님 자유긴 해도 우리 예술하는 사람들은 아주, 아주! 섬세하다는 사실을 기억해 주셨으면 합니다."

그의 말투는 조롱이 섞여 있었다.

"······당신은 내가 진짜로 이 일에 관련이 있다고 생각합니까? 내가 새러콜드 부인에게 독이 든 초콜릿 상자를, 그것도 내 이름이 적힌 카드와 함께 보낼 이유가 어딨습니까?"

"우리가 바로 그렇게 생각하도록 만들기 위해서일 수도 있지요. 심리를 역이용해서요."

"네네, 참 똑똑하기도 하시지. 그런데, 그 초콜릿에 독이 들어 있었던 건 맞습니까?"

"그렇소. 윗줄의 체리술 초콜릿 6개에 독이 들어 있었습니다. 아코니틴(바곳속의 식물을 재료로 하는 독극물 ― 옮긴이)이었지요."

"제가 좋아하는 독약은 아니군요, 경감님. 전 개인적으로 쿠라레(남미 원주민들이 화살에 바르는 독 ― 옮긴이)가 끌리거든요."

"쿠라레는 혈관에 침투되어야 합니다, 레스태릭 씨. 위장이 아니라 말이오."

"경찰들은 참 아는 것도 많군요."

알렉스는 감탄하듯 말했다.

커리 경감은 옆눈으로 조용히 상대 젊은이를 지켜보았다. 그는 약간 뾰족한 귀와 함께 영국인이라기보단 몽골리안에 가까운 얼굴형을 갖고 있었다. 짓궂은 조소를 담은 채 춤추고 있는 저 두 눈, 알렉스 레스태릭이 무슨 생각을 하고 있는지 알기란 힘든 일일 것이다. 사티로스(로마 신화에 나오는 반인반수의 신으로 주색을 좋아함 — 옮긴이)? 아니면 파우니(반은 양, 반은 사람인 음탕한 신 — 옮긴이)일까? 그렇다면 아마도 이미 배불리 포식한 상태의 파우니겠지. 커리 경감은 문득 이렇게 생각하고는 불쾌한 기분을 느꼈다.

영리하지만 믿을 수 없는 사내. 그것이 알렉스 레스태릭의 인상이었다. 동생보다는 이쪽이 더 영리하다. 어머니는 러시아인지 어딘지의 출생이라고 들었다. 커리 경감에게 '러시아인'이란 단어는 19세기초에 통하던 '보니(나폴레옹 보나파르트를 낮추어 부르는 말 — 옮긴이)'나 20세기 초에 쓰였던 '훈족(과거 유럽을 침략한 흉노족을 뜻하지만, 1차 대전 중에는 독일군을 폄하하는 말로 쓰임 — 옮긴이)'과 다를 게 없었다. 그에게 있어 러시아와 관계된 모든 것은 곧 나쁜 것이었다. 알렉스 레스태릭이 정말로 걸브랜드슨을 살해했다면 그거야말로 더없이 만족스러운 해결이 될 것이었다. 하지만 불행히도 커리 경감은 거기에 대한 확신이 서지 않았다.

이제 고른 숨을 회복한 도짓 순경이 말했다.

"말씀하신 대로 커튼을 움직여 보았습니다, 경감님. 그 후 30까지 셌고요. 그런데 커튼 꼭대기에 있는 갈고리가 떨어져 나가 있더라고요. 그렇다는 건 틈이 있다는 얘기고, 바깥에서 방 안쪽의 불을 볼 수 있다는 뜻이죠."

커리 경감이 알렉스에게 물었다.

"어젯밤 창문에서 새어 나오는 불빛을 보셨습니까?"

"온통 안개가 껴서 집을 볼 수 없었어요. 그렇게 말했잖습니까."

"그렇지만 안개는 곳에 따라 짙은 정도가 다르니까요. 이따금씩 여기저기 또렷이 보이는 곳도 있지요."

"또렷이 보일 때는 없었고, 집도 보지 못했습니다. 거의 내내 그랬어요. 체육관 건물이 희끄무레한 유령처럼 안개 속에 비쳤더랬지요. 연극에 쓰는 부두 창고 세트를 만드는 데 참조하면 완벽할 거라는 생각을 했습니다. 전에 말씀드린 「라임하우스」 발레에 쓰면 어떨까 하는……."

"얘기 들었습니다."

"이쪽 사람들은 사물을 볼 때 현실의 모습이 아니라 무대 장치의 관점에서 바라보는 습관이 있답니다."

"그렇겠지요. 하지만 무대 장치 또한 충분히 현실적인 것이지 않습니까, 레스태릭 씨?"

"무슨 말씀인지 잘 모르겠는데요, 경감님."

"음, 그것들도 현실의 물질로 이루어져 있다는 소립니다. 캔버스 천, 나무, 페인트, 마분지 등은 결국 현실이지요. 환상은 바라보는 사람의 눈에 있는 것이지 물질 자체에 있지 않아요. 그렇다면 내 말처럼 그것은 무대 앞쪽에서 볼 때뿐만 아니라 뒤쪽에서 볼 때 역시도 엄연한 현실로 존재한다는 뜻입니다."

알렉스는 그를 바라보았다.

"아하, 아주 의미심장한 언급입니다. 경감님, 제게 어떤 생각이 떠올랐습니다."

"다른 발레 공연 말이오?"

"아뇨, 아뇨. 발레가 아니고요······. 나 참, 우리 모두 그동안 좀 멍청했던 게 아닐까요?"

III

경감과 도짓 순경은 잔디밭을 가로질러 저택으로 돌아갔다. 발자국을 찾고 있나 보군. 알렉스는 속으로 생각했다. 하지만 그의 생각은 틀렸다. 그들은 아침 일찍 발자국을 찾아보았지만, 새벽 2시경 비가 세차게 왔기 때문에 다 지워지고 없었던 것이다. 알렉스는 차도를 따라 천천히 걸어 올라가며 새로 떠오른 아이디어의 실현 가능성에 대해 곰곰 생각하고 있었다. 그러나 호수 옆 오솔길을 걷는 지나의 모습을 발견하고 퍼뜩 정신이 들었다.

집은 약간 솟은 언덕에 있었고, 길은 완만히 내리막을 그리다가 석남화와 다른 꽃들로 경계가 지어진 호숫가의 자갈길로 이어져 있었다. 알렉스는 자갈길을 달려 지나에게로 향했다. 그는 입을 열었다.

"저 미련한 빅토리아풍 괴물만 없으면 여긴 더없이 훌륭한 「백조의 호수」 세트장이 될 텐데. 당연히 지나 당신이 백조 아가씨가 되는 거고 말이야. 아니, 당신에겐 '눈의 여왕'이 더 어울리려나? 무자

비하고 이기적인 성격에 관용이나 친절함, 동정심이라고는 찾아 볼 수 없으니 말이야. 당신은 정말, 정말 여성스러워, 친애하는 지나."

"참으로 심술궂은 언사로군요, 알렉스!"

"내가 당신의 포로가 아니라서 화가 난 거야? 당신은 스스로에게 만족스럽겠지, 지나. 있는 곳 어디서든 우리 모두를 턱으로 부릴 수 있으니까. 나, 스티븐, 그리고 몸집만 크지 단순해 빠진 당신 남편까지 말이야."

"말도 안 되는 소릴 하는군요."

"아니, 천만에. 스티븐은 너를 사랑해. 나도 너를 사랑하고. 그리고 윌리는 애처로울 만큼 필사적이지. 여자로서 더 이상 바랄 게 어디 있겠어?"

지나는 그를 바라보며 웃고 말았다. 알렉스는 힘차게 고개를 끄덕였다.

"그래도 일말의 정직함은 있군. 기뻐. 그건 당신 속의 라틴 피 때문일 거야. 당신은 남자에게 매력적이지 않은 척하려고 애쓰지 않아. 남자들이 당신에게 빠져드는 걸 끔찍한 유감으로 생각지 않는단 말씀이야. 남자가 자신을 사랑하는 것을 즐기는 거지. 안 그래, 우리 잔인한 지나? 이젠 거기에 가엾은 에드거 로슨도 포함되었군!"

지나는 그를 뻔히 바라보더니 그녀는 조용한 목소리로 말했다.

"오래지 않아 끝날 일이에요. 여자들은 세상을 살아가는 데 있어 남자들보다 어려움이 훨씬 많지요. 더 상처 입기 쉽고요. 또 아이라도 갖게 되면, 끔찍하게 거기 얽매일 수밖에 없다고요. 여자가 미모를 잃는 즉시 남자들은 그들을 사랑하지 않아요. 배신당하고 버려져서 한쪽으로 떨려나는 존재가 되는 거예요. 난 남자들을 욕하진 않아요. 나 역시 같으니까. 나는 늙거나 못생겼거나 병약한, 혹은 고난을 핑계삼아 우는 소리를 하거나 에드거처럼 자기가 중요한 사람이나 된 것처럼 으스대는 사람들을 싫어해요. 내가 잔인하다고 했죠? 잔인한 건 세상이에요! 조만간 세상은 내게도 잔인한 곳이 되겠지요! 하지만 지금 나는 젊고 예뻐서, 사람들은 날 매력적으로 생각해 주지요."

특유의 눈부시고 따뜻한 미소 속에 그녀의 치아가 반짝 빛났다.

"그래요, 난 즐기고 있어요, 알렉스. 그러지 않을 이유가 있나요?"

"안 될 거 없지! 내가 알고 싶은 건 그런 당신이 어떻게 처신할 것인가야. 당신은 스티븐과 나 중 누구랑 결혼할 생각이지?"

"나는 윌리와 결혼했어요."

"임시적으로 말이지. 모든 여자들은 결혼에 있어 한 번씩 실수를 저질러. 하지만 거기 얽매일 필욘 없잖아. 지금까진 시골에서 공연을 시험해 봤다면, 이제 웨스트엔드의 무대에 오를 차례야."

"당신이 그 웨스트엔드라는 말이죠?"

"두말할 필요 없지."

"정말로 나와 결혼하고 싶어요? 당신이 결혼한 모습은 상상이 안 돼요."

"나는 결혼을 원해. 불륜이라는 건 너무 구식이야. 여권이니 호텔이니 하며 속을 썩여야 하거든. 여자를 얻을 다른 방법이 도저히 없지 않고서야 난 정부를 만들지 않아!"

지나의 웃음소리가 맑고 투명하게 울려퍼졌다.

"재밌는 말을 하는군요, 알렉스."

"그게 내 첫 번째 재산이지. 스티븐은 나보다 외모가 훨씬 낫잖아. 무척 잘생긴 데다 여자들이 좋아하는 정열을 갖고 있기도 해. 하지만 정열이란 집 안에서는 피곤한 것일 뿐이지. 지나, 나와 함께라면 당신은 인생을 즐겁게 살 수 있을 거야."

"그러니까 당신은 날 열렬히 사랑하는 건 아니란 말이죠?"

"만약 그렇다고 해도 난 그 사실을 감출걸. 그런 말을 하게 되면 당신은 한 단계 올라가고 난 한 단계 내려가게 되니까. 그럼, 내가 하려는 일은 그저 당신에게 사무적으로 결혼 신청을 하는 것뿐이야."

"생각이 좀 필요하겠는데요."

지나는 웃으며 말했다.

"그래야지. 하지만 먼저 당신은 월리를 먼저 그 불행에서 구해 줘야 해. 난 월리를 몹시 동정하고 있어. 당신과의 결혼 생활을 계속하는 건 그에게 지옥과도 같을 거야! 박애주의로 가득 찬 이곳 분위기, 그리고 숨 막힐 것 같은 이 가족의 수레바퀴에 질질 끌려가는 게 말이지."

"알렉스, 짐승 같은 소릴 하네요!"

"하지만 지각 있는 짐승이지."

"가끔은 월리가 내 생각을 조금도 안 해 준다는 느낌이 들기도 해요. 내게 더 이상 관심이 없는 것 같아요."

"그의 속을 막대기로 휘저어 놓고 응답이 없어서 서운하다? 얼마나 짜증스러울까."

지나가 번개처럼 손을 휘둘러 알렉스의 뺨을 찰싹 올려붙였다.

"투셰이(한 점, 펜싱 경기에서 심판이 점수가 났음을 외치는 말 — 옮긴이)!"

알렉스는 불어로 이렇게 외치며 지나의 팔을 잡고 미처 저항할 새도 없이 상대의 입술에 길고 강렬한 키스를 했다. 지나는 잠시 몸부림쳤지만 이내 잠잠해졌다…….

"지나!"

두 사람은 깜짝 놀라 떨어졌다. 얼굴이 붉게 상기된 밀드레드 스트리트가 충격으로 입술을 떨며 그들을 노려보고 있었다. 너무 흥분한 그녀는 잠시 말을 잇지 못했다.

"역겨워, 역겨워……. 이 천벌 받아 마땅한 짐승 같은 계집애……. 제 엄마랑 똑같아. 피부터가 잘못됐어. 난 네 핏줄이 틀려먹은 걸 진작 알고 있었지……. 타락해 빠졌어……. 게다가 넌 추잡한 것만이 아니야. 살인자이기도 하지. 오 그럼, 그렇고말고. 난 알아!"

"뭘 아신다는 거예요? 바보같은 소리 하지 마세요, 밀드레드 이모."

"고맙기도 하지. 난 네 이모가 아니다. 너와는 핏줄이 달라. 네 어미가 누구고, 또 어떤 집안에서 온 여잔지 넌 모르겠지! 우리 아버지와 어머니가 어떤 분이신지 너도 알잖아? 그분들이 양자로 들이는 애들이라는 게 뻔하지 않니? 범죄자나 매춘부의 아이밖에 더 있어? 다 그런 종자들뿐이야. 핏줄은 변하지 않는다는 걸 부모님이 아셔야 했는데. 하지만 난 자신 있게 말할 수 있다. 네 속의 이탈리아 피가 독살 같은 흉계를 꾸미게 했다고 말이야."

"어떻게 그런 말씀을 하실 수 있어요?"

"내가 하고 싶은 소리는 무엇이든 한다. 너도 이제 부정할 수 없 겠지? 누군가 어머니를 독살하려 했다는 것 말이야. 제일 의심이 가는 사람이 누구겠어? 어머니가 돌아가시면 누가 막대한 재산을 받을까? 너야, 지나. 경찰이 그 사실을 그냥 지나치지 않을 거라는 건 내가 보증하마."

아직도 분이 덜 풀린 듯한 밀드레드는 빠르게 떠나 버렸다.

"병적이군. 분명히 병적이야. 정말 흥미가 당기는걸. 고(故) 스트리트 위원님이 어떤 분이셨는지 궁금해지는군……. 윤리관이 투철하신 분이었겠지? ……아니면 성불구자였을까?"

"지저분한 소리 하지 말아요, 알렉스. 오, 난 이모가 미워요. 미워. 정말 미워……."

지나는 꽉 잡은 두 손을 분노로 떨었다. 알렉스가 입을 열었다.

"당신 스타킹 속에 칼을 숨겨 두지 않아서 다행이군. 그랬다면 친애하는 스트리트 부인은 희생자의 관점에서 살인에 관한 뭔가를 배웠을 테니까. 진정해, 지나. 이탈리아 오페라처럼 속되게 굴지 말고."

"어떻게 내가 외할머니를 독살하려 했다고 말할 수 있죠?"

"자, 지나. 누군가 그녀를 독살하려 했어. 그리고 동기를 따져 봤을 때 당신이 잘 들어맞는다는 건 맞아. 그렇지 않아?"

지나는 경악해서 그를 바라보았다.

"알렉스! 경찰도 그렇게 생각할까요?"

"경찰이 무슨 생각을 하는지 아는 건 아주 어려운 일이야……. 그들은 계획을 철저히 숨기거든. 알다시피 절대 바보도 아니고. 그래서……."

"어디 가요?"

"떠오른 아이디어를 실행해 보려고."

17장

I

"누가 절 독살하려 한다고 말씀하셨나요?"

캐리 루이즈의 목소리는 놀라움과 불신으로 떨리고 있었다.

"정말, 도저히 믿을 수가······."

그녀는 잠시 말끝을 흐렸다. 눈은 반쯤 감은 채였다.

루이스 새러콜드가 부드럽게 말했다.

"나도 이 일을 비밀로 했으면 했소, 여보."

캐리 루이즈는 거의 넋이 나간 얼굴로 남편에게 손을 뻗었고, 그는 그 손을 잡았다.

마플 양은 그 가까이 앉아 애처롭다는 듯 고개를 저었다.

캐리 루이즈가 눈을 떴다.

"제인, 이게 정말이니?"

"유감스럽지만 사실이야, 얘."

"그렇다면 모든 게······."

캐리 루이즈는 말을 멈추었다가 계속했다.

"난 항상 무엇이 현실이고 무엇이 아닌지는 알고 살아왔다 믿었어······. 이건 현실 같지 않아. 하지만 사실이라니. 그렇다면 다른 모든 것에서도 내가 틀렸을지 몰라······. 하지만 누가 내게 그런 일을 한 거지? 이 집에 있는 사람은 아무도 날······ 죽이고 싶어 하지 않을 텐데?"

그녀의 목소리는 여전히 믿지 못하겠다는 어조였다.

루이스 새러콜드가 말했다.

"나도 그렇게 생각했다오. 하지만 틀렸지."

"크리스천도 알았어? 그럼 설명이 되는구나."

"무슨 설명?"

"그의 태도 말이야. 당신도 알겠지만 아주 이상했거든. 평소와는 전혀 달랐어. 나 때문에 안절부절못하는 것 같았는데······. 마치 내게 뭔가 할 말이 있는 모습이었어. 결국 아무 말도 안 했지만. 그리고 글쎄 내 심장이 괜찮냐고 묻기까지 하더라고. 요즘 잘 지내냐면서. 아마 무슨 힌트를 주려던 것이었을지도 모르지. 그러면 왜 그냥 직설적으로 얘기하지 않았을까? 솔직히 얘기하는 쪽이 훨씬 간단했을 것을."

"······당신이 괴로워하는 걸 보고 싶지 않았겠지, 캐롤라인."

"괴로워해? 왜 내가······. 아, 알겠어."

그녀의 눈이 크게 떠졌다.

"당신 생각은 그렇다는 거구나. 하지만 틀렸어, 루이스. 완전히 틀렸다고. 내 말 믿어도 좋아."

남편은 아내의 눈을 피했다. 잠시 후 새러콜드 부인이 입을 열었다.

"미안해. 요즘 일어난 일이 하나같이 너무 비현실적이어서. 에드거가 당신에게 총을 쐈지. 지나와 스티븐 일도 그래. 그 초콜릿은 또 어떻고. 도무지 현실 같지가 않아."

아무도 말이 없었다.

캐롤라인 루이스 새러콜드는 한숨을 쉬었다.

"나는 오랫동안 현실에서 멀리 떨어진 채 살아온 것 같아……. 두 사람 모두 자리를 피해 줄래? 혼자 있고 싶은 기분이야……. 이해하기 위해 노력해 봐야 해."

II

마플 양이 계단을 내려와 중앙 홀로 내려오니 알렉스 레스태릭이 커다란 아치 입구에 서서 뽐내듯 손을 흔드는 모습이 보였다.

"오세요, 이리 오세요."

알렉스는 자신이 중앙 홀의 주인이라도 된 것처럼 기운차게 말하고 있었다.

"지금 막 어젯밤 일을 생각하고 있던 참이었습니다."

캐리 루이즈의 방에서부터 마플 양의 뒤를 따라 왔던 루이스 새러콜드는 중앙 홀을 가로질러 연구실로 들어가 문을 닫았다.

"범죄를 재검토하고 있나요?"

마플 양이 차분하게 물었다.

"예?"

알렉스는 잠시 얼굴을 찌푸렸지만, 이내 이마를 폈다.

"아, 그 말씀이로군요. 정확한 표현은 아니네요. 나는 모든 것을 지금과는 전혀 다른 관점에서 돌아보고 있었습니다. 이곳을 극장이라고 생각하면서요. 현실이 아닌, 인공물로 보는 겁니다! 잠깐 이리와 보세요. 여기를 무대 세트라고 생각해 보시라고요. 조명, 입구, 출구가 있겠죠. 드래머티스 퍼소니('등장 인물'이라는 뜻을 가진 라틴어—옮긴이)들이 걸어나옵니다. 아주 흥미롭지요? 전적으로 제 생각이라곤 할 수 없습니다. 경감이 도움을 주었지요. 그 사람 좀 잔인한 구석이 있는 것 같아요. 오늘 아침에 저를 겁주려고 무진 애를 쓰더라니까요."

"그래서 겁이 나셨나요?"

"잘 모르겠습니다."

알렉스는 경감이 행했던 실험과 숨을 몰아쉬던 도짓 순경에 관한 자세한 이야기를 들려주었다.

"시간이란 사람을 잘못 이끌 때가 많습니다. 누군가 시간이 아주 오래 걸렸다고 생각한 일도 실제로는 그렇지 않은 경우가 많지요."

"그럼요."

마플 양이 말했다. 관중을 대표하고 있는 그녀는 앉은 자리를 바꿔 보았다. 무대 세트로는 침침한 벽걸이 융단으로 덮인 벽을 중심으로 왼쪽엔 그랜드 피아노, 오른쪽에는 창문과 의자가 놓여 있는 모습이 보였다. 창문 아주 가까이에는 서재로 향한 문이 나 있었다. 피아노 의자는 복도로 이어진 네모난 로비쪽 문에서 겨우 2.5미터 떨어진 곳에 놓여 있었다. 두 문은 아주 편리한 출구였다! 관객들은 물론 그 두 문을 매우 잘 볼 수 잇었다.

하지만 어젯밤에 관객이었던 사람은 없었다. 다시 말해 지금 마플 양이 무대를 바라보고 있는 지점엔 사람이 없었다는 뜻이다. 어제 사람들은 모두 여기서 등을 돌린 채로 있었다.

마플 양에게 의문이 떠올랐다. 그럼 이곳에서 몰래 빠져나가 복도를 통과하고, 걸브랜드슨을 쏴 죽인 뒤 돌아오려면 시간이 얼마나 걸릴까? 생각만큼 오랜 시간이 걸리지는 않을 터였다. 분초를 따져야 하는 짧은 시간일 것이다…….

'당신 생각은 그렇다는 거구나. 하지만 틀렸어, 루이스!'라고 했던 캐리 루이즈의 말은 무슨 의미였을까.

"경감은 정말 예리한 언급을 했습니다."

알렉스의 목소리가 마플 양의 생각 사이로 비집고 들어왔다.

"무대 장치는 현실 속에 존재한다는 표현이었죠. 나무와 마분지를 접착제로 붙여 만든 무대 장치이지만 페인트로 색칠된 쪽만큼이나 칠해지지 않은 쪽 또한 엄연한 현실이었던 겁니다. 그는 '환상은 바라보는 사람의 눈 속에 있다.'는 말도 했지요."

마플 양은 애매하게 중얼거렸다.

"마술사 같은 말이군요. '마술처럼 해치우다.'……. 흔히 쓰는 표현이지요."

그때 스티븐 레스태릭이 약간 숨을 헐떡이며 들어왔다.

"어이, 형. 어니 그레그라는 애송이 녀석을 알아?"

"「십이야(셰익스피어의 희극 — 옮긴이)」를 할 때 페스트역을 한 애 말이지? 꽤 소질 있다고 봤었는데."

"그래, 재능이 있는 편이지. 손재주도 좋고 말이야. 목공 일은 도맡아 하다시피 하지. 그런데 녀석이 사라진 거야. 그런데 지나 말로 녀석은 자기가 밤이면 소년원을 빠져나와 정원을 산책한다는 거야. 어젯밤만 해도 정원을 거닐다 뭔가를 봤다고 자랑했다는군."

알렉스가 몸을 획 돌렸다.

"뭘 봤대?"

"말하지 않겠다지 뭐야! 틀림없이 한동안 거들먹거리며 사람들의 주의를 끌어 보자는 심산일 거야. 녀석이 굉장한 거짓말쟁이긴 해도, 물어볼 필요는 있을 것 같아."

알렉스가 날카롭게 말했다.

"그냥 두는 게 좋을걸. 우리가 관심이 있다는 걸 티 내지 마."

스티븐은 서재로 들어가 버렸다.

마플 양은 여전히 관객의 한 사람으로서 홀 안을 천천히 돌았다. 그러다가 갑자기 뒷걸음질을 치던 알렉스 레스태릭과 부딪히고 말았다.

마플 양이 말했다.

"정말 미안해요."

알렉스는 인상을 찌푸렸는데, 말투가 왠지 약간 정신이 빠진 듯했다.

"실례했습니다."

이렇게 덧붙이기까지 했다.

"아, 부인이셨군요."

마플 양은 꽤 오랫동안 같이 이야기한 사람에게 하는 말치곤 이상하다는 생각을 했다.

"딴 생각을 하고 있어서요. 어니 그 애가……."

알렉스 레스태릭은 양손으로 알 수 없는 손짓을 해 보였다.

잠시 후, 갑자기 태도를 확 바꾼 그는 홀을 통과해 서재 문으로 들어가더니 등 뒤로 문을 닫았다.

중얼거리는 목소리가 잠긴 문 밖으로 새어 나오긴 했지만, 마플 양이 그걸 알아듣기는 어려웠다. 그녀는 다재다능한 어니라는 아이가 보았다는, 혹은 본 척한다는 사실엔 관심이 없었다. 마플 양은 예리한 직감을 통해 어니는 아무것도 본 게 없으리라는 사실을 확신했다. 그녀는 어제처럼 춥고 안개 짙은 밤에 어니가 애써 자물쇠를 따고 정원을 돌아다녔으리라고는 한순간도 생각지 않았다. 십중팔구 그 아이는 밤에 밖을 나가 본 적조차 없을 것이었다. 모든 게 그저 허세일 뿐이리라.

'조니 백하우스가 그랬지.'

마플 양은 세상 누구라도 그와 꼭 닮은 사람을 세인트 메리 미드의 주민 속에서 골라내는 능력이 있었다.

'나 어젯밤 당신을 봤어요.'

먹혀들 만한 사람에겐 누구에게나 이 불쾌한 말을 시도하는 게 조니 백하우스의 버릇이었다. 실제로 얼마나 효과적인 한마디였는지 모른다. 자기가 특정 장소에 있었다는 사실을 들키고 싶어 하지 않는 사람들이 좀 많은가!

그녀는 조니를 마음속에서 지워 버리고 알렉스가 들려준 커리 경감의 말, 그리고 그로 인해 떠오른 희미한 생각에 정신을 집중했다. 경감의 말에서 알렉스는 영감을 얻었다고 했지. 마플 양 역시 뭔가 생각이 떠오를 것도 같았다. 그게 같은 생각일까? 아니면 다른?

알렉스 레스태릭이 서 있던 장소로 간 그녀는 속으로 생각했다.

'이건 진짜 홀이 아니야. 마분지와 캔버스천, 나무로 만들어진 가짜라고. 무대 장면일 뿐이야······.'

순간 단편적인 어구들이 그녀의 마음속에 휘몰아쳤다.

환상······. 바라보는 사람의 눈 속······. 마술처럼 해치우다······. 금붕어 어항······. 색깔 있는 긴 리본······. 사라지는 미녀······. 마술사가 쓰는 온갖 트릭과 기술······.

그녀의 의식 속에 무언가가 소용돌이쳤다. 어떤 그림······. 알렉스가 말했던 것. 그녀에게 묘사했던 것. 도짓 순경은 씩씩거리며 숨을 헐떡이고······. 헐떡임······. 그녀의 마음속에서 뭔가가 위치를 바꿨다. 초점이 맞추어졌다······.

"그럼 그렇지! 그랬던 게 틀림없어······."

18장

I

"오, 월리. 깜짝 놀랐잖아요."

극장의 어두운 곳에서 나오던 지나는 월리 허드의 형체가 그늘 속에서 갑자기 나타나자 뒤로 조금 물러섰다. 아직 완전히 어두워진 건 아니지만 사물들이 제 빛을 잃고 악몽과도 같은 환상적인 모습으로 변하는 기괴한 어스름이 깔리고 있었다.

"여기서 뭘 하는 거예요? 한 번도 극장에 온 적 없잖아요."

"당신을 찾았던 게 아닐까, 지나? 여기가 당신을 찾기에 제일 좋은 장소잖아."

월리의 부드럽고 희미한 목소리엔 특별히 비아냥거리는 듯한 기색은 없었다. 하지만 지나는 조금 움찔했다.

"나는 직업상 열심인 거예요. 페인트와 캔버스, 무대 뒷편이 만들어 내는 분위기가 좋고요."

"그래. 당신에겐 소중한 존재지. 나도 알아. 그나저나 지나, 이번 문제는 언제쯤 정리될 것 같아?"

"심리가 내일이에요. 결과는 2주쯤 뒤로 미뤄질 것이라고 하고요. 커리 경감의 말은 그랬어요."

"2주일이라……."

윌리는 곰곰 생각하는 것 같았다.

"알겠어. 3주로 알고 있지. 그리고 그게 지나면……. 우린 자유야. 나는 미국으로 돌아갈 수 있어."

"아! 하지만 그렇게 바로 가는 건 무리예요. 외할머니를 그냥 남겨 둘 순 없어요. 또 새로 제작하는 작품이 2개나 되는 데다……."

"나는 '우리'가 간다고 하지 않았어. '내'가 간다고 했지."

지나는 우뚝 멈추어 남편을 올려다보았다. 그림자가 발휘하는 어떤 효과 때문에 그는 아주 크게 보였다. 크고 고요한 그 모습……. 그는 (어쩌면 그녀에게만 그렇게 비쳤을 수도 있지만) 어딘가 위협적이었다. 그녀 앞에 서 있는 인물은 위협하고 있었다……. 무엇을?

"당신 말은……."

그녀는 주저했다.

"내가 같이 가길 원하지 않는다는 건가요?"

"무슨, 아니야. 난 그렇게 말하지 않았어."

그녀는 갑자기 화가 났다.

"내가 같이 가든 말든 상관없다는 거죠? 그렇죠?"

"이거 봐, 지나. 우리가 결말을 지어야 할 때가 왔어. 결혼할 때 우리는 서로에 대해 미처 잘 알 새도 없었지. 서로의 배경은 물론, 상대방의 가족에 대해서는 더더욱 몰랐던 거야. 우린 그런 건 중요치 않다고 생각했어. 같이 있을 수 있다면 다른 건 상관없다고 믿었지. 뭐, 이제 연극도 끝났군. 당신 가족들은 나를 대단치 않은 놈으로 생각해. 그리고 지금도. 아마 그들이 옳을지도 몰라. 난 그들과 같은 종류가 아니니까. 그럼에도 당신이 내가 여기서 무릎 꿇고 내심 미친 짓으로밖에 여겨지지 않는 이상한 일을 하며 계속 지낼 것으로 생각했다면……. 다시 생각해 줘! 나는 내가 태어난 나라에서 살며 내가 하고 싶은 일, 내가 할 수 있는 일을 하고 싶어. 내가 생각하는 아내란 늙은 개척자를 따라 어디든 함께 가 주는 사람, 고난, 낯선 타향, 위험, 이상한 환경……. 그 어느 것과도 맞부딪힐 준비가 되어 있는 사람이야……. 내가 당신에게 너무 많은 걸 바라는지도 모르겠어. 하지만 그럴 수 없다면 내겐 필요없다고! 어쩌면 내가 당신을 너무 서둘러 결혼으로 몰아간 걸까? 그렇다면 당신은 이제 내게서 벗어나 새로 다시 출발하는 게 좋을 거야. 당신에게 달려 있어. 당신이 저 예술가연하는 치들 중 하나를 택한다면……. 그것도 당신의 인생, 당신이 선택할 문제지. 하지만 나는 집으로 가겠어."

"당신 정말 욕심도 많군요. 나는 여기서 즐겁게 지내고 있어요."

"그래? 좋아, 나는 아니야. 아마 당신은 살인까지 재밌게 즐겼겠지?"

지나는 날카롭게 숨을 들이켰다.

"당신 정말 잔인하고 악독한 말을 하는군요. 나는 크리스천 외숙부님을 좋아했어요. 게다가 지난 몇 달간 누군가 외할머니에게 몰래 독을 먹이고 있었다는 걸 몰라요? 정말 끔찍해요!"

"이곳의 모든 게 싫다고 내가 말했지. 난 이런 일들은 싫어. 나는 떠나겠어."

"그럴 수 있다면 맘대로 해요! 당신이 크리스천 외숙부를 죽인 죄로 체포될 수 있다는 것도 몰라요? 커리 경감이 당신을 보는 눈빛을 봤어요. 꼭 고양이가 쥐에게 날카롭게 발톱을 세우고 덤벼들 준비를 마친 모습이더군요. 그게 다 당신이 그 전깃불을 고치겠다고 홀을 나간 때문이에요. 그리고 당신이 영국인이 아니기 때문이고. 그들은 당신을 옴짝달싹 못하게 죄어 올 거예요."

"그들은 먼저 증거를 내놓아야 해."

"난 당신이 무서워요, 윌리. 계속 무서웠어요."

지나가 울부짖었다.

"날 겁내서 좋을 건 없어. 또 경찰은 손에 쥔 게 아무것도 없고!"

그들은 침묵 속에서 저택을 향해 걸어갔다.

"아무래도 당신은 정말로 나와 함께하고 싶어 하지 않는 것 같아요······."

월터 허드는 대답하지 않았다.

지나는 그를 향해 몸을 돌리고 발을 굴렀다.

"난 당신이 싫어요. 당신이 싫어. 당신은 끔찍해요······. 짐승, 감정이 없는 잔인한 짐승이라고요. 어쨌거나 난 당신을 위해 노력했어요. 그런데 당신은 날 떼어 버리려 하네요. 다시는 날 보지 못하더라도 아무 상관없겠죠. 그래요, 나 역시 당신을 못 봐도 상관없어요! 당신과 결혼한 내가 천하의 바보였지. 스티븐이나 알렉시스와 결혼하는 게 당신과 있는 것보다 훨씬 행복할 거예요. 당신이 미국에 가서 어떤 끔찍한 여자와 결혼해 비참하게 살길 기도하겠어요!"
"좋아! 이제야 우리 사이가 어디까지 왔는지 알겠군!"

II

마플 양은 지나와 윌리가 함께 집으로 들어오는 것을 보았다. 그녀는 그날 오후 일찍 커리 경감이 도짓 순경을 데리고 실험을 했다는 장소에 있었다.
그때 벨레버 양의 목소리가 들려 마플 양은 펄쩍 뛸 뻔했다.
"이러면 감기 드세요, 마플 양. 해가 진 후에 그렇게 서 계시면 안 되죠."
마플 양은 온순하게 그녀의 뒤를 따랐다. 그들은 경쾌하게 집 쪽을 향해 걸어갔다. 마플 양이 입을 열었다.
"마술의 트릭에 관해 생각하고 있었어요. 마술사들이 마술을 하는 걸 보면 도대체 어떻게 저럴 수가 있는지 황당할 뿐이죠. 하지만 원리를 알고 나면, 어이없이 간단한 거예요. (하지만 금붕어 어항이 갑자기 나타나는 그 마술만은 아직까지 방법을 모르겠답니다!) 벨레버 양은 여자가 몸이 둘로 썰리는 마술을 본 적 있나요? 어찌나 오싹한 속임수던지. 난 11살 때 거기에 홀딱 빠졌던 기억이 나요. 아무리 생각해도 방법이 뭔지 알 수 없었어요. 그런데 어느 날 보니 신문에 그 수법을 통째로 알려 주는 기사가 나지 않았겠어요. 나는 신문이 그래선 안 된다고 생각해요. 그렇지 않아요? 요는 여자가 1명이 아니었던 거죠. 둘이었어요. 머리와는 별개로 다리는 다른 사람의 것이었던 거랍니다. 1명이지만 실은 2명이다……. 다른 것에도 똑같이 적용될 수 있지 않을까요?"

벨레버 양은 살짝 놀라 상대를 바라보았다. 마플 양이 이렇게 횡설수설 종잡을 수 없는 이야기를 늘어놓는 건 보지 못했기 때문이다. 그녀는 생각했다.

'이 할머니가 감당하기엔 너무 충격이 큰 일이었나 봐.'

마플 양이 다시 말을 시작했다.

"사람이 한쪽 면만 보게 되면 보이는 건 그쪽뿐이죠. 하지만 마음속에 어느 것이 현실이고 어느 것이 환영인지에 대한 정리만 잘 되어 있다면 모든 게 완벽히 들어맞게 되는 법이랍니다."

그녀는 돌연히 덧붙였다.

"캐리 루이즈는…… 괜찮나요?"

"그럼요. 괜찮으세요. 하지만 분명히 충격이셨겠죠. 누가 자신을 죽이려 했으니까요. 폭력을 이해할 줄 모르는 분이시니 더욱 충격이었을 거라 생각해요."

마플 양이 생각에 잠겨 말했다.

"하지만 캐리 루이즈는 우리가 모르는 것을 이해하고 알고 있답니다. 언제나 그랬어요."

"무슨 말씀이신지 알아요. 하지만 부인은 현실 속에 사는 분이 아니시니까요."

"그런가요?"

벨레버 양은 놀란 모습이었다.

"카라보다 더 비현실적인 사람은 세상에 없을 거예요."

"그렇다면 당신은 아마……."

마플 양은 말을 하다가 멈췄다. 에드거 로슨이 큰 걸음으로 휘적휘적 그들을 지나쳐갔기 때문이었다. 그는 약간 쑥스러운 듯한 인사를 건넸지만, 지나가면서는 얼굴을 돌렸다.

"저 청년이 누굴 닮았는지 이제야 생각이 났어요."

마플 양이 말했다.

"겨우 몇 분 전 생각이 나더군요. 저 사람은 레너드 와일리라는 청년을 떠올리게 한답니다. 아버지가 치과 의사였는데, 나이가 들어 눈이 어두워지고 손이 떨리자 사람들은 아들 쪽에게 치료 받는 걸 더 좋아했더랬죠. 아버지는 몹시 비관해서 자기는 이제 아무 짝에도 쓸모가 없다며 우는 소릴 했어요. 그러자 심성이 착하고 좀 어리숙한 면까지 있던 레너드가 술꾼 행세를 하기 시작한 거예요. 언제나 위스키 냄새를 풍기면서 환자를 겁주곤 했었죠. 의사로서 자기가 틀려먹었다는 소문이 나면 다시 환자들이 아버지에게로 돌아갈 거라 믿었던 거예요."

"그렇게 되었나요?"

"당연히 아니죠. 상식이 있는 사람이라면 누구나 예측할 수 있는 일이 일어났을 뿐이에요! 환자들은 그들의 라이벌 치과 의사였던 라일리 씨에게 몰려갔지요. 마음씨는 좋지만 지각이 없는 사람들이 정말 많답니다. 게다가 레너드 와일리는 워낙 어설픈 청년이어서……. 주정뱅이를 본땄다는 그의 흉내가 워낙 못 봐줄 수준이었거든요. 위스키를 옷에 뿌리기까지 하는 건 확실히 지나쳤죠. 너무 과했어요."

이 말을 끝으로 둘은 옆문을 통해서 집 안으로 들어갔다.

19장

집 안에 들어간 두 사람은 서재에 가족들이 모여 있는 모습을 보았다. 루이스가 위아래로 방 안을 왔다 갔다 하고 있었으며, 공기 중엔 긴장된 분위기가 감돌았다.

"무슨 일이 있었나요?"

벨레버 양이 물었다.

루이스가 짧게 대답했다.

"오늘밤 점호에서 어니 그레그가 보이지 않았소."

"도망친 건가요?"

"모르오. 메버릭과 직원들이 곳곳을 찾고 있어요. 끝내 발견되지 않는다면 경찰을 불러야겠지."

"외할머니!"

캐리 루이즈의 얼굴이 충격으로 하얗게 물드는 것을 본 지나가 그녀에게로 달려갔다.

"편찮으신 것 같아요."

"마음이 안 좋구나. 불쌍한 아이 같으니······."

루이스가 말했다.

"난 오늘 오후 그 애가 어젯밤 뭔가 중요한 것을 본 게 맞는지 물어볼 작정이었습니다. 그에게 아주 좋은 일자리 제안이 들어온 게 있어서, 그 얘기로 시작해 화제를 넘길 생각이었죠. 한데 지금은······."

그가 말을 멈추었다. 마플 양이 조용히 중얼거렸다.

"어리석었어······. 어리석은 소년이야······."

그녀는 고개를 내저었다. 새러콜드 부인이 상냥하게 말했다.

"너도 그렇게 생각하지, 제인?"

스티븐 레스태릭이 들어왔다.

"극장에서 당신을 놓쳐 버렸지 뭐야, 지나. 난 당신이······. 아니, 무슨 일이죠?"

루이스가 상황을 다시 설명했다. 그가 말을 마치자, 메버릭 박사가 들어왔다. 어리둥절한 표정을 하고 뺨에 홍조를 띤, 순진무구한 금발 소년과 함께였다. 마플 양은 그 아이가 자신이 스토니게이츠 저택에 도착했을 때 만찬에 함께했던 아이임을 기억해냈다.

메버릭 박사가 말했다.

"아서 젠킨스를 데려왔습니다. 이 소년이 어니와 마지막으로 얘기를 나눈 사람일 겁니다."

루이스 새러콜드가 입을 열었다.

"그래, 아서. 우리를 도와주렴. 어니가 어딜 간 거니? 그냥 장난을 치는 걸까?"

"모르겠어요, 선생님. 정말 모르겠어요. 어니에게선 아무 말도 없었거든요. 요즘은 극장 일에 푹 빠져 있던데. 무대 장치에 대해 멋진 아이디어가 떠올랐단 말도 했고요. 허드 부인과 스티븐 씨도 그걸 칭찬하셨지요."

"아서, 그건 좀 다른 얘기란다. 어니는 어젯밤 잠긴 문을 따고 정원을 산책했다면서? 그게 사실이니?"

"그럴 리가 있나요. 그냥 허풍일 뿐이죠. 어니는 구제불능의 거짓말쟁이예요. 걘 밤에 밖에 나간 적이 결코 없어요. 자물쇠 따기에 능하다는 것도 허풍이었죠! 걔는 자물쇠를 다룰 줄 몰라요. 아무튼 제가 알기로 어젯밤 걘 시설 안에 있었어요."

"아서, 너 여길 그냥 무사히 빠져나가려고 그렇게 말하는 건 아니겠지?"

"십자가 앞에서 맹세하겠습니다."

아서는 고결한 어조로 말했다.

루이스는 아직 불만스러운 듯했다. 메버릭 박사가 말을 꺼냈다.

"들어 봐요, 이게 무슨 소리지?"

중얼거리는 목소리가 다가오고 있었다. 문이 활짝 열렸다. 그리고 아주 창백하고 파리해 보이는, 안경을 쓴 바움가튼 씨가 비틀거리며 들어왔다. 그가 숨을 헐떡이며 입을 열었다.

"애를 발견했습니다……. 애들을요. 끔찍해요……."

그는 의자 위에 무너져 내려 이마의 땀을 닦았다.

밀드레드 스트리트가 날카롭게 말했다.

"무슨 뜻이죠? '애들'이라니?"

바움가튼은 이제 온통 몸을 떨고 있었다.

"극장 아래예요. 머리가 으깨져서……. 무거운 평형추가 그 위로 떨어졌나 봅니다. 알렉시스 레스태릭과 어니 그레그 소년 말씀입니다. 둘 다 죽었어요……."

20장

"수프를 가져 왔어, 캐리 루이즈. 이제 이걸 좀 들어."

마플 양이 말했다.

새러콜드 부인은 떡갈나무를 조각해 만든 4주식 침대에 앉아 있었다. 그녀는 아주 작은 어린아이처럼 보였다. 뺨은 평소의 홍조를 잃었고, 눈은 이상하게 멍한 빛을 띠고 있었다.

그녀는 마플 양에게서 순순히 수프 그릇을 받아 들었다. 친구가 그걸 마시는 걸 보고 마플 양은 침대 옆의 의자에 앉았다. 캐리 루이즈가 말했다.

"처음엔 크리스천, 이제는 알렉스……. 그리고 똘똘하면서도 어리석었던 불쌍한 아이 어니까지. 걔가 진짜로 뭘 알았던 걸까?"

"난 그렇게 생각지 않아. 걘 그냥 거짓말을 했던 거야. 뭘 아는 척 해서 중요한 사람인 양 대접받고 싶었던 거지. 누가 그 거짓말을 진짜라고 믿었던 게 비극의 시작이야……."

캐리 루이즈는 몸을 떨었다. 그녀의 눈은 다시 멀리 공허한 빛을 띠었다.

"우리는 아이들에게 여러 가질 해 줄 생각이었어……. 실제로 뭔가를 했고 말이야. 아이들 중 몇몇은 놀랄 만큼 성공적이었지. 일부는 아주 출세하기도 했고. 개중엔 다시 빗나간 애들도 있지만……. 어쩔 수 없는 일이지. 현대 문명사회는 너무나 복잡하니까. 단순하고 미발달한 심성으로 감당하기에는 더더욱. 너 루이스의 웅대한 계획이 뭔지 아니? 그이는 과거에 행해졌던 이주 정책이야말로 잠재적 범죄자들을 구제하는 수단이라고 믿었단다. 사람들을 배에 태워 해외로 보내서, 더 단순한 환경에서 새 삶을 살게 했던 그 정책 말이야. 그인 그걸 기초로 현대적인 계획을 다시 짰어. 광대한 토지를 매입하거나, 혹은 제도(諸島)를 사들이는 거야. 그 후 오랫동안 자금을 대어 그곳을 자급자족 가능한 협동 공간으로 만든다는 구상이지. 모두가 공동 책임을 지는 그런 곳으로. 도시로 돌아가고픈 유혹이나 사회에서 배운 악습을 되살리려는 시도는 물론 차단되어야겠지. 그게 그의 꿈이야. 하지만 여기엔 당연히 아주 많은 돈이 들어. 게다가 요즘엔 여기 공감하는 이상주의자들도 많지 않고 말야. 우리에겐 또 다른 에릭 걸브랜드슨이 필요해. 에릭이라면 우리 계획에 열정적으로 참여했을 텐데."

마플 양은 작은 가위를 집어들고 그것을 흥미롭게 바라보았다.

"아주 기묘하게 생긴 가위네. 한쪽엔 손가락 넣는 구멍이 2개고,

다른 쪽엔 하나야."

캐리 루이즈의 눈이 다시금 그 공허한 시선으로 바뀌었다. 그녀가 말했다.

"오늘 아침 알렉스가 준 거야. 손톱을 더 쉽게 깎을 수 있는 발명품이라지. 불쌍한 아이……. 그렇게 날 잘 챙겨 줬는데. 나 보고 써 보라고 말하더니 거기 뒀나 보네."

"그리고 후엔 네 손톱 조각들을 말끔히 챙겨 떠났겠지."

마플 양이 말했다. 캐리 루이즈가 대답했다.

"그래, 걔가……."

그녀는 말을 멈췄다.

"왜 그런 말을 하니?"

"알렉스에 대해 생각하고 있었어. 영리한 청년이던걸. 그래, 확실히 영리했지."

"너……. 걔가 그것 때문에 죽었다는 거니?"

"그런 것 같아……. 그래."

"걔와 어니에 관한 생각만 해도 소름이 끼쳐. 언제 일어난 사고였다니?"

"오늘 오후 늦게. 6시에서 7시 사이일 거야……."

"둘이 낮 일과를 건너 뛴 그 후에 말이지?"

"그래."

지나는 그 저녁 극장에 있었다……. 월리 허드도 그랬다. 스티븐도 마찬가지였다. 그는 지나를 찾으러 갔다고 했다……. 그렇다면 그들 중 누구라도…….

기찻길처럼 계속 이어지던 마플 양의 생각이 방해를 받았다. 캐리 루이즈가 예상치 못한 조용한 한마디를 했기 때문이었다.

"넌 얼마나 알고 있니, 제인?"

마플 양은 날카롭게 올려다보았다. 두 여인의 눈길이 마주쳤다.

마플 양은 천천히 말했다.

"확신은 못하지만……."

"나는 네가 확신하고 있다는 걸 알아, 제인."

제인 마플의 목소리는 느릿했다.

"넌 내가 어떻게 하길 원하니?"

캐리는 베개에 등을 기대고서 눈을 감았다.

"네 손에 달려 있어, 제인. 넌 네가 옳다고 생각하는 일을 할 거야."

마플 양은 머뭇머뭇 말을 꺼냈다.

"내일, 나는 커리 경감을 찾아가서 말을 할 거야. 그가 들어 준다면 말이지……."

21장

커리 경감은 조금 초조하게 말했다.
"무슨 일이시죠, 마플 양?"
"같이 잠깐……. 중앙 홀로 가시면 어떨까요?"
커리 경감은 약간 놀란 기색이었다.
"사적인 문제인가요? 그런 거라면 여기서도……."
그는 연구실 안을 둘러보았다.
"별로 사적인 얘기는 아닐 것 같네요. 보여 드리고 싶은 게 있어요. 알렉스 레스태릭이 제게 보여 줬던 거지요."
커리 경감은 약간 갑갑한 한숨을 내쉬며 일어나 마플 양을 따랐다.
"누가 부인께 얘기를 해 줬나요?"
그가 희망을 담아 말했다.
"아니에요. 누구에게서 뭘 들었다는 게 아니에요. 마술의 트릭에 관한 이야기죠. '마술처럼 해치우다.'라는 말 아시죠. 제가 말씀드리려는 게 그런 거예요. 이해 가세요?"

커리 경감은 이해할 수 없었다. 그는 그저 마플 양의 머리가 정말 정상인 건지를 의심하며 멀뚱히 바라보고만 있었다.

마플 양은 자리를 잡고 서서 경감을 자기 옆에 오도록 했다.

"이곳을 무대 장치라고 생각해 주셨으면 해요. 크리스천 걸브랜드슨이 살해당한 날의 무대 말이죠. 경감님은 여기 서서 무대 위의 사람들을 바라보고 계세요. 새러콜드 씨와 저, 스트리트 부인, 지나, 스티븐 등이 보일 테죠. 실제 연극 무대가 그렇듯이 배우들이 드나드는 입구와 출구도 있네요. 그러나 관객석에 있는 당신은 배우들이 실제로 어디로 가는 건지 모르는 셈이에요. 그들은 '앞문으로', '부엌으로'라고 이름 붙인 곳으로 가는 거랍니다. 출입구 문을 열면 그저 검은 장막이 쳐진 뒷공간만을 볼 수 있을 뿐이지만, 배우들이 진짜로 가는 곳은 건물 양옆이 되거나 목수, 전기 기술자, 혹은 다른 배우들이 기다리고 있는 무대 뒤쪽이라는 다른 세계가 되는 거예요."

"무슨 말씀이신지 잘 모르겠습니다, 마플 양······."

"오, 그러실 거예요. 아주 바보 같은 소리처럼 들릴 거라는 거 잘 알아요. 하지만 지금 연극을 본다고, 그중에서도 '스토니게이츠 저택의 중앙 홀 장면'을 보고 있다고 생각한다면 어떨까요? 무대 뒤에선 무슨 일이 일어나고 있을까요? 무대 뒤편 말이에요. 테라스가 있지요. 그렇죠? 또 테라스에는 여러 창문들이 열려 있고요. 그렇다면, 이 마술 트릭이 어떻게 실행된 건지 아실 수 있겠죠? '반으로 잘린 미녀' 마술에서 쓰인 속임수와 같은 거랍니다."

"반으로 잘린 미녀요?"

커리 경감은 이제 마플 양이 정신병을 앓고 있다는 확신에 이르렀다.

"제일 스릴 넘치는 마술이지요. 아마 보신 적이 있을 거예요. 실제로는 여자가 1명이 아니라 2명이라는 게 요점이지요. 얼굴은 이쪽 여자의 것이 보이는데, 발은 다른 사람의 것인 거예요. 두 사람을 한 사람처럼 보이게 하는 수법이죠. 그래서 저는 이걸 다른 곳에 적용할 수도 있겠다는 생각이 들었어요. 두 사람이 정말로는 한 사람일 수 있다는 거죠."

"진짜로는 하나인 두 사람?"

커리 경감의 표정은 필사적이었다.

"예. 오래 걸릴 것도 없어요. 순경 1명이 정원에서 이 집으로 뛰어왔다 돌아가는 데 얼마나 걸렸죠? 2분 45초였다고 하셨어요. 그렇죠? 이번 방법은 더 적게 걸릴걸요. 넉넉히 잡아 2분 안쪽일 거예요."

"뭐가 2분 안쪽이란 말씀입니까?"

"마술에 쓰인 트릭 말이에요. 두 사람이 한 사람을 연기하는 트릭. 거기······. 연구실에서 벌어진 일을 말하는 거랍니다. 우리는 무대의 보이는 부분만을 주시하고 있었어요. 무대 뒤에는 테라스와 창문이 늘어서 있었지요. 두 사람이 연구실 안에 있는 동안 창문을 열고 밖으로 나가 테라스를 따라 달려간 사람이 있어요. 알렉스가 들었다는 발소리의 정체죠. 그는 손님 방 옆문으로 들어가 크리스천 걸브랜드슨을 쏘아 죽이고 다시 뛰어 돌아와요……. 그동안 연구실에 남아 있던 사람이 양쪽 목소리를 모두 연기했기 때문에 우리 모두는 방 안에 두 사람이 있다고 확신한 거지요. 물론 대부분의 시간 동안은 그랬지만, 2분이 채 안 되는 그 짧은 시간 동안엔 그렇지 않았던 거랍니다."

커리 경감이 저도 모르게 높아진 숨소리를 진정시키며 말했다.

"에드거 로슨이 테라스를 따라 달려가 걸브랜드슨을 쏘았다는 말이십니까? 새러콜드 부인에게 독을 먹인 것도 로슨이었다고요?"

"보세요, 경감님. 새러콜드 부인에게 독을 먹인 사람은 아무도 없습니다. 거기에 '미스디렉션' 트릭이 있는 거지요. 새러콜드 부인이 관절염으로 고생하고 있다는 것을 안 누군가가 그 사실을 아주 영리하게 이용했습니다. 관절염과 비소 중독은 비슷한 증상을 가진다는 걸 노린 거예요. 정해진 카드를 뽑게 만드는 고전적인 마술 트릭이랄까요. 약제 병에 비소를 타 넣는 건 매우 쉬워요. 타자기에 끼워진 종이에 몇 줄을 더 쳐 넣는 것도 마찬가지로 쉽고요. 걸브랜드슨 씨가 여기 온 진짜 이유는 매우 상식적인 것이었답니다. 걸브랜드슨 신용 기금과 관련된 일, 다시 말해 돈 때문이죠. 기금 내에 횡령이, 그것도 아주 대규모의 횡령이 있었다고 생각해 보세요. 이게 뭘 가리키는지 아시겠어요? 그건 단 한 사람……."

커리 경감이 숨을 몰아쉬며 믿기지 않는다는 듯 중얼거렸다.

"루이스 새러콜드?"

"루이스 새러콜드……."

22장

지나 허드가 이모할머니 반 라이독 부인에게 보낸 편지 중에서 :

……지금까지 보셨다시피, 이번 일은 그야말로 악몽 같았답니다. 결말이 특히 그랬죠. 에드거 로슨이라는 그 웃긴 남자에 대해선 다 말씀드렸고요. 항상 놀란 토끼 같은 남자였어요. 경감이 추궁하기 시작하니 완전히 무너져 내려 넋이 빠져서는 진짜 토끼처럼 폴짝폴짝 도망가지 않겠어요. 그러고는 창문을 뛰어 나가 집을 한 바퀴 돌고선 차도로 내려갔어요. 경찰관 1명이 붙잡기 위해 다가가자 그는 몸을 피해 전속력으로 호수로 향하더군요. 그는 몇 년씩이나 버려진 채로 있던 조각배에 올라타 배를 밀기 시작했어요. 정말 정신 나간 짓이었죠. 하긴 말씀드린 대로 놀란 토끼처럼 워낙 넋이 나가 있었으니까요. 이윽고 루이스가 나타나 '그 배는 썩었어!'라고 외쳤답니다. 그러고는 그

도 호수로 달려갔지요. 에드거 로슨은 이제 가라앉기 시작하는 배 안에서 물과 싸우고 있었어요. 그는 수영을 못했지요. 루이스는 호수로 뛰어들어 그를 향해 헤엄쳐 갔어요. 결국 에드거를 붙잡았지만 두 사람은 갈대에 얽혀 더 큰 곤경에 처하게 되었답니다. 경찰 하나가 밧줄을 들고 주위를 돌았지만 역시 갈대 때문에 방해를 받는 바람에 실패했죠. 밀드레드 이모가 미친 듯이 "빠져 죽을 거야, 둘 다 빠져 죽을 거야……"라고 소리치는가 싶더니, 외할머니가 "그렇겠지." 하고 짧게 말씀하시는 소리가 들려 왔어요. 외할머니의 그때 말투는 도저히 글로 표현할 수가 없네요. "그렇겠지."라는 그 말은 꼭…… 꼭 칼날 같았답니다.

제가 너무 바보 같이, 신파적으로 말하고 있나요? 그런 것 같아요. 하지만 그 말은 정말 그렇게 들렸어요……

그리고 그 후, 모든 게 다 끝나자 사람들이 둘을 끌어올려 인공호흡을 실시했지요. 하지만 소용없었어요. 경감이 우리에게 오더니 외할머니께 말했답니다. "새러콜드 부인, 죄송합니다. 더 이상 희망이 없습니다." 외할머니는 아주 조용히 말씀하셨죠. "감사드려요, 경감님."

그리고 외할머니는 우리 모두를 돌아보셨어요. 전 외할머니를 도와드리고 싶은 마음이 간절했지만 뭘 해야 할지를 몰라 그냥 있었죠. 졸리는 부드럽고 엄숙한 표정으로 언제나처럼 지시를 기다리고 있었고요. 스티븐은 손을 쭉 뻗었고, 늘 특이하신 마플 아주머니도 이때는 너무나 슬프고 피곤해 보였어요. 월리조차 아주 언짢은 모습이었죠. 모두가 외할머니를 좋아하는 만큼, 외할머니를 위해 뭔가 하고 싶은 마음이었을 거예요.

하지만 외할머니는 그저 "밀드레드." 하고 말씀하셨지요. 밀드레드 이모는 "어머니." 하고 대답하셨고요. 두 분이 함께 집으로 들어가시는데, 외할머니는 너무나 조그맣고 연약한 모습으로 밀드레드 이모에게 기대고 계시더라고요. 저는 두 분이 얼마나 서로를 사랑하시는지 그때 처음 깨달았답니다. 아시겠지만 애정이란 자주 드러나지 않더라도, 항상 존재하는 법인가 봐요.

지나는 잠깐 만년필 끝을 입에 물고 편지 쓰기를 멈추었다. 곧 그녀는 계속 이어 썼다.

저와 월리 말이죠. 이제 우린 곧장 미국으로 돌아갈 예정이랍니다······.

23장

"어떻게 알았니, 제인?"

마플 양의 대답이 나오기까지는 시간이 걸렸다. 그녀는 생각에 잠긴 눈으로 나머지 두 사람을 바라보았다. 전보다 야위고 연약해 보이면서도 이상하리만큼 담담한 캐리 루이즈와 너그러운 미소에 굵은 백발을 가진 크로머의 노주교 갤브레이스 박사가 그들이었다.

주교는 캐리 루이즈의 손을 잡았다.

"얼마나 슬픔이 크셨습니까, 불쌍한 분. 정말 충격이었겠군요."

"슬픔은 맞지만……. 충격은 아니었어요."

마플 양이 말했다.

"그래. 내가 발견한 것도 그거야. 사람들은 다 캐리 루이즈가 딴 세상에 산다느니 현실 감각이 없다느니 말했더랬지. 하지만 캐리, 네가 단단히 발을 딛고 있는 곳은 환상이 아닌 현실이었어. 너는 대부분의 우리처럼 환상에 휘둘리는 일이 결코 없지. 갑자기 그걸 깨달은 나는 네 생각과 느낌을 따라야겠다고 마음먹었단다. 넌 자기를 독살하려는 사람은 없을 것임을 확신하고 있었어. 그 사실을 믿을 수 없었지……. 그건 정말 옳은 판단이었어. 실제로 그런 사람은 없었으니까! 너는 에드거 로슨이 루이스를 해치려 한다는 것도 믿지 않았지. 지나가 자기 남편 외의 다른 남자를 사랑하지 않을 거란 것도 알았고. 모두 네 생각 그대로였어.

그러니 너의 판단을 따르자면, 사실처럼 보이는 일들이 모두 환각이었다는 뜻이야. 환각은 명백한 의도를 가지고 만들어진 것이지. 마술사들에겐 그 의도가 관객을 속이려는 것이고. 우리 모두는 관객이었어.

이 사실을 처음 알아차린 사람은 알렉스 레스태릭이었어. 그에겐 다른 각도에서, 구체적으로는 집 밖이라는 각도에서 처음으로 사물을 볼 수 있는 기회가 있었지. 집 바깥의 차도에서 경감과 함께 서 있다가 집을 바라본 순간 창문이라는 가능성을 떠올린 거야. 그는 문제의 날 밤 들었던 달려가는 발소리를 다시 기억해 냈고, 순경과 함께했던 실험을 통해 필요한 시간이 생각보다 아주 짧다는 정보도 얻었지. 순경은 숨을 몹시 헐떡였다고 했는데, 나중에 그 모습을 상상하니 그날 밤 연구실 문을 열었을 때 루이스 새러콜드가 거친 숨을 쉬고 있던 모습이 기억나지 않겠어. 막 급하게 뛰어갔다 돌아왔던 게 그 이유지.

하지만 결정적 단서를 제공해 준 건 에드거 로슨이었어. 난 에드거를 볼 때마다 늘 뭔가 잘못되어 있다는 느낌을 받았지. 그가 하는 모든 말이며 행동은 사람들이 으레 그에게서 기대하는 모습과 꼭 들어맞긴 했지만, 진짜 그 자신 같지는 않았던 거야. 왜냐하면 그는 정신병자 연기를 하는 것과는 달리 실제로는 정상적인 젊은이였기 때문이지. 그 연기는 언제나 실제보다 과장되었어. 연극적이었다고.

모든 것이 매우 신중하게 계획되었다는 것은 분명해. 루이스는 크리스천의 마지막 방문 때 그가 의심을 품기 시작했다는 걸 눈치챘을 거야. 크리스천은 일단 의심을 품었으면 만족스러울 때까지 진위를 파고드는 성격이란 것도 알았을 거고."

"그래. 크리스천은 그런 사람이었어. 느리고 착실하지만 동시에 아주 빈틈없는 사람이었지. 무엇 때문에 그가 의심을 품게 됐는지는 잘 모르지만 곧 조사에 들어갔겠지. 그리고 진실을 발견한 거야."

캐리 루이즈가 꿈틀했다.

"제가 좀 더 신중하게 일을 보았어야 했는데 죄송합니다."

주교가 말했다.

"주교님이 재무 쪽을 아셨을 리가 없죠. 원래 재무는 길포이 씨가 담당이었는걸요. 하지만 그분이 죽고서 관련 경험이 풍부한 루이스가 전권을 쥐게 된 거죠. 그래서 그가 자제력을 잃고 만 거예요."

캐리 루이즈의 뺨에 홍조가 떠올랐다.

"루이스는 위대한 사람이었어요. 위대한 안목을 가진 사람, 그리고 성취의 가능성을 열렬히 신봉하는 사람이었죠……. 돈으로 가능한 성취를 말이에요. 그는 자기 개인을 위해 돈을 원한 게 아니었어요. 적어도 추잡하고 이기적인 욕망에서는 아니었죠. 그는 돈이 가진 힘을 원한 거랍니다. 루이스는 위대한 선(善)을 행할 수 있는 돈의 위력을 원했어요…….”

"그는…….”

주교가 입을 열었다.

"신이 되길 원했습니다.”

그의 목소리가 갑자기 엄숙해졌다.

"인간은 어디까지나 신의 뜻을 담는 비천한 도구일 뿐이라는 사실을 잊었던 겁니다.”

"그래서 신용 기금의 돈을 횡령한 거군요?”

마플 양이 물었다. 갤브레이스 박사는 주저했다.

"그렇게만은 말할 수…….”

캐리 루이즈가 말했다.

"말해 주세요. 앤 가장 오래된 내 친구니까요.”

주교가 말했다.

"루이스 새러콜드는 회계의 마술사라고 할 만한 사람이었습니다. 회계사로서 고도의 기술을 익히던 당시, 그는 거의 완전 범죄라고 해도 무방할 다양한 방법을 실험하며 즐거움을 찾곤 했지요. 처음엔 그저 학문으로서의 연구였지만, 일단 막대한 돈을 손에 쥘 수 있겠다는 가능성을 발견하자 그는 곧 그 방법들을 실행에 옮겼습니다. 또 그는 일급의 지원군까지 갖추고 있었으니까요. 이곳을 거쳐 간 소년들, 그중에서도 선별된 일군의 그룹이 그의 무기였습니다.

천성적으로 범죄 성향이 강하고 자극을 원하며 지능까지 매우 뛰어난 아이들 말입니다. 우리도 아직까지 그 실상을 다 파악하진 못했지만, 그 그룹은 비밀리에 특출한 교육을 받은 후 사회의 중요 위치로 배치된 걸로 보입니다. 장부를 조작하고 추적을 피하며 돈을 빼돌리라는 루이스의 지시를 착실히 수행한 거지요. 거기 쓰여진 기술이 워낙 실타래처럼 복잡해 놔서 전문 회계사들조차 전모를 밝히는 데는 몇 달이 걸릴 것으로 추측합니다. 그러나 돈은 이미 여러 가명 계좌와 루이스 새러콜드의 통제하에 있는 회사 앞으로 흘러들어간 후겠지요. 그는 그 돈으로 해외에 자치 식민지, 미성년 범죄자들이 스스로 관리하며 살 수 있는 영토를 건설하려 한 겁니다. 환상적인 꿈이었지요······."

"실현될 수 있는 꿈이었어요."

캐리 루이즈가 말했다.

"예, 실현되었을지도 모르죠. 하지만 루이스 새러콜드는 가장 부정직한 수단을 택했습니다. 그걸 눈치챈 크리스천 걸브랜드슨은 아주 기분이 상했겠죠. 그러나 크리스천은 사건 자체가 가져올 충격 외에도 루이스 새러콜드의 구속이 당신, 그러니까 캐리 루이즈 부인께 가져올 충격에 관해서 염려했을 겁니다."

"그래서 그가 내게 심장이 튼튼한지를 물었던 거군요. 내 건강을 너무 신경 쓴다 했어요. 영문을 몰랐죠."

"루이스 새러콜드는 돌아오는 길로 크리스천을 집 밖에서 만났습니다. 자신의 부정을 들켰다는 걸 전해 들었을 거예요. 루이스는 담담히 상황을 받아들였으리라 생각합니다. 두 사람은 그걸 부인께는 끝까지 감추기로 하는 데 동의했습니다. 크리스천은 내게 편지를 써서 공동 이사의 자격으로 문제를 논의하자고 할 작정이었겠죠."

이번엔 마플 양이 말을 시작했다.

"하지만 물론 루이스 새러콜드는 이 상황을 대비하고 있었어요. 모두 계획이 서 있었던 거죠. 그는 에드거 로슨이라는 역할을 할 젊은이를 이미 집에 데려다 놓았지요. 경찰이 그의 정신병 병력을 뒤져 볼 것을 대비한 진짜 에드거 로슨도 당연히 어딘가에 존재하고 있었을 거고요. 이 가짜 에드거는 자신이 해야 할 일을 정확히 알았죠. 피해망상을 가진 정신병자 역할, 그리고 루이스 새러콜드에게 지극히 중요한 몇 분의 알리바이를 제공하는 역할이 그것이었어요.

다음 단계 역시 대비되어 있었죠. 캐리 루이즈가 천천히 독살되고 있다는 이야기 말이에요. 하지만 그 얘길 잘 생각해 보면 크리스천이 그렇다고 말해 줬다는 루이스의 증언밖엔 남는 게 없어요. 또 경찰을 기다리는 동안 크리스천이 타자기로 치고 있던 종이에 몇 줄을 끼워 넣기도 했죠. 보약에다 비소를 섞는 거야 쉬운 일이었고요. 캐리, 한마디로 네겐 아무 위험이 없었던 거야. 그는 네게서 그 약을 바로 뺏어 들 수 있는 위치에 있었거든. 초콜릿은 그저 지나가는 양념이었지. 초콜릿엔 독이 들어 있지도 않았어. 커리 경감에게 제출할 때 그가 살짝 바꿔치기한 것뿐이야."

"알렉스는 그걸 눈치챘지."

캐리 루이즈가 말했다.

"그래. 그가 네 손톱 조각을 가져간 이유는 그 때문이지. 비소는 장기간 복용할 경우 손톱에 축적되거든."

"가엾은 알렉스……. 가엾은 어니."

몇 분간의 침묵이 흘렀다. 나머지 두 사람은 크리스천 걸브랜드슨, 알렉시스 레스태릭, 그리고 어니 소년에 대해 생각했다. 또 살인이라는 행위가 얼마나 순식간에 사람을 뒤틀어 변형시킬 수 있는지에 대해서도.

주교가 입을 열었다.

"하지만 에드거를 공범으로 삼다니, 루이스도 꽤 대담했네요. 아무리 그를 정신적으로 지배하고 있었다고 해도……."

캐리는 머리를 흔들었다.

"지배했다는 표현은 맞지 않아요. 에드거는 루이스를 정말로 사랑했으니까."

마플 양도 거들었다.

"그렇지. 아버지를 사랑한 레너드 와일리처럼. 난 전부터 혹시……."

그녀는 부드럽게 말을 멈추었다. 캐리 루이즈가 물었다.

"넌 둘이 닮았다는 것을 알아챘구나?"

"그러면 너도 알았던 거야?"

"짐작은 했지. 루이스가 나를 만나기 전, 그는 한 여배우와 짧은 만남을 가졌다고 알고 있어. 그가 말해 준 거야. 별로 심각한 것도 아니었던 데다, 여자 쪽이 돈만 밝히는 성격이어서 곧 루이스에게 흥미를 잃었다고 해. 하지만 난 에드거가 루이스의 아들이라는 걸 전혀 의심치 않아······."

마플 양이 말했다.

"그래. 그걸로 모든 설명이 되는군······."

"루이스는 결국 자신의 목숨을 아들을 위해 내주었어."

캐리 루이즈가 말했다. 그녀는 주교를 간청하듯 바라보았다.

"아시죠? 그는 정말로 그랬어요."

잠시 말이 없다가 캐리 루이즈가 입을 열었다.

"그렇게 끝나서 기뻐······. 아이를 구하겠다는 희망으로 목숨을 던진 거니까······. 아주 선할 수 있는 사람은 아주 악해질 수도 있지. 루이스도 마찬가지였을 거야. 그래도······ 그는 나를 정말 사랑했어. 나는 그를 사랑했고."

"너······. 그를 의심한 적 있니?"

"아니. 난 그 독살 얘기 때문에 몹시 당황해 있었어. 크리스천의 편지엔 누가 날 독살하고 있다는 내용이 확실히 적혀 있는데, 루이스는 절대 내게 독을 먹이지 않을 거란 걸 알았거든. 그러자 지금까지 내가 사람들에 대해 알아 왔던 모든 게 거짓일 수 있다는 위기감이 든 거지······."

마플 양이 말했다.

"알렉스와 어니가 죽은 채로 발견됐을 때에는? 그를 의심했고?"

"그래. 루이스 말고는 그런 짓을 할 수 있는 사람이 달리 없다고 생각했어. 그리고 다음 차례엔 무슨 일을 할지 생각하게 되니까……."

그녀는 작게 몸을 떨었다.

"나는 언제나 루이스를 존경했어. 그 사람의…… 뭐라고 표현하면 좋을까? 그래……. 그이의 선량함을 존경했지. 하지만 이제 알겠구나. 선량하려면 동시에…… 겸손하기도 해야 한다는 사실을 말이야."

갤브레이스 박사가 부드럽게 말했다.

"캐리 루이즈, 그것이야말로 내가 언제나 당신을 존경한 이유였답니다. 당신의 그 겸손함 말이죠."

사랑스러운 푸른 눈이 놀라움으로 크게 떠졌다.

"하지만 전 영리하질 못한걸요. 특별히 선량하지도 않고요. 그저 남들의 선함을 존경할 수 있을 뿐이죠."

"사랑스러운 캐리 루이즈."

마플 양이 말했다.

에필로그

"밀드레드 이모가 계시면 외할머니는 걱정 없으실 거예요. 밀드레드 이모도 지금 보니 훨씬 좋은 분 같아요. 별로 특이하지도 않고 말예요. 무슨 말씀인지 아시겠죠?"

지나가 말했다.

"무슨 말인지 잘 알아요."

마플 양이 말했다.

"월리와 저는 2주 내로 미국으로 돌아갈 예정이랍니다."

지나는 얼굴을 돌려 남편을 바라보았다.

"스토니게이츠와 이탈리아, 철부지로 지냈던 과거들은 전부 잊고 100퍼센트 미국인이 될 거예요. 우리 아들은 꼭 '주니어(2세)'라고 부를 거고요. 더 좋은 호칭은 없겠지? 안 그래, 월리?"

마플 양이 대신 대답했다.

"물론이지, 케이트."

월리는 이 노부인이 자기 아내의 이름을 잘못 부른 것을 깨닫고 관대한 목소리로 정정해 주었다.

"지나입니다. 케이트가 아니라."

하지만 지나는 웃었다.

"아주머닌 잘 알고 하신 말씀이에요! 있어 봐요. 이제는 당신을 페트루키오(셰익스피어의「말괄량이 길들이기」의 등장인물. 말괄량이 아내 케이트를 길들이는 남편역 — 옮긴이)라고 부를걸요?"

"난 당신이 정말 현명하게 행동했다고 생각해요, 젊은이."

"마플 아주머니도 당신이야말로 내게 꼭 맞는 남편이라고 생각하실 거예요."

마플 양은 부부의 얼굴을 차례로 바라보았다. 서로를 깊이 사랑하는 젊은 남녀를 보는 건 정말 흐뭇한 일이다. 월터 허드는 이제 그녀가 처음 만났던 뚱한 젊은이에서 유머 넘치는 미소를 띤 체격 좋은 청년으로 변해 있었다…….

"둘을 보고 있으니 생각나는 사람들이 있어요. 그…….."

지나가 갑자기 뛰어들어 마플 양의 입을 손으로 급히 막았다.

"안 돼요, 아주머니."

그녀가 목소리를 높였다.

"아무 말 마세요. 이번엔 어떤 마을 이웃의 예를 드실지 겁나네요. 아주머니 얘기 속에선 팔자가 잘 풀린 사람이 없었어요. 정말 심술쟁이 할머니라니깐."

그녀의 눈이 촉촉해졌다.

"아주머니와 루스 이모할머니, 그리고 우리 외할머니의 젊으셨을 시절을 생각하면……. 세 분 모두 어찌나 똑같은 모습만 생각나는지 몰라요! 다르게는 도저히 상상이 안 돼요……."

"그럴 거예요."

마플 양이 말했다.

"다들 아주 오래된 이야기니까……."

〈끝〉

옮긴이 | 김윤정

이화여자대학교 영문학과를 졸업하고 국내외 기업의 광고 및 마케팅 부서에서 일했다. 현재 서울대학교 경영대학에 근무하며 번역 작업을 병행하는 중이다. 옮긴 책으로 『백주의 악마』, 『마술 살인』, 『잠자는 살인』, 『푸아로 사건집』 등이 있다.

애거서 크리스티 전집

마술 살인

3판 1쇄 찍음 2024년 9월 25일
3판 1쇄 펴냄 2024년 10월 2일

지은이 | 애거서 크리스티
옮긴이 | 김윤정
발행인 | 박근섭
편집인 | 김준혁
펴낸곳 | 황금가지

출판등록 | 2009. 10. 8 (제2009-000273호)
주소 | 06027 서울 강남구 도산대로 1길 62 강남출판문화센터 5층
전화 | 영업부 515-2000 편집부 3446-8774 팩시밀리 515-2007
홈페이지 | www.goldenbough.co.kr

도서 파본 등의 이유로 반송이 필요할 경우에는 구매처에서 교환하시고
출판사 교환이 필요할 경우에는 아래 주소로 반송 사유를 적어 도서와 함께 보내주세요.
06027 서울 강남구 도산대로 1길 62 강남출판문화센터 6층 민음인 마케팅부

© ㈜민음인, 2024. Printed in Seoul, Korea
ISBN 978-89-8273-765-7 04840
ISBN 978-89-8273-700-8 04840 (set)

㈜민음인은 민음사 출판 그룹의 자회사입니다.
황금가지는 ㈜민음인의 픽션 전문 출간 브랜드입니다.